Shulamit Lapid

Lokalausgabe

Lisi Badichis erster Fall

Kriminalroman

Aus dem Hebräischen von
Mirjam Pressler

DÖRLEMANN

Die hebräische Originalausgabe »Mekomon«
erschien 1989 bei Keter Books, Jerusalem.

Dieses Buch ist auch als Dörlemann eBook erhältlich.
eBook ISBN 978-3-03820-998-0

Published by arrangement with the Institute
for the Translation of Hebrew Literature

Umschlaggestaltung: Mike Bierwolf unter Verwendung
einer Illustration von Irène Schoch
Satz: Dörlemann Satz, Lemförde
Druck und Bindung: CPI – Clausen & Bosse, Leck
ISBN 978-3-03820-108-3
www.doerlemann.com

Kapitel 1

Niemand wusste, wann Lisi Badichi bei der Party von Hornsticks erschien und mit wem sie kam, und es interessierte sich auch niemand dafür, dass sie dort war, denn sie war keine Frau, die man groß bemerkte, obwohl man sie nicht gerade als leicht zu übersehen bezeichnen konnte – nicht mit ihren großen platten Füßen, die aussahen wie die Flossen eines Seehundes, und nicht mit ihrem großen Busen, der jeden, der es vielleicht vergessen haben könnte, daran erinnerte, dass es so etwas wie Schwerkraft auf der Welt gab, und nicht mit ihrer Art zu sprechen, wobei sie zwischen »Schätzchen« und »hach?« ein paar Wörter aneinanderreihte wie zerkaute Perlen auf einer alten Schnur.

In der Redaktion nannte man sie »Lisi die Bekloppte«. Sie wusste das, aber es störte sie nicht, solange man sie in Ruhe ihre Arbeit tun ließ und sich nicht in das einmischte, was sie schrieb. Sie war »unsere Reporterin« der Zeitung *Zeit im Süden,* einer Lokalbeilage der überregionalen *Zeit.* Genaugenommen schrieb sie die ganze Beilage selbst, machte sich höchstpersönlich mitten in der Nacht auf den Weg, wenn man sich mitten in der Nacht auf den Weg machen musste, kippte sich etwas Wasser über den Kopf, um wach zu werden, strich sich Fettstift auf die Lippen, steckte sich riesige Plastikclips an die Ohrläppchen und den Pieper an den Gürtel, zog ihre Füße über den leeren Gehsteig und hoffte, dass der Anlasser ihres Autos keine Schwierigkeiten machen würde und dass ihr Informant an der Stelle wartete, die er ihr angegeben hatte, dass die Nachricht in den überregionalen Teil der Zeitung aufgenommen würde, denn dann bekam sie eine Prämie. Sie wusste, und alle in Be'er Schewa wussten es, dass Lisi Badichi »die Lokalzeitung« war, und das sparte ihr Zeit, überflüssige Formalitäten und alle möglichen Gänge.

Wenn es darum ging, die Mutter eines Getöteten zu interviewen oder die Freundin des Sängers, der eine Nutte vergewaltigt und ihr vier Zähne eingeschlagen hatte, oder den heldenhaften Soldaten, den Stolz der *Siedlung D* – Lisi war zur Stelle, sie und ihre großen Füße. Dann wusste sie, dass Dahan, der Chef der *Zeit im Süden,* in Tel Aviv angerufen und Bescheid gesagt hatte, dass Lisi die Bekloppte zu dem Betreffenden hingefahren war. Sie wusste es nicht nur, es war ihr auch egal, denn sie wusste ebenfalls, dass er den Satz mit den Worten beendet hatte: »Sie wird schon eine Geschichte aus ihm herausholen.«

Sie war nicht besonders stolz auf das, was sie tat, und sie war nicht übermäßig bescheiden. Sie tat ihre Arbeit professionell, und das befriedigte sie. Wenn sie einen Faden in der Strickwarenfabrik eingezogen hätte, wie es ihre Mutter tat, oder im *Soroka* Spritzen gegeben hätte, wie es ihre Schwestern Georgette und Chawazelet taten – dann hätte sie dies auch professionell erledigt, und auch das hätte ihr Befriedigung verschafft.

Nun war sie also »unsere Reporterin« im Süden. Big deal. In zwei Monaten würde sie dreißig, und das war es, was für ihre Mutter wirklich eine Rolle spielte, auch für Georgette und Chawazelet. Manchmal kamen ihre Schwestern zu ihr und sagten Schmeicheleien, und dann wusste Lisi, dass sie sie am Schluss bitten würden, ihnen Geld zu leihen, was sie auch tun würde. Sie würde sich vornehmen, beim nächsten Mal ihre Schwestern davon abzuhalten, ihr Schmeicheleien zu sagen. Aber wenn dann das nächste Mal kam, ließ sie wieder zu, dass die beiden erzählten, wie erfolgreich und bedeutend sie, Lisi, war, und wie stolz sie waren, dass so eine zu den Badichis gehörte, die es bis jetzt zu nichts Besonderem gebracht hatten, bis Lisi aufgetaucht war. Sie ließ sie in dem Glauben, sie hätten sie rumgekriegt – wenigstens diese Befriedigung konnte sie ihnen geben nach der Beschämung, dass sie um Geld bitten mussten. Sie hatten Kinder, die nicht nur etwas zum Essen und zum Anziehen brauchten, sondern auch eine Ausbildung, das war wichtiger als ihr eigener Stolz.

Sie hatte als Sekretärin von Dahan angefangen, der damals verantwortlich war für die Anzeigenabteilung. Eines Tages war sie eingesprungen, als keiner da war, der zum Rathaus gehen konnte, um herauszufinden, warum man in der *Siedlung C* das Wasser abgestellt hatte und wann die Straße in der *Siedlung D* endlich fertig würde, und bald hatte sie gelernt, dass jede Information ihren Preis hatte, ein paar Zeilen als Bestechung da, eine Spalte als Erkenntlichkeit dort. Allmählich hatten sich die Leute an die junge Frau gewöhnt, die mit ihren großen Füßen über den Gehsteig schlurfte, an ihre schläfrigen Augenlider, die nichts überraschte und nichts aufweckte. Hätte man irgendjemanden in Be'er Schewa gefragt, ob sie Kaugummi kaue, hätte er hundertprozentig geantwortet, natürlich tut sie das, obwohl sie noch nie im Leben Kaugummi gekaut hatte, weil sie von zu Hause so erzogen worden war. Ein gutes Mädchen, egal wie arm, achtet auf gute Manieren. Aber sie sah nun mal so aus wie eine Kuh, die wiederkäut, und das wusste sie auch.

Sie sprach nicht darüber, dass sie Jungfrau war, das war kein Thema, über das man sich unterhielt. Aber in Wirklichkeit bedrückte es sie. Schon vor Jahren hatte sie sich vorgenommen, bei der nächsten Gelegenheit etwas zu unternehmen, aber je mehr Zeit verging, umso weiter verschob sie die nächste Gelegenheit. So war Lisi nun in der Situation, dass sie nicht mehr einfach mit irgendjemandem ins Bett gehen konnte, egal mit wem. Denn was sollte sie diesem »egal mit wem« sagen, wenn er herausfand, dass er ihr erster Mann war? Er könnte noch auf die Idee kommen, sie hätte die ganzen Jahre auf ihn gewartet. Und wie erklärt man jemandem, dass das nicht so ist, ohne ihn zu kränken? Wenn sie siebzehn wäre, na gut … Dann hätte man gesagt, die ist eben dumm, und sie vergessen. Aber mit dreißig minus zwei Monaten – das war, wie zum ersten Mal in die Oper gehen. Und dann erkläre mal, dass es sich keineswegs um eine plötzliche Liebe handelt. Lisi ging also ihren Weg, einen verschlafenen Weg, laut Dahan, der manchmal zum Country Club ging oder in das Hotel gegenüber der Krankenkasse, mit irgendeiner neuen Boutiquebesitzerin oder einer Gymnasiastin mit heißem Hintern. In solchen Fällen sagte er zu Lisi: »Wenn man mich sucht, ich bin nachmittags wieder da«, und wenn er dann zurückkam, zog er einen Duft nach verlockendem Abenteuer hinter sich her. Seine Augen waren gerötet wie immer, doch nun schien die Rötung von Lagerfeuern zu kommen, deren Geruch sie noch im Duft seines Rasierwassers wahrzunehmen glaubte.

Zwischen Lisi und Dahan herrschte eine Beziehung freundlicher Achtung. Sie hatten zu gleicher Zeit in dem winzigen Büro hinter dem Supermarkt angefangen zu arbeiten, waren zwischen Kisten mit Kohl und Brotkästen herumgehüpft, und gemeinsam waren sie in die Reihe renovierter Büros über der Druckerei von Prosper Parpar gezogen und hatten sich wortlos gegenseitig auf die Schultern geschlagen. Er schätzte die Tatsache, dass sie nie einen Auftrag als unmöglich bezeichnete, dass sie zu jeder Pressekonferenz ging, dass sie dem kleinsten Gerücht nachspürte, das ihr zu Ohren kam, und noch höher schätzte er die Gewissheit, dass sie nie im Leben seiner Frau oder irgendjemand anderem etwas von den kleinen Abenteuern verraten würde, die er sich von Zeit zu Zeit gönnte. Sie wiederum schätzte seine Großzügigkeit, die Art, wie er sich Vorteile und Frauen verschaffte, seine ungebremste Gier nach Geld und Erfolg. Sie wusste, dass sie sich an ihn gewöhnt hatte und dass ein Anhauch seiner abenteuerlichen Ausflüge auch auf sie abfärbte. Er war der Mann, der für sie entschieden hatte, dass sie den Führerschein machen musste, und er war derjenige, der beschlossen hatte, es sei jetzt an der Zeit, das Haus ihrer Mutter zu verlassen. Er hatte ihr sogar geholfen, einen Kredit zu bekommen, und er hatte die Leitung der Zeitung davon überzeugt, dass diese Lisi, die alle für eine Kuh hielten, wertvoll für die Zeitung war und dass es sich lohnte, ihr ein Auto zur Verfügung zu stellen.

***

Natürlich wird nicht jeden Tag ein Einwohner von Be'er Schewa Bezirksrichter, doch aus journalistischer Sicht hatte Hornsticks Feier keinen besonderen Neuigkeitswert, mehr als ein paar Zentimeter in der Gesellschaftsspalte standen ihr nicht zu. Aber Dahan hatte eine Werbeanzeige von *Israha Musikinstrumente* ergattert und bat Lisi, so nett zu sein und zu Richter Hornstick hinzugehen. Sie solle einen Satz über Jacki Danzig schreiben, den Klavierspieler, und bei dieser feierlichen Gelegenheit auch das Klavier erwähnen, auf dem er bei der Party spiele. Und das alles, obwohl Dahan doch wusste, dass Lisi morgens um vier an der Militärkontrollstelle Erez sein musste, der Kontrollstelle zum Gaza-Streifen. Sie hatte keine Ahnung, was Jacki Danzig dafür bekam, dass er sie zu Hornsticks Party mitnahm, aber irgendetwas würde es schon sein, da war sie sicher, denn sie hatte es noch nie erlebt, dass irgendetwas keinen Preis hätte.

***

Das Haus stand auf einem Hügel. Tamarisken und silbrige Reaumurien im Garten bewiesen, dass es sich bei den Besitzern der Villa um eine alteingesessene Familie handelte. Bougainvilleen bedeckten die Vorderseite aus grauen und rosafarbenen Steinen, und zwei gewundene Wege trafen sich an der Eingangstür und verschwanden irgendwo im hinteren Teil des Hauses.

Jacki und Lisi blieben einen Moment an der Tür stehen und drückten Hornstick die Hand, dann rutschten sie mit ihren Schuhsohlen über den schwarzen Marmor, blinzelten, bis sich ihre Augen an das blendende Licht der großen Kronleuchter gewöhnt hatten. Jacki drehte Lisi den Rücken zu und ging schnell hinüber zu dem weißen Klavier, das an einer Wand stand, und sie sagte zu seinem Rücken, der in einem schwarzen Seidenhemd steckte, »Sei kein Esel«, und ging in den Garten. Man könnte denken, ich hätte Aussatz, dachte sie, als sie am Brunnen stand, hineinschaute in den großen Salon und zuhörte, wie Jacki Danzig auf dem weißen *Israha* spielte. Das Licht aus den Kronleuchtern blitzte auf seiner rosafarbenen Fliege, und er spielte etwas Romantisches, das ein Lächeln auf die Gesichter der Gäste zauberte und ihre Beine in Bewegung brachte. Lisi erinnerte sich, dass man von ihm sagte, er sei der Liebhaber irgendeiner Frau, aber es fiel ihr nicht mehr ein, von welcher Frau die Rede gewesen war. Beide, Lisi und Jacki, waren in den gleichen Wohnblocks aus Spritzbeton aufgewachsen, in der *Siedlung G.* Er war ungefähr so alt wie sie, und der verschlossene Ausdruck auf seinem Gesicht stand im Gegensatz zu den rhythmischen Melodien, die unter seinen Fingern entstanden. Oder vielleicht auch nicht. Zwei, die auf dem heimischen Platz Erfolg gehabt hatten und jetzt auswärts spielten, das waren sie. Irgendetwas regte sich in ihrem Gedächtnis, tauchte im Hintergrund auf und war drauf und dran herauszuhüpfen …

Einige Paare tanzten auf der kleinen Terrasse, und im Garten hatten sich schon an die zwanzig Paare versammelt. Manche saßen an den runden Tischen unter den bunten Lämpchen, andere bewegten sich im Halbdunkel zwischen Licht und Schatten. Einen Teil der Leute kannte Lisi, und etliche wussten auch, wer sie war. Vermutlich wunderten sie sich, was Lisi hier zu suchen hatte. Sie passte nicht hierher, nicht um diese Zeit und nicht zu diesem Anlass. Ein Bezirksrichter war nicht gerade der adäquate Umgang für eine Frau wie Badichi die Bekloppte, die Königin des Lokalblättchens. Hornstick hätte, wenn er wollte – und das wussten alle –, in Jerusalem oder Tel Aviv sitzen können, und wenn seine Karriere nur langsam anstieg, so lag das daran, dass er sich freiwillig – jawohl, freiwillig – dazu entschieden hatte, ausgerechnet hier zu leben. Nicht dass er unter der Diaspora litt, die er sich selbst auferlegt hatte. Er war der örtliche Mann des Geistes, der Gerechte des Südens und der Apostel des Negev. Seit Ben-Gurion der Wüste nicht mehr automatisch Respekt einbrachte und ihr den Flair des Besonderen verlieh, tat das Pinchas Hornstick, der Richter, der dort in der Tür seiner Villa stand, in der linken Hand ein Bündel Feuerwerkskörper hielt und mit der rechten immer wieder einen herauszog und einem Gast mit den Worten reichte: »Die Party ist im Garten.« Ein blasses Lächeln flatterte über seine Lippen, während er seine Gäste bat, sich völlig frei und ungehindert zu fühlen. Was ist mit seinen Freunden, überlegte Lisi, und was mit seiner Familie? Warum zwingt ihn niemand, mit dieser lächerlichen Pose an der Tür aufzuhören und ins Haus zu gehen? Aber vielleicht zieht er gerade aus dieser Isolation seine Kraft? Doch was für eine Kraft ist das? Eine Kraft zum Bösen oder zum Guten? Oder ganz einfach die Kraft, gesellschaftlichen Spielchen, an denen er keinen Gefallen findet, den Rücken zuzuwenden?

***

»Schtingd nach Geld«, sagte die Frau, die neben ihr stand und sich mit dem Rücken an den Brunnen lehnte.

Lisi warf sich eine Handvoll Erdnüsse in den Mund und fing an zu kauen, ihre Augen mit den schweren Lidern wanderten über das geladene Publikum. Die Baumstämme funkelten golden, und Girlanden aus Goldpapier schaukelten zwischen den Blättern.

»Sie hat Ho-hornstig an der Tür vergessen mit seinem Feuer-feuer-feuerwerkkram«, sagte die betrunkene Frau kichernd, und Lisi murmelte etwas und dachte, wie eklig, wie furchtbar eklig.

»Wer gibt eigentlich diese Party?«. fragte sie die Frau und fügte sofort hinzu: »Ich heiße Lisi Badichi, ich schreibe für die *Zeit im Süden.*« Sie hatte genug Erfahrung, um zu wissen, dass sie sich vorstellen musste, bevor sie eine Information wollte, damit man hinterher nicht sagen konnte, sie habe die Betreffenden reingelegt und Dinge aus ihnen herausgeholt, ohne dass sie wussten, mit wem sie es zu tun hatten. Lisi betrachtete ihre kleine Nachbarin und fragte sich, was es wohl war, das sie innerlich auffraß. Geld? Liebe? Ehre?

»Wer sie g-g-g-gibt? Pah! *Lubitsch Weine* gibt die Party! Der Vater von der Frau des Richters Ho-ho-hornstig. Kennen Sie das Weingeschäft am Bus-bus-busbahnhof? Erinnern Sie sich an den vergifteten Wein aus Jugoslawien? Sie waren noch ein kleines Mädchen. Der Vater! Der Schwiegervater von Hornstick! Er. Er hat dafür gesorgt, dass sein Schwiegersohn sein Leben der Allgemeinheit widmen kann. Im Haus die Bilder an den Wänden, alles Originale! Das geht doch nicht von einem Richtergehalt! Mögen Sie Kaviar? Ich esse Kaviar, weil er teuer ist. Wenn er billig wäre, hätte ich ihn nicht gegessen. Nehmen Sie!«

Lisi bemerkte, dass die Zunge der kleinen Frau aufgehört hatte anzustoßen. Schmutziger Tratsch, dachte sie und nahm ein mit Kaviar und Kapern belegtes Schnittchen.

»Ist Lubitsch hier?«, fragte sie. »Kennen Sie ihn?«

»Klar kenne ich ihn.« Die Frau kicherte und verströmte einen säuerlichen Geruch nach Alkohol. »Er ist doch mein Vater, nicht wahr?«

Lisi wollte fragen, ob sie also die Schwester der Hausherrin vor sich hatte. Doch stattdessen kaute sie das belegte Schnittchen und murmelte etwas Unverständliches, wie man es tut, um Zeit zu gewinnen. Alex, die Gattin des Gefeierten, lief im Garten umher, gekleidet in ein goldenes Gewand, mit aufgestickten goldenen Ringen, die sich bei jedem Atemzug bewegten, und in ihrem tiefen Ausschnitt wogten ihre Brüste wie in Hängematten. Sie provoziert ihre Gäste mit ihren Brüsten, dachte Lisi, mit ihren braunen Augen und dem ganzen Gold. Was versucht sie zu beweisen, was versucht sie zu bekommen, wen will sie ärgern? Und diese Geschichte mit dem vergifteten Wein, ob sie wohl stimmt? Wieso war sie nicht bekannt geworden? Sie sah die Schlagzeile schon vor sich: »Schwiegervater des Bezirksrichters H. handelte mit vergiftetem Wein aus Jugoslawien«. Dafür würde sie eine Prämie bekommen. Und dann würden ihre Schwestern, sie sollen gesund sein, wieder zu ihr kommen, sie mit ihren bemitleidenswerten Geschichten füttern und ihr das wenige abschwatzen, was sie sich erspart hatte.

»Was ist das für ein Name, Alex?«, fragte sie die kleine Betrunkene.

»Alexandra, natürlich. Nach dem Namen von Alexandra, der Hasmonäerin.« Sie nahm einen Schluck aus dem Whiskyglas, das sie in der Hand hielt, und ihr Blick streifte hinüber zum Garten. Lisi folgte ihm bis zum Tisch der Familie. Dort saßen Alex' Eltern, *Lubitsch Weine* und seine Frau, ein Junge und ein Mädchen, die offensichtlich Hornsticks Kinder waren, und ein Mann, der besorgt zu ihnen herüberblickte und vermutlich der Ehemann der Betrunkenen war. Alle aßen eifrig und beobachteten mit strengem Gesichtsausdruck die Gäste, die den Garten füllten.

***

Lisi beschloss, sich von der feindseligen Schwägerin zu verabschieden, Jacki Auf Wiedersehen zu sagen und nach Hause zu gehen. Sie war hier gewesen, sie hatte alles gesehen, sie hatte zweihundert Worte, mehr brauchte sie nicht. In einer halben Stunde würde sie zu Hause sein, ihren Bericht schreiben, und wenn nichts Besonderes passierte, würde sie noch vor Mitternacht ins Bett kommen. Die Heißwasseranlage des Gebäudes war wieder mal kaputt, und Lisi sagte sich zum soundsovielten Mal, dass sie sich einen privaten Boiler leisten konnte – ja, morgen, sofort wenn sie von der Militärkontrollstelle Erez zurückkam, noch bevor sie auch nur ein Wort geschrieben hätte, würde sie sich über alle Einzelheiten informieren. Sie hatte keinen Mann, sie hatte keine Kinder, sie nahm sich noch nicht einmal Urlaub, außer ein paar Tage für das Theaterfestival in Akko, da konnte sie sich als schwer arbeitende Frau doch wirklich heißes Wasser für die Badewanne erlauben, nein, sie hatte nicht vor, sich schuldig zu fühlen.

Im Salon bahnte sie sich einen Weg durch die Leute, um zu Jacki zu kommen, und erst als sie am Klavier stand, merkte sie, dass Alex ihr gefolgt war.

»Bald zünden wir die Feuerwerkskörper an«, sagte Alex.

»Haben Sie was getrunken? Gegessen? Sie wollen doch nicht schon gehen?«

Zwischen den einzelnen Wörtern machte sie kleine Atemzüge, ihre Stimme warf die Wörter in die Luft wie ein Jongleur seine Bälle, ihre aufgerichteten Brüste machten einen ganz nervös durch die ständige Bewegung der goldglitzernden Ringe. Lisi bedankte sich bei Frau Hornstick (»Nein, nein, nennen Sie mich doch Alex! Alle nennen mich Alex!«) und entschuldigte sich, dass sie gehen müsse, und während der ganzen Zeit spielte Jacki weiter, den Blick auf die Tasten gesenkt. Alex' Hand lag auf seiner Schulter, und Lisi erinnerte sich jetzt, dass über Jacki geklatscht wurde, eine Bauingenieurin habe sich in ihn verliebt und ihm eine Wohnung in *Siedlung G* gekauft. Alex war sicher ein Dutzend Jahre älter als Jacki, und Lisi fragte sich, ob er noch andere ältere Freundinnen hatte. Sie nahm sich vor, darauf zu achten, in welcher Gesellschaft er sich herumtrieb.

»Soll ich Ihrem Mann Bescheid sagen, dass er reinkommt?«, fragte sie Alex.

»Er ist schon ein großer Junge. Wenn er will, kommt er einfach«, antwortete Alex. Sie hat recht, dachte Lisi. Wenn er beschlossen hat, die Party, die schließlich ihm zu Ehren stattfindet, damit zuzubringen, dass er an der Tür steht und die blöden Feuerwerkskörper in der Hand hält, so soll es ihm wohl bekommen, warum sollte ich mich da einmischen?

***

»Ist Ihre Frau Bauingenieurin?«, fragte sie Hornstick, als sie sich von ihm verabschiedete.

»Ja.«

Sein Gesichtsausdruck änderte sich nicht bei dieser Antwort, doch ihr war klar, dass er verstand, warum sie diese Frage gestellt hatte. Sie überlegte, warum seine Frau wohl die ganzen Jahre bei ihm geblieben war. Sie war schön und unternehmungslustig, hatte einen guten Beruf und war noch dazu die wohlhabende Tochter von *Lubitsch Weine.* Was band sie an ihn? Seine gesellschaftliche Stellung? Seine Klugheit? Die Gewöhnung?

Seine blonden, schon stark ergrauten Haare verliehen seinem Gesicht etwas Schmuddeliges, und seine Haut sah aus wie zerknittertes Zeitungspapier voller alter Teeflecken. Er versuchte nicht, sie zu beeindrucken, auch die übrigen Gäste nicht. Und obwohl die Party ihm zu Ehren stattfand, machte die Art, wie er an der Tür stand, die Feuerwerkskörper in der zusammengepressten Hand, den Eindruck, er isoliere sich, sondere sich ab, was nicht weniger arrogant wirkte als das viele Gold, das seine Frau ihm zu Ehren überall verteilt hatte.

»Haben Sie etwas getrunken? Haben Sie etwas gegessen?«

»Warum stehen Sie hier? Warum gehen Sie nicht hinein?«

»Sie haben recht. Kommen Sie, gehen wir hinein.«

»Ich gehe nach Hause.«

»Ohne Jacki Danzig?«

»Ich hatte einen langen Tag, und ich muss morgen sehr früh aufstehen.«

»Haben Sie das Haus gesehen? Den Swimmingpool?«

***

Er nahm sie am Ellenbogen, und sie ließ sich zu dem kleinen Flur neben dem Eingang führen, verließ sich auf ihre zehn Jahre bei der Lokalpresse, auf ihre Intuition – dieses besondere Gefühl, das ihr nun befahl: »Halt den Mund, Schätzchen, und bewege deine großen Plattfüße, möglicherweise bringt dir das vierhundert Wörter auf der letzten Seite ein.« Nach dem Garderoberaum und dem Fernsehzimmer und zwei Gästezimmern, dem Zimmer des Sohnes, der auf das Gymnasium ging, und dem Zimmer der Tochter, die noch in der Mittelstufe war, kamen sie zum Keller, der zum Swimmingpool führte. Ein auseinandergenommener Pingpongtisch, aufgerollte Gummischläuche, Badeschuhe in verschiedenen Größen, und links – die Tür zum Zimmer der Filipina, die jetzt oben zwischen den Gästen herumlief, ein herzförmiges weißes Schürzchen umgebunden.

Hornstick schloss hinter ihnen die Tür und stürzte sich auf sie. Sie sah die kleinen Schweißtropfen auf seiner Stirn und verstand, dass er beschlossen hatte, sich selbst ein Geschenk zu machen. Und als sie den ersten Schreck überwunden hatte, sah sie sich so, wie er sie sehen musste: eine große Kuh mit billigen Ohrringen, die Freundin des Klavierspielers, der meine Frau bumst, jetzt zahle ich es ihm heim. Sie zögerte, ob sie schreien sollte, Jackis Melodien drangen gedämpft und leise zu ihnen, wie ein Baldachin, der sich über ihre Köpfe spannte, und Lisi wusste, dass ihre Stimme, auch wenn sie schrie, nicht bis zum Garten dringen würde, und wenn sie sagen würde: »Herr Bezirksrichter, ich bin aber noch Jungfrau«, würde er vor Lachen ohnmächtig werden.

Sie schauten einander an, zwei geschlagene, müde Menschen, die in ihrem Leben zu viel gesehen hatten, um sich etwas von der Naivität zu erhalten, die der Mensch braucht. Eine ziemlich kleine Jeans hing über der Lehne des alten Sessels, und ein brauner Gürtel mit einer Metallschnalle, auf der ein Drache abgebildet war, lag zwischen Sitz und Lehne. Auf dem Tisch sah Lisi ein Päckchen Schmerztabletten, und in einem verstaubten Aschenbecher ein paar Perlen. Sie überlegte, was dieser kleinen Filipina wohl wehtat und ob sie hier einsam war, so weit weg von ihrer Heimat, und dass das eigentlich auch mal eine Reportage wert wäre. Der ehrenwerte Richter straffte seinen Körper, schob sich vorwärts, streckte die Hand in den Zwischenraum zwischen seinem Körper und der Tür, tastete nach dem Schlüssel und drehte ihn, als er ihn gefunden hatte, im Schloss um. Seine Augen waren auf Lisi geheftet, er war zu allem bereit. In der Luft hing ein muffiger Geruch nach Staub, geschlossenen Fenstern und fremdartigen Gewürzen. Die Bettwäsche war nicht ganz sauber, und Lisi fühlte, wie ihr übel wurde.

Es fehlten ihr die Voraussetzungen zum Vergleich, aber sie

wusste, dass er wütend war. Wütend auf die Liebhaber seiner Frau und wütend, dass alle Leute darüber Bescheid wussten, sogar Lisette Badichi, die unter dem Namen Lisi die Bekloppte bekannt war, der Fußabstreifer vom örtlichen Käseblatt, und dass er seine Wut an ihr ausließ. Ein heftiger Schmerz schoss plötzlich durch ihren großen, schweren Körper, und sie dachte, sogar das hier habe ich bekommen wie andere Frauen die Rechnung im Supermarkt. Ihre Beine waren nass, und sie wartete darauf, dass er ihr den Rücken zukehrte, damit sie sich mit dem Leintuch der Filipina abtrocknen könnte. Aber er lag auf ihr, hatte die Augen mit der Hand bedeckt, und die Töne, die aus seiner Kehle kamen, klangen anders, als sie erwartet hatte, jedenfalls war alles anders, als sie es aus Filmen kannte. Das Kissen roch muffig, und sie überlegte, dass er bestimmt auch manchmal mit der Filipina hier lag, denn er hatte das Zimmer betreten, als wäre es sein eigenes. Auch Horn-horn-hornstig hat ein paar kleine Geheimnisse, nicht nur seine Frau.

***

»Warum hast du es mir nicht gesagt?«, fragte er.

Er hat Angst, dachte Lisi erstaunt, er hat Angst vor mir. »Bezirksrichter vergewaltigte Reporterin.« Ja, das wäre ein Knüller! Und es würde sogar für eine Prämie reichen. Sie fühlte sich großherzig und stark. Sie drückte ihn von ihrer Brust, schob seine Hand von seinen Augen und betrachtete seine blassen Wimpern und die faltigen Lider, die gelblichen Sommersprossen auf seinen Schultern und die Flecken auf der dünnen Haut und merkte sich genau, wie der Mann, der sie endlich von ihrer

Jungfernschaft erlöst hatte, aussah, jedes Detail. Sie lächelte ihn an, strich ihm über die dünnen, feuchten Haare und flüsterte: »Du musst zurück zu deinen Gästen.«

»Was ist mit dir?«

»Ich bin in Ordnung.«

Er betrachtete sie, und sie wusste, dass er sie erst jetzt wirklich wahrnahm. Er schaute sie an, wie sie noch nie von einem Mann angeschaut worden war, und sie ließ zu, dass er ihre weiche Haut musterte, die braunen, ein wenig schräg stehenden Augen, die kurzen Schafslocken und die riesigen Plastikohrringe, die sie noch immer an den Ohren hatte und die das berufliche Markenzeichen von Lisi der Bekloppten waren. Sie fühlte, dass sie schön war. Dass ihre Haut glänzend und frisch war, und dass jetzt, im Liegen, auch ihre Brüste voll, anziehend und herzerfreuend aussahen.

»Das nächste Mal tut es nicht mehr weh«, sagte er.

»Ich weiß.«

»Wo wohnst du?«

»Ruf mich nicht an, Schätzchen. Du bist jetzt Bezirksrichter.«

Plötzlich fingen sie an zu lachen, und Lisi sah, wie er verstand, dass sie ihm keine Schwierigkeiten bereiten würde, wie ihn das beruhigte und wie ihm die Sache nun auch Spaß machte.

»Was macht dein Schwager?«, fragte sie ihn.

»Er ist Geschäftsmann. Weinhandel.«

»Mag er seine Arbeit nicht?«

»Nein.«

»Deine Schwägerin ist sauer auf dich.«

»Sie ist eifersüchtig auf ihre Schwester. Die Lubitschs haben beschlossen, alles auf ein Pferd zu setzen, auf mich nämlich.«

»Vielleicht weil dieses Pferd Rennen liebt?«

Er betrachtete sie erstaunt, dann beugte er sich vor und streichelte mit seinem Daumen die weiche Stelle zwischen ihrem Hals und ihren Brüsten, hob einen Ohrring an und berührte mit den Lippen ihre Halsbeuge zwischen Ohr und Haaren. Sie hörte, wie er schneller atmete, sein Appetit wurde wieder wach. Durch die Zimmerdecke drang eine Tangomelodie zu ihnen, und Lisi fragte sich, ob das Haus noch einen anderen Ausgang hatte, am Swimmingpool vorbei.

»Du bist ein tolles Mädchen, Lisi.«

»Sie sind auch in Ordnung, Herr Hornstick.«

***

Als sie zu Hause ankam, drehte sie im Badezimmer den Wasserhahn auf und setzte sich hin, um die zweihundert Wörter über die Party zu schreiben, die zu Ehren des neuen Bezirksrichters stattgefunden hatte. Sie vergaß auch nicht, Jacki Danzig zu erwähnen, außerdem das Klavier der Firma *Israha,* auf dem er immer spielte. Die Überschrift ihres Artikels lautete: »Ein Lokalheld«.

Kapitel 2

Es war drei Uhr nachmittags, und Regen klatschte an die großen Fenster. Lisi saß in der Redaktion und tippte ihren Bericht über die Militärkontrollstelle Erez. Es hätte eine gute Story werden können, wenn sie nicht bei ihrer Ankunft an der Militärkontrollstelle Erez einen Reporter und einen Fotografen des staatlichen Informationsbüros vorgefunden hätte, und – was noch schlimmer war – Beni Adolam, den Reporter der *Post im Süden.* Ihr Zeitplan war durcheinandergebracht, das war klar, aber sie hatte keine Wahl, sie musste der Geschichte nachgehen. Denn wenn sie nur in der Konkurrenzzeitung erschiene, dann würde Arieli, ihr Redakteur in Tel Aviv seine Drohung wahrmachen und Doron Cement nach Be'er Schewa schicken, um den Job als »unser Reporter im Süden« zu übernehmen.

***

Nach dem Besuch der Militärkontrollstelle Erez versammelten sie sich alle in der Polizeistation am Kikar Hamedina, und dort trafen sie den örtlichen Bezirksratsvorsitzenden des Gazastreifens und den Kommandanten des Bezirks Süden. Während sie die Zelle eines Häftlings betraten, eines Angehörigen der islamischen *Jihad,* hörten sie einen Hilferuf, der aus dem

Funkgerät des Diensthabenden drang. Eine Frau war dabei, auf offenem Feld ein Kind zur Welt zu bringen. Lisi fragte, ob sie in dem Streifenwagen mitfahren dürfe, der die Frau ins Krankenhaus bringen sollte, und erhielt die Erlaubnis. Sie bemerkte das Zögern Beni Adolams. Was war wichtiger? Der Gefangene von der islamischen *Jihad*-Bewegung oder eine Geburt auf offenem Feld? Die *Jihad*-Bewegung siegte, und Lisi lief hinaus. Sie hoffte, den Polizisten und die Polizistin im Streifenwagen zum Reden zu bringen.

Auf dem Feld fanden sie drei erschrockene Kinder und eine Frau, die sich in Geburtswehen wand, und über ihnen zog ein schwarzer Rabe seine Kreise und krächzte. Es stellte sich heraus, dass dieser Rabe, der Issa hieß, bei der Familie aufgewachsen war, quasi als Kind des Hauses, und als es losgegangen und seine Herrin zu Boden gesunken war, war er nach Hause geflogen, hatte geschrien und mit den Flügeln geschlagen, bis die anderen ihn bemerkten und zum Feld liefen. Lisi wartete im Krankenhaus, zusammen mit dem aufgeregten Vater und drei Kindern, bis die Nachricht kam: »Ein Sohn!« Eine Überschrift für diese Story war ihr eingefallen, während sie auf einem Stuhl im Krankenhausflur saß: »Ein Rabe als Geburtshelfer«. Wir werden schon sehen, ob du was Besseres bieten kannst, Beni Adolam, dachte sie zufrieden.

Adolam studierte Orientalistik und Geschichte und verdiente sich seinen Lebensunterhalt, indem er für die *Post im Süden* schrieb. Lisi hatte ursprünglich gehofft, dass sein Studium einen beträchtlichen Teil seiner Zeit beanspruchen würde, doch zu ihrem Leidwesen hatte sich herausgestellt, dass er vom Zeitungsfieber angesteckt worden war. Be'er Schewa war ihm zu klein geworden, er hatte bereits begonnen, zur überregionalen Ausgabe der *Post* zu schielen. Er zögerte auch nicht, wegen eines aktuellen Berichts irgendwelche Vorlesungen über den großen Suleiman oder andere ehemalige Größen zu versäumen, genau wie sie es während ihres Studiums an derselben Fakultät getan hatte, damals, zu Beginn ihrer Karriere bei der *Zeit im Süden.* Bis er vor ungefähr einem Jahr auf der Bildfläche erschienen war, hatte sie keinerlei Konkurrenz gehabt. Die *Post im Süden* war ein ausgezeichnetes Handelsblatt gewesen, das ausführlich über die Bedeutung des Tourismus berichtete, der endlich auch Be'er Schewa erreicht hatte, über die Sparsamkeit besonderer Bewässerungsschläuche mit Löchern, die sich in den Ziergärten bewährt hatten, und über den neuesten Schrei bei Windeln für empfindliche Haut. Beni Adolam war die Antwort der *Post im Süden* auf Lisi Badichi, und seit er seine Arbeit aufgenommen hatte, verfolgte er sie schamlos und ohne Hemmungen. Wo immer Lisi hinkam, tauchte auch Beni Adolam auf, und die Leute gewöhnten sich daran, dass es zwei Reporter in Be'er Schewa gab: die bekannte Lisi Badichi und Beni Adolam, der aufsteigende Nachwuchs. Sie wusste, dass er das nie sagte – das hätte er sich nicht getraut –, aber er vermittelte den Leuten den Eindruck, als sei sie die Vergangenheit und er die Zukunft.

Das Ärgerlichste war, dass er sie dazu zwang, schwer zu arbeiten und immer auf dem Sprung zu sein. Es gab Orte, zu denen sie eigentlich nicht gehen wollte, Ereignisse, an denen sie nicht teilnehmen wollte, und trotzdem raffte sie sich schließlich auf und ging hin, ob sie Lust hatte oder nicht, weil eine einzige Sorge sie bewegte: Was ist, wenn sich herausstellt, dass Adolam dort war und ich nicht? Es war Dahan, der ihr erzählt hatte, dass Arieli erwog, Cement zu »unserem Reporter im Süden« zu machen, und es war auch Dahan, der sich die Mühe machte, ihr von jedem Werbeinserat zu berichten, das in der *Post im Süden* erschien, nicht aber in der *Zeit im Süden,* als trage sie – und nur sie – die Schuld daran.

Lisi schickte den Artikel nach Tel Aviv, stand auf, streckte sich, malte sich die Lippen an und hängte sich ihre große Schultertasche um. Sie warf einen Blick aus dem Fenster. Es hatte aufgehört zu regnen, doch der Himmel war grau und deprimierend. Hinter der Tür hörte sie die Stimmen von Dahan und Schibolet, und sie fragte sich, ob er auch sie in die Liste seiner Eroberungen eintragen wollte. Lisi war müde und hungrig und sehnte sich danach, nach Hause zu fahren, ein Schaumbad zu nehmen und ins Bett zu gehen. In der letzten Nacht hatte sie nur zweieinhalb Stunden geschlafen, und den ganzen Tag über hatte sie den Gedanken an das, was ihr auf der Party passiert war, weggeschoben. Sie hatte den Bericht über das Fest im Hause Hornstick auf die zweite Seite platziert, unter ein Foto Hornsticks und seiner Frau. Im Hintergrund war ein Mann zu sehen, der aussah wie Baba Sali, der Wunderrabbi. Ein Teil des Berichts war nach Tel Aviv gegangen und dort in die überregionale Ausgabe der *Zeit* übernommen worden.

Lisis Rückenmuskeln schmerzten, und der Gedanke an ein heißes Bad erinnerte sie an das Heißwassergerät, das sie vorhatte zu kaufen. Sie beschloss, diesmal nicht aufzugeben, egal wie müde sie war, ein für alle Mal würde sie sich dieses Ding anschaffen.

»Habt ihr eine Ahnung, wo man einen Boiler fürs Badezimmer kauft?«, fragte sie Dahan und Schibolet.

Die beiden saßen auf dem großen Schreibtisch und tranken Kaffee aus Styroporbechern.

Schibolet war Dahans Neuerwerbung. Sie war eine Kibbuznikit, hatte die Militärzeit hinter sich und war in die Stadt gekommen, um Geld für eine Reise in den Fernen Osten zu verdienen. Sie wohnte in einer Wohngemeinschaft in der Nähe von Schekem, mit fünf anderen Kibbuznikim, die sich zu dem gleichen, gemeinsamen Ziel zusammengetan hatten – zwei Mädchen und ein Junge aus Sade Asanja und drei junge Männer aus dem Kibbuz Adra'i. Zur Überraschung aller war Schibolet eine gute Sekretärin. Sie konnte Schreibmaschine schreiben, den Fernschreiber und das Modem bedienen, sie führte die kleine Kasse genau und ordentlich, vergaß nicht, Nachrichten weiterzuleiten, und – was für eine Kibbuznikit von zwanzig, die die Welt erobern wollte, noch wichtiger war – sie war nicht beleidigt, wenn man sie bat, Kaffee zu kochen oder belegte Brote vom Kiosk zu holen.

»Du hast doch eine zentrale Warmwasserversorgung«, sagte Dahan.

»Die ist immer kaputt. Ich möchte einen eigenen Boiler. Manchmal funktioniert das Gerät nicht, manchmal sind die Rohre kaputt. Ich hab die Nase voll.«

»Man hat die Frau von diesem Richter umgebracht.«

»Von was für einem Richter? Was für eine Frau?«

»Sie haben es in den Nachrichten gebracht.«

»Was?«

»Die Frau von Hornstick. Erschossen. Irgendwann während der Party.«

»Wer hat sie erschossen?«

»Keine Ahnung. Das war alles, was sie gesagt haben. Man hat sie im Lauf der Party erschossen. Die Beerdigung war heute Nachmittag. Der Pathologe hat sie untersucht, die Polizei hat die Vermittlungen aufgenommen.«

Dahan blickte sie an, als warte er darauf dass sie ihm etwas mitteilte, was nicht in den Nachrichten gekommen war. Er besaß die aufrechte Haltung der erfolgreichen Männer, denen die Natur lediglich die Größe von einem Meter siebzig verliehen hat. Zwischen Nase und Mund hatte er Falten, die ihr bisher nicht aufgefallen waren. Vor einem Jahr war er in ein Villenviertel umgezogen und hatte seiner Frau eine Parfümerie gekauft. Die Tochter erhielt Klavierstunden und Ballettunterricht. Er arbeitete sich bergauf, seine Zeit ging bergab. Der Zusammenstoß war unvermeidbar.

***

Der Kragen ihres Regenmantels hatte sich unter dem Riemen ihrer Tasche verschoben und drückte sie auf der Schulter. Lisi stellte die Tasche auf den Boden und versuchte sich zu erinnern, wann sie das letzte Mal Nachrichten gehört hatte. Als sie im Gaza-Streifen mit den Polizisten zu dem Feld gefahren war, vor einer Ewigkeit also, da hatten sie im Auto Nachrichten gehört. Aber es war nichts über einen Mord an Alexandra Hornstick gekommen. Wer hatte Alexandra Hornstick ermorden wollen?

»Geh nach Hause, Lisi. Es regnet, du hast schwer gearbeitet und bist um drei Uhr morgens aufgestanden.«

»Was soll ich machen?«

»Du bist ganz grau vor Müdigkeit, Lisi. Wir kümmern uns morgen um die Sache.«

Erst jetzt verstand sie, dass er über den Boiler gesprochen hatte.

»Kennst du jemanden, Schätzchen?«

Dahan zu fragen, ob er »jemanden kenne«, war, als frage man einen Arzt, ob er mal was von Grippe gehört hatte. Schlimmer: Es war fast eine Beleidigung. Dahan kannte persönlich jeden Händler und jeden Vertreter zwischen Aschdod und Eilat, und er wusste nicht nur für jedes Problem eine Lösung, sondern diese Lösung war auch immer um zehn Prozent billiger.

Das Telefon klingelte, Dahan nahm ab und sagte: »Ja, Doritchen.« Dann bedeckte er die Muschel mit der Hand. »Du kannst dich ja einstweilen mit kaltem Wasser waschen«, sagte er zu Lisi.

Lisi hatte Angst, sie könnte anfangen zu weinen, wenn sie nur den Mund aufmachte. Man bringt die Frau des Richters bei der Party um, die zu Ehren seiner Berufung gegeben wird, und Lisi Badichi, die auf dieser Party war, schickt der Redaktion einen Bericht – und über was? Ja, richtig, über ein weißes Klavier!

***

Sie verließ die Redaktion, bewegte ihre großen Flossen in Richtung Aufzug. Dahan hatte recht. Sie war müde. Sie überlegte, ob ihr Bericht überhaupt in der überregionalen Ausgabe erscheinen würde und ob es nicht vielleicht doch ein Fehler gewesen war, sich von Beni Adolam zu trennen. Erst als sie auf der Straße war, fiel ihr ein, dass ihr Auto vor der Stadtkommandantur stand, von dort war sie vor dem Morgengrauen, vor Hunderten von Jahren, aufgebrochen. Einen Moment erwog sie, ins Büro zurückzugehen und ein Taxi zu bestellen oder Dahan um Hilfe zu bitten. Die Gehsteige waren regennass und glänzten, und irgendeine gute Seele vom Elektrizitätswerk hatte die Straßenbeleuchtung eingeschaltet, obwohl es noch nicht dunkel wurde. Die Luft war klar und kühl. Lisi atmete tief ein und dehnte ihre Lunge. Autos fuhren an ihr vorbei, mit Standlicht, und sie sah düstere Leute in Wintermänteln, die sich beeilten, zwischen einem Regenschauer und dem nächsten irgendwohin zu gelangen. Lisi beschloss, zu Fuß zum Parkplatz zu gehen. Sie genoss das Laufen und den Anblick der Schaufenster. Die Stadt spannte ihre Muskeln, genau wie sie selbst.

Kapitel 3

Neben der Stadtkommandantur, zwischen dem Blumenladen und dem Café der jüdisch-christlichen Sekte befand sich der Laden von Tante Klara und Onkel Ja'akow. Kassetten, Plastikblumen, Glückwunschkarten, im Sommer Sonnenbrillen, im Winter Schirme, Gürtel, Ohrringe und vor allem – Onkel Ja'akow, das ganze Jahr über im dreiteiligen Anzug und mit Bowler, und Tante Klara, eine ehemalige Opernsängerin aus Ägypten. Sie waren Experten, was die Opern von Gilbert und Sullivan betraf und das in einer Stadt, in der die wenigsten Einwohner überhaupt wussten, dass es ein Weltereignis wie Gilbert und Sullivan überhaupt gab. Vor langer Zeit war Onkel Ja'akow, der damals noch Jacques hieß, Pianist im Opernorchester von Alexandria gewesen, und Tante Klara, die damals Claire hieß, war Sängerin im Chor. Während der Proben hatte sie einen Monat lang den schönen Kopf des Pianisten unten im Orchestergraben gesehen und sein Spiel aus dem aller anderen Orchestermitglieder herausgehört. Hinter den Kulissen erzählte man sich, er sei der Geliebte der Primaballerina Elfrida Kirilowa, der ägyptischen Isadora Duncan. Man sagte, er habe sie verzaubert, sodass sie erschauere, wenn er nur in ihrer Nähe sei, und dass man in der Direktion überlege, ihn zu entlassen. Als

Claire ihn schließlich vor einer der Proben traf und herausfand, dass er fast ein Zwerg war, störte sie das nicht, ebensowenig wie es Ja'akowtschik störte, dass Claire einmal ein Mann namens Menasche gewesen war. Sie verliebten sich ineinander. Elfrida drohte, Claire und Jacques umzubringen – das erzählte man sich wenigstens innerhalb der Familie, und den beiden blieb nichts anderes übrig, als von Alexandria nach Be'er Schewa zu fliehen.

Tante Klara zog Lisi all ihren übrigen Neffen und Nichten vor. Sie verwöhnte sie mit Geschenken und Schmeicheleien, und ihre Prophezeiungen einer großen Zukunft erfüllten sich, als Lisi – nachdem sie ein Studium an der Universität von Be'er Schewa vorzeitig abgebrochen hatte – Journalistin wurde. Die Tatsache, dass Lisi keinerlei Diplom besaß, störte Tante Klara nicht. Sie fragte Lisi, was sie von der neuen Frisur Königin Fabiolas hielt und ob Rainier nach dem Tod der armen Grace ihrer Meinung nach noch einmal heiraten solle. Lisi überlegte sich ihre Antworten ernsthaft und versuchte, ihre gute Tante nicht zu enttäuschen.

Im Laden waren keine Kunden. Onkel Ja'akow schlummerte hinter der Kasse, und Tante Klara saß in der Türöffnung und legte auf dem Klapptisch eine Patience, mit gebeugtem Rücken und hängenden Schultern, die graue Katze auf dem Schoß. Der verstaubte Plattenspieler dudelte heiser irgendeine Arie aus einer Oper, die Lisi nicht kannte. Einzelne Regentropfen fielen vom Asbestdach in ihren Kragen.

»Ist was passiert, Lisi?«, rief Tante Klara mit ihrer tiefen Altstimme. »Arieli! Was hat er diesmal gemacht?«

Lisi sagte, sie sei müde. Sie habe ihr Auto auf dem nahen Parkplatz stehen, weil sie ohnehin hier vorbeimusste, habe sie beschlossen, schnell noch eine Kassette für ihr Aufnahmegerät zu kaufen.

»Irgendein Mann im Spiel, Lisi?«

»Es gibt keinen.«

»Ich habe gerade hintereinander ein Herz und ein Kleeblatt gezogen und sofort an dich gedacht, Lisi«, sagte Tante Klara und blickte besorgt zu Ja'akow hinüber. Hatten die Karten sie betrogen? Tante Klara hing, seit Lisi achtzehn geworden war, irgendwelchen fixen Ideen nach, was mögliche Liebesromanzen ihrer Nichte betraf. Lisi hatte ihr allerdings nie etwas vorgemacht. Tante Klara verfolgte sie mit kleinen Ratschlägen, mit Geheimnissen von Frau zu Frau. »*Chanel Nr. 5!*«, flüsterte sie nun, als ginge es um ein gefährliches Gift. »Hast du welches?«

»Nein, Tante Klara.«

»Ich besorge es dir.«

»Nein, nicht nötig.«

Und dann brach alles aus ihr heraus, Namen und Ereignisse sprudelten über ihre Lippen, und Klara und Ja'akow hörten mit aufgerissenen Augen zu. Lisi wusste, dass die beiden später, wenn sie gegangen war, alles wieder und wieder miteinander besprechen würden, wahrscheinlich bis sie sich das nächste Mal trafen. Lisi war ihre Verbindung zu einer wunderbaren Welt der Fantasie, nach der sich ihre Seelen sehnten und die sie die engen Grenzen ihres eigenen Daseins vergessen ließ. Eine überirdische Welt für den, der sie sah, und wer sie nicht sah, dem konnte man sie auch nicht erklären.

Diesmal hätte Lisi allerdings einen realen Rat brauchen können. In ihrem Kleiderschrank lag eine Packung Antibabypillen, die sie vor drei Jahren gekauft hatte. Sollte sie sie nehmen? Oder in den Mülleimer werfen? Hatte sie sich in einer Nacht in eine gierige Frau verwandelt, in deren Bett Männer herumzappelten wie Fische in einem Netz? Merkte man ihr eine Veränderung an? Sollte sie zu einem Gynäkologen gehen? Sich mit ihren Schwestern beraten? Die Müdigkeit, die sie empfand, war sie möglicherweise das erste Zeichen einer Schwangerschaft?

Lisi verabschiedete sich von Tante Klara und Onkel Ja'akow versprach, sich gerade zu halten, tief zu atmen, ihre Haut mit Kamillekompressen zu pflegen, vor dem Frühstück Tee aus japanischer Kamille zu trinken und sich gleich morgen *Chanel Nr. 5* zu besorgen.

* * *

Sie hörte ihren Pieper, noch bevor sie am Parkplatz ankam. Sie konnte den Ton ihres eigenen Piepers von dem anderer Leute genau unterscheiden. Als sie sich mit der Redaktion in Tel Aviv in Verbindung setzte, hörte sie die verärgerte Stimme Arielis.

»Wo stecken Sie nur, Badichi? Schon seit einer Stunde suchen wir Sie!«

»Ich komme aus der Redaktion.«

»Wozu hat man Ihnen einen Pieper gegeben, wenn Sie ihn nicht benutzen?«

»Ich bin um drei Uhr morgens aufgestanden. Ich bin zur Militärkontrollstelle Erez gefahren. Ich habe einen Bericht geschickt.«

Arieli setzte sich nur mit ihr in Verbindung, wenn er wütend auf sie war. Nie im Leben sagte er ihr ein freundliches Wort. Auch wenn er ihr eine Prämie schickte, lobte er ihre Arbeit nicht. Das Knistern, das aus dem Telefon kam, war wie der Weg, der zum Schafott führte.

»Wo sind Sie?«

»Am kleinen Kiosk neben dem Parkplatz. Ich habe vor, nach fünfzehn Stunden Arbeit nach Hause zu fahren.«

»Und Ihr Bericht über Hornstick?«

Lisi schwieg. Sie betrachtete das Telefon, als habe es sich in den Rachen eines wilden Tieres verwandelt, das sie mit seinen scharfen Zähnen zu zerreißen drohte.

»Badichi!«

»Ja?«

»Sie waren bei der Party?«

»Ja.«

»Hornsticks Frau ist während der Party ermordet worden.«

»Ja, ich habe es gehört.«

»Die Beerdigung war heute Nachmittag, und Sie schicken mir einen Artikel über einen Klavierspieler und das kalte Büfett. Die Frau des Bezirksrichters wird während einer Party in ihrem eigenen Haus ermordet, meine Reporterin befindet sich am Ort des Geschehens und liefert mir einen Bericht über belegte Schnittchen. Ich werde Cement schicken.«

***

Damals bei dem Autobusunglück hatte er zwei Leute geschickt, den Militärberichterstatter und Cement. Auch als Terroristen in Gaza und Katif Bomben in Autobussen versteckt hatten, hatte er den Militärberichterstatter und Cement geschickt. Und als bei Kissufim ein Soldat ermordet worden war, hatte er den Militärberichterstatter und Cement geschickt. Nur als dieser arme Kerl im Park erschossen worden war, hatte Lisi mit größter Mühe erreicht, dass Arieli Cement nicht schickte. Lisi beschloss, sich diesmal nicht zu ducken. Cement würde sich nur die Feindschaft der örtlichen Polizisten zuziehen, sagte sie zu Arieli. Sie würden nicht mit ihm zusammenarbeiten. An sie, Lisi, seien alle gewöhnt. Man kenne sie und verlasse sich auf sie. Wenn Cement von der Hauptstadt in die Provinz herabsteige, würde es einen Monat dauern, bis er alle Beteiligten überhaupt kennengelernt habe, und einen weiteren Monat, bis er herausfand, dass keiner bereit war, mit ihm zu sprechen. Ihre Tante sei Protokollschreiberin bei der Polizei, ihr Schwager Benzi Polizeiinspektor, ebenso ihr Schwager Ilan. Und außerdem: Der Mord – war es wirklich ein Mord? – habe stattgefunden, nachdem sie gegangen war. Sie habe schließlich um drei Uhr aufstehen müssen. Ob er sich nach so vielen Jahren noch immer nicht auf sie verlasse?

Sie wusste, dass sie ihm auf die Nerven ging. Dass sie Blödsinn redete. Etwas in ihr war wie versteinert, und etwas anderes funktionierte weiter, kämpfte um ihre berufliche Ehre. Schließlich arbeitete sie schon seit Jahren mit Hingabe und Eifer für die *Zeit im Süden,* und ausgerechnet jetzt, wo sich ein solches Drama auf ihrem eigenen Territorium abspielte, wollte man ihr aus dem fernen Kosmos Tel Aviv den Meteoriten Cement vor die Füße werfen? Und was bliebe ihr dann zu tun übrig? Über eine neue Geschmacksrichtung bei der Waffelherstellung zu berichten? Über eines müsse er sich im Klaren sein: Sie würde mit Cement nicht zusammenarbeiten. Vor ihrem inneren Auge erschien die Gestalt Beni Adolams, stieg wie ein Cherub zum Himmel hinauf und verschwand, ein süßes Lächeln auf den Lippen.

»Sind Sie sicher, dass Sie zurechtkommen?«

»Ja.«

Fast wäre Lisi vor dem Telefon auf die Knie gefallen.

»Ich habe Ihnen eine Prämie für den ›Raben als Geburtshelfer‹ geschickt.«

»Danke.«

»Das war, noch bevor ich von dem Mord erfahren habe.«

Plötzlich war das Gerät still. Der Parkplatz war leer und dunkel, es begann wieder zu regnen. Lisi fühlte sich einsam wie schon lange nicht mehr.

Kapitel 4

»Geh nach Hause, Lisi.«

Dieser Satz hing Lisi allmählich zum Hals heraus. Alle versuchten ständig, sie loszuwerden wie eine leere Coladose. Diesmal kam der Satz von Benzi, ihrem Schwager, dem Ehemann von Georgette. Inspektor Ben-Zion Koresch hatte nichts gegen Lisi Badichi, er hatte sie sogar recht gern – solange er nicht während seiner Arbeit auf sie stieß. Es war sieben Uhr abends. Lisi war schon seit sechzehn Stunden auf den Beinen und hätte nichts gegen ein freundliches Lächeln oder ein gutes Wort gehabt, noch nicht mal was gegen eine Tasse heiße Suppe, doch so etwas bot ihr niemand an, unter anderem wegen ihrer Körperformen: eine große Kuh, die den Kopf senkt und ihre Last zieht. Daran könnte auch *Chanel Nr. 5* kaum etwas ändern.

***

Das Haus war nach der Party nicht saubergemacht worden. Reste von Goldpapier bedeckten den schwarzen Marmorboden und das weiße Klavier und hingen, vom Regen aufgeweicht, draußen in dem beleuchteten Garten von den Bäumen. Im Salon saßen die Mitglieder der Familie, und hätten sie nicht diese dunkle Kleidung getragen, hätte man glauben können, sie seien die letzten Überreste einer Fete, die bis in die Morgenstunden gedauert hatte. Benzis Polizisten benahmen sich wie die Polizisten in einem Hollywoodfilm, spannten Maßbänder, streuten Staub auf Stellen, wo sie Fingerabdrücke vermuteten, zogen Schubladen heraus, öffneten Schränke. Hornstick saß in einem Sessel, und die grauen Bartstoppeln auf seinem Gesicht ließen ihn alt aussehen. Lisi hämmerte sich mit Gewalt den Satz in den Kopf: Dieser Mann hat mit mir geschlafen, während seine Frau ermordet wurde. Ihr kam es vor, als wäre das Abenteuer der letzten Nacht in einer anderen Epoche passiert, und mit völlig anderen Menschen. *Lubitsch Weine* und seine Frau hockten auf dem weißen Brokatsofa, daneben Mirjam, die Schwester der Toten, und zwei verwaiste Kinder. Man sah ihnen den Einfluss von Beruhigungsmitteln an. Ne'eman Eschbal, der Schwager, vertrat die Familie nach außen. Nun kam er mit drohender Entschlossenheit auf sie zu.

»Sie sind doch die Frau von der Zeitung«, sagte er. Im selben Ton hätte er auch sagen können: Endlich habe ich denjenigen gefunden, der mir immer die Zeitung aus dem Briefkasten klaut. »Wir wollen hier keine Zeitungsleute!«, schnauzte er.

»Lisi«, bat Benzi. Sie hörte ihm an, dass Eschbal ihn ebenfalls angeschnauzt hatte. Er nahm sie am Ellenbogen und führte sie zur Tür.

»Herr Eschbal ist hier nicht der Hausherr«, sagte Lisi zu Benzi in dem Versuch, Zeit zu gewinnen. »Wenn der Hausherr es verlangt, werde ich draußen warten.«

»Der Hausherr weiß nicht, wie ihm geschieht«, zischte ihr Eschbal ins Gesicht. »Seine Frau wurde ermordet! Er überlässt es mir, alles zu erledigen. Also bitte!«

Sie spürte seinen Atem auf ihrem Gesicht und sah seine Goldplomben. Durch die offene Tür bemerkte sie, wie auf der anderen Straßenseite ein Moped anhielt, und gleich darauf kam Beni Adolam auf das Haus zu. Er trug einen Regenmantel, und das rote T-Shirt von heute Morgen hatte er gegen ein schwarzes getauscht, vielleicht aus Respekt für die Trauernden. Er hatte es geschafft, sich zu rasieren und zu kämmen, und sein zufriedenes Aussehen ließ darauf schließen, dass er sogar etwas zu Abend gegessen hatte.

»Ein Polizist?«, fragte Eschbal Benzi.

»Ein Journalist«, sagte Benzi.

»Schicken Sie beide weg!«, befahl Eschbal und drehte ihnen den Rücken zu.

***

Lisi atmete erleichtert auf. Wenn es etwas gab, was Benzi nicht ausstehen konnte, dann waren es Befehle, besonders wenn diese von Menschen ausgesprochen wurden, die nicht seine Vorgesetzten waren. Genau deswegen hatte er sich von Chawazelet scheiden lassen und Georgette geheiratet. Diese Scheidungen und Hochzeiten waren eine Sensation gewesen. Ganz Be'er Schewa hatte lebhaften Anteil genommen, als die beiden Polizisten Ben-Zion Koresch und Ilan-Sergio Bachut beschlossen, ihre Frauen, nämlich Lisis Schwestern Chawazelet und Georgette, einfach zu tauschen. Auf diese praktische Lösung war

Tante Klara gekommen, als in ihrem Laden eine Familienversammlung stattgefunden hatte, bei der über »Beziehungen« beraten wurde, die zum damaligen Zeitpunkt noch »Betrug« genannt wurden. Die beiden Freunde und die beiden Schwestern beugten sich dieser Entscheidung, die Männer packten ihre Sachen und zogen um, die Kinder blieben bei den Müttern, und die Situation war gerettet. Jetzt erteilte Chawazelet Ilan-Sergio Befehle, und Georgette putzte Benzi die Schuhe.

***

Lisi beschloss, Hornstick ihr Beileid auszusprechen. Weil sie vorhatte, so lange hierzubleiben wie die Polizei und Adolam, konnte sie genauso gut auch die Etikette wahren.

»Lisi Badichi«, erinnerte sie ihn, »von der *Zeit im Süden*. Es tut mir sehr leid … mein Beileid …«

Es fiel ihr schwerer, als sie gedacht hatte. Er stand auf und drückte ihr lasch die Hand, »ja, ja, danke«, und murmelte so leise, dass sie ihn fast nicht verstand: »Erzähl nichts von gestern.« Dann setzte er sich wieder und legte sein Gesicht in die Hände. Lisi sah die farblosen Haare in seinem Nacken. Sie ließ sich neben ihm in die Knie sinken und fragte: »Sind Sie damit einverstanden, dass ich hier bleibe, solange die Polizei im Haus ist?«

»Ja, ja«, antwortete er, ohne den Kopf zu heben.

Benzi winkte Lisi und Adolam zu sich.

»Ich gebe euch die Informationen, die wir bisher gesammelt haben, und dann haut ihr ab. Ich möchte keine Partisanenkämpfe, Lisi.«

»Warum sagst du das zu mir?«, fragte sie beleidigt. »Und was ist mit ihm?«

»Okay, okay. Also, wie ihr wisst, fand gestern hier im Haus eine Party aus Anlass der Ernennung Hornsticks zum Bezirksrichter statt. Etwa siebzig, achtzig Gäste. Die Familie, seine Freunde, ihre Freunde, Kellner, Musiker, Zeitungsleute. Warst du auch hier, Lisi?«

»Du weißt genau, dass ich da war. Mein Bericht über die Party ist heute Morgen im überregionalen Teil der *Zeit* erschienen.«

»Wann bist du hergekommen und wann bist du heimgegangen?«

»Gekommen bin ich ungefähr um neun, zusammen mit Jacki Danzig, dem Klavierspieler, und gegangen bin ich kurz nach elf.«

»Ist der Klavierspieler noch geblieben?«

»Ja. Verhörst du mich jetzt, Schätzchen?«

»Ja. Warum seid ihr nicht zusammen weggegangen?«

»Weil ich um drei Uhr nachts aufstehen musste, um an einer Pressekonferenz bei der Militärkontrollstelle Erez teilzunehmen, und ich wollte wenigstens noch zwei, drei Stunden schlafen.«

»Hat Jacki Danzig gewusst, dass du ohne ihn weggegangen bist?«

»Ja. Ich habe mich vorher von ihm verabschiedet. Du glaubst doch nicht etwa, dass er Alex umgebracht hat?«

»Ich glaube gar nichts. Wer hat dich weggehen sehen?«

»Weiß ich, wer mich gesehen hat? Keiner. Wen interessiert

es schon, ob ich zu einer Party komme oder von einer Party weggehe? Ich habe Alexandra Hornstick jedenfalls nicht umgebracht.«

»Gibt es eine Gästeliste?«, fragte Adolam mit leiser Stimme, wobei er Benzi mit erwartungsvollen Augen anblickte, genau wie dieser es liebte. Du hinterlistige Schlange, stellte Lisi innerlich fest.

»Ja«, sagte Benzi, »wir überprüfen sie gerade. Aber es gibt immer Leute, die eingeladen werden und nicht kommen, oder jemand bringt einen Freund mit, oder eine Kellnerin wird im letzten Moment ausgetauscht. Der Mord geschah irgendwann zwischen elf und ein Uhr fünfundvierzig.«

»Um elf Uhr habe ich mit Jacki Danzig gesprochen«, sagte Lisi.

»Sie wurde mit einem Revolver erschossen, der ihrem Mann gehörte, legal zugelassen. Von Hornstick stammt auch ein Fingerabdruck, den man gefunden hat. Sie wurde im hinteren Teil des Gartens ermordet, in den Nacken geschossen, aus geringer Entfernung, während sie auf einer kleinen Steinbank neben dem Swimmingpool saß. Es gibt keinen Zweifel, dass es sich um Mord und nicht um Selbstmord handelte. Um fünf vor zwölf fragte einer der Kellner, die für diesen Abend angemietet worden waren, den Hausherrn, ob er jetzt Kaffee reichen solle. Hornstick forderte den Kellner auf, seine Frau zu fragen. Der Mann sagte, er habe sie nicht finden können. Daraufhin meinte Hornstick, er solle den Kaffee servieren.«

Benzi unterbrach seinen Redeschwall und schaute sich prüfend im Zimmer um. Die Filipina legte eine Tischdecke auf den

Esstisch und stellte Tabletts mit belegten Broten und Kannen mit Tee und Kaffee darauf, als sei die Party noch im Gang. Nicht weit von ihnen stand Eschbal, an das Klavier gelehnt, und hörte zu, was Benzi sagte. Hornstick hatte den Kopf auf die Hand gestützt, seine Augen waren geschlossen. Als habe er Angst davor, etwas preiszugeben, wenn er sie öffnen würde, dachte Lisi. Alexandras Eltern zogen die Kinder zum Esstisch, sie redeten ihnen gut zu, sich »etwas in den Mund zu stecken«. Mirjam blieb allein auf dem Sofa zurück, zu ihr sagte niemand, sie solle sich »etwas in den Mund stecken«. Für einen Moment zeigte ihr Gesicht einen beleidigten, harten Ausdruck, dann stand sie auf, ging zur Hausbar hinüber, machte sie auf und goss sich einen Schnaps ein. Eschbal eilte zu ihr und flüsterte ihr etwas ins Ohr. Dabei berührte er sie an der Schulter. Sie schüttelte seine Hand ab, und während sie dort stand, mit dem Rücken zum Zimmer, trank sie das Glas leer.

* * *

»Die Gäste brachen allmählich auf«, sagte Benzi. »Natürlich wollten sie sich von der Hausherrin verabschieden. Doch weil sie nicht da war, mussten sie sich mit Hornstick begnügen. Er sagte, er verstehe nicht, wohin sie verschwunden sei, doch da er die Party nicht verlassen konnte, um sie zu suchen, musste er an der Tür stehen bleiben, den Gästen zum Abschied die Hand geben und ihnen danken, das ganze Zeug, was man eben am Ende eines Festes so sagt. Schließlich rief er seine Schwägerin und bat sie, Alex zu suchen. Mirjam antwortete ihm etwas Grobes und Beleidigendes, sie war betrunken.«

»Ja«, sagte Lisi, »ich kann bestätigen, dass sie betrunken war.«

»Mirjams Mann, Ne'eman Eschbal, hörte, dass seine Frau laut wurde, und kam, um zu sehen, was vorgefallen war. Hornstick bat ihn, Alex zu suchen. Eschbal suchte die oberen Zimmer ab, den Garten, den Keller, und schließlich fand er Alex, die auf einer Steinbank neben dem Swimmingpool saß. Tot. Es war ein Uhr fünfundvierzig.«

»Was ist los, Lisi?«, fragte Beni Adolam. Seine Stimme klang dumpf und schien von weit her zu kommen. Sie fühlte, dass er sie auf einen Stuhl drückte. Seine Hand lag auf ihrem Nacken und drückte ihren Kopf nach unten. »Leg den Kopf auf die Knie, so. Nein, steh nicht auf. Bleib noch einen Moment so.« Die Stimmen im Zimmer wurden wieder lauter, sie schob seine Hand von ihrem Nacken und hob den Kopf. Vor ihrem Gesicht blitzten Benzis Augen.

»Wenn du glaubst, dass man mit drei Stunden Schlaf am Tag leben kann, dann mach bitte so weiter. Ich bin sicher, dass du heute auch noch nichts gegessen hast.«

»Mein Redakteur hat gedroht, Doron Cement zu schicken. Ich muss diese Geschichte schaffen.«

»Du gehst jetzt schlafen, Lisi. Das, was wir bis jetzt wissen, wird ohnehin morgen in den Zeitungen stehen.«

»Genau.«

Die Leute in Be'er Schewa vergaßen leicht, dass die *Zeit im Süden* nur ein Ableger der überregionalen *Zeit* war. Sie hatte keinen Zweifel, dass auch Adolam jetzt nur wegen der überregionalen Ausgabe der *Post* hier war, nicht wegen der *Post im Süden.*

Benzi betrachtete sie misstrauisch. Lisi gehörte nicht zu denen, die leicht ohnmächtig werden. Sie brachte eher andere dazu, ohnmächtig zu werden, noch dazu ohne dass sie es selbst merkte. Sie sah Eschbal vor sich, der auf der Suche nach Alex von einem Zimmer ins andere ging, bis er in das Zimmer der Filipina kam und dort das blutige Betttuch entdeckte. Niemand hatte ein Wort darüber verloren. Kein Wort über ein Betttuch mit Blutflecken. Wie viel Leute hatten es gesehen? Wie viele wussten etwas davon, außer Hornstick? Die Filipina? Eschbal? Die Polizei? Benzi hatte ihnen alles gesagt, was er wusste. Hätte er ein Laken mit Blutflecken gefunden, so hätte er es erzählt. Hatte sich Hornstick die Mühe gemacht, es verschwinden zu lassen? Wenn ja, was hatte die Filipina gedacht, als sie entdeckte, dass ihr Laken verschwunden war? Lisi hätte ihr gern einen Blick zugeworfen, doch sie zwang sich, das nicht zu tun.

***

»Komm, Lisi«, sagte Adolam. »Komm, wir trinken eine Tasse Kaffee.«

»Ich fahre zur Redaktion.«

»Du gehst mit Adolam«, zischte Benzi wütend. »Adolam, du sorgst dafür, dass sie was zu essen bekommt und schlafen geht. Lisi, du hast deinen Arbeitstag für heute beendet. Wenn was Neues ans Licht kommt, sage ich dir Bescheid.«

Lisi machte sich nicht die Mühe, Auf Wiedersehen zu sagen, ihre Latschen schlurften über den Marmorfußboden, als sie hinausging. Der Polizist neben dem Tor machte sich dünn, damit sie Vorbeigehen konnten, und murmelte: »Gute Nacht.«

Gute Nacht?, dachte sie, warf einen Blick auf ihre Uhr und sah, dass es neun war.

***

»Wo wollen wir essen?«, fragte Adolam.

»Ich esse zu Hause. Ich habe das Gefühl, als wäre ich vor zwei Jahren von zu Hause weggegangen.«

»Ich auch.«

»Du bist doch zu Hause gewesen, hast dich rasiert und was gegessen.«

»Woher weißt du das?«

»Du hast ein frisches Hemd an.«

»Hast du darauf geachtet, was ich anhabe? Komm, wir fahren zu Semilanski. Im *Moskawa* machen sie eine gute Gemüsesuppe.«

»Ich hasse Gemüsesuppen.«

***

Lisi stieg in ihr Auto, knallte die Tür zu, schnallte sich an und fuhr los. Im Rückspiegel sah sie die Gestalt Adolams bewegungslos auf dem Gehsteig stehen. Warum sollte er sich auch beeilen? Würde ihm die Gemüsesuppe davonlaufen? Wurde er von Cement verfolgt? Trotzdem sollte sie sich keinen Illusionen hingeben. Die schönen Zeiten waren vorbei, in denen sich der Reporter der *Post im Süden* mit einer farbig ausgeschmückten Geschichte über die Kinder berufstätiger Mütter zufriedengab. Adolam hatte – vergiss das nie, Lisi – Ambitionen.

Kapitel 5

Goldner, Lubitschs Angestellter, hob Weinkisten auf einen kleinen Karren, schob ihn hinaus und lud draußen die Weinkisten auf einen Lastwagen. Jedes Mal, wenn er in den Laden zurückkam, entschuldigte er sich bei Lisi dafür, dass er sie warten lassen musste. »Die Polizei schleppt Autos ab. Und wenn sie keine Autos abschleppt, verteilt sie Strafzettel. Und wenn sie keine Strafzettel verteilt, nimmt sie einem den Führerschein ab.« Er sprach wie ein Jeschiwa-Student, der Bibelauslegungen studiert, was auch zu seinem Aussehen passte. Er war ungefähr fünfzig, mit Bart und roten Schläfenlocken, trug eine Kippa und über dem Hemd mit den hochgerollten Ärmeln einen kleinen Tallit. Lisi wusste, dass er sie für eine Kundin hielt, und sie machte sich nicht die Mühe, diese Auffassung zu korrigieren. Je schuldiger er sich fühlte, um so leichter würde sie etwas aus ihm herausholen können.

***

Nachdem sie zwölf Stunden lang tief und fest geschlafen hatte, war sie morgens aufgewacht, hatte ausgiebig geduscht, starken, heißen Kaffee getrunken und sich in aller Ruhe die nächsten Schritte überlegt. »Der Mord an der Frau des Richters« würde die Story sein, die ihre kleine Redaktion vor der Eroberung durch Cement retten würde. Zwischen ihr und Arieli war bei diesem wütenden Telefongespräch eine ungeschriebene Abmachung getroffen worden. Sie wusste, dass er, wenn sie versagte, nicht zögern würde, seine Drohung wahrzumachen. Lokalreporterinnen waren für ihn die unterste Stufe, auch wenn sie zehn Jahre lang verantwortungsbewusst und professionell ihre Arbeit gemacht hatten.

Lisi prüfte den Aufbau der »Story«: der Mord, die polizeiliche Ermittlung, Beschreibung der trauernden Hinterbliebenen, ein Porträt der Verstorbenen. Sie betrachtete den Streifen grauen Himmels, der durch das Fenster sichtbar wurde. Warum? Warum war sie ermordet worden? Oder, wie es in Kriminalromanen hieß: Was war das Motiv? War Alex für irgendjemanden eine Gefahr gewesen? Warum? Der Schlüssel zur Lösung des Rätsels lag natürlich in Alex' Persönlichkeit. Lisi sah sie vor sich, diese schöne, sprudelnde Frau, die gierig alles verschlang, was ihr über den Weg lief. Eine Aura von Erfolg hatte sie umgeben. Sie stammte aus einem wohlhabenden Haus, ihre gesellschaftliche Stellung war sicher, sie hatte sich als Bauingenieurin und Inhaberin eines gutgehenden Büros einen Namen gemacht und galt zudem als anziehende und abenteuerlustige Frau. Der Mörder oder die Mörderin war mit ziemlicher Sicherheit jemand, der im Haus ein und aus ging, jemand aus dem Kreis der Familie oder der engen Freunde, denn der Revolver gehörte Hornstick. Wer Alex ermordet hatte, hatte gewusst, dass Hornstick einen Revolver besaß, er oder sie hatte sogar gewusst, wo der Richter seine Waffe aufbewahrte.

Lisi beschloss, mit dem Anfang zu beginnen, dem Elternhaus der Toten. Dass da nicht alles so ideal war, wie man die Leute glauben machen wollte, darauf hatte schon Mirjam hingewiesen, die Schwester, als sie Lisi von dem vergifteten Wein erzählt hatte. Lisi rief das Archiv der *Zeit* in Tel Aviv an und bat, man möge doch mal nachschauen, ob irgendetwas über *Lubitsch Weine* oder über vergifteten Wein aus Jugoslawien zu finden sei. Nichts, niente, das hatte sie nicht anders erwartet. Lisi erhob sich, steckte sich die Ohrringe an und machte sich auf den Weg.

***

Goldner war endlich fertig und setzte sich auf einen Stapel Weinkisten. Als er hörte, dass sie Journalistin war, leuchteten seine Augen auf. Journalisten liebte er. Und Journalistinnen noch mehr. Kollegen von ihr hatten ihm mal einen großen Dienst erwiesen. Elischa, sein Sohn, war in schlechte Gesellschaft geraten. Er hatte die Jeschiwa verlassen und beschlossen, Schauspieler zu werden. Der Himmel möge uns bewahren. Er schloss sich einer Gruppe von Schauspielern an, die dann etwas vorführten, was sie »Spaghetti-Mann« nannten. Elischa war der Spaghetti-Mann. Er saß in einem Kessel voller Spaghetti, aß Spaghetti und bewarf die Passanten mit Spaghetti. Straßentheater nannte man das. Die Leute auf der Straße verfluchten ihn, bewarfen ihn mit Gegenständen, lachten und spotteten, und Elischa freute sich! Ein wunderbares Publikum, das genauso reagierte, wie es reagieren sollte!

Wochen vergingen, und Elischa und seine Freunde fuhren

nach Akko, um am Theaterfestival teilzunehmen. Bei diesem Festival waren auch Fachleute, die etwas davon verstanden, alle möglichen Doktoren und Professoren der Theaterwissenschaften, Theaterdirektoren und so weiter, von denen einer immer was anderes sagte als der andere. Doch in einem Punkt waren sie sich alle einig: Elischa fehlte es an Begabung für die Schauspielerei. Eine der wichtigsten Journalistinnen schrieb, Elischa Goldner sei eine Beleidigung für die Spaghetti, und wenn sie zu der Vereinigung der Mehlfabrikanten gehörte, würde sie die Spaghetti-Schauspieler wegen übler Nachrede verklagen, denn seit sie Elischa Goldner als Spaghetti-Mann gesehen habe, werde sie von Brechreiz befallen, wenn sie nur das Wort Spaghetti höre.

Die schlechten Kritiken verdüsterten die Beziehungen zwischen den Schauspielern, die Gruppe zerbrach, und ihre Mitglieder zerstreuten sich in alle Himmelsrichtungen. Nach drei Monaten kam Elischa endlich nach Hause zurück. Kurz gesagt, Elischa hatte ein gebrochenes Herz, seine Eltern und Lehrer aber waren überglücklich.

* * *

Bei dem Gespräch mit Goldner stellte sich heraus, dass er bereits seit seiner Brit Mila mit dem Weinhandel verbunden war, und bei *Lubitsch Weine* arbeitete er fast seit der Gründung der Firma, und dazu gehörten – außer dem Laden – auch die Lagerräume, die sich im Keller des Gebäudes befanden. Was den Weinhandel betraf, hatten sie keine Konkurrenten, obwohl von Zeit zu Zeit irgendjemand frech wurde und sich einen Bissen von dem Kuchen holen wollte. Doch mit Lubitsch war nicht gut Kirschen essen. Lubitsch bewachte sein Territorium. Sogar jetzt habe er dafür gesorgt, dass während der ersten sieben Trauertage der Laden geöffnet bleibt, sonst könnte ja jemand in Versuchung geraten.

***

»Kommen Sie auch mit Eschbal zurecht?«, fragte Lisi.

»Goldner kommt mit jedem zurecht.«

»Das glaube ich Ihnen.« Lisi lächelte. »Sagen Sie, Herr Goldner, Mirjam hat mir was über vergifteten Wein aus Jugoslawien erzählt ...«

»Ach, das ist eine alte Geschichte. Wie ist sie nur auf die Idee gekommen, Ihnen davon zu erzählen? Das ist längst vergessen.«

»Aber jemand ist an einer Vergiftung gestorben.«

»Wieso gestorben? Gott sei uns gnädig! Frauen! Niemand ist gestorben. Zwei Leute sind ins Krankenhaus gekommen, und wir haben die Flaschen zurückgeholt und den Kunden das Geld erstattet, und damit hat es sich gehabt!«

»Hat niemand eine Anklage erhoben?«

Ein spitzbübisches Lächeln erschien auf Goldners rötlichem Gesicht und machte sofort einem Ausdruck des Bedauerns Platz.

»So haben wir Pinchas kennengelernt. Pinchas Hornstick war damals ein junger Rechtsanwalt, und er verlangte – er bestand absolut darauf –, dass wir niemandem Schadensersatz anboten, nicht unter dem Tisch und nicht auf dem Tisch. Das wäre ein Schuldbekenntnis, sagte er. Dabei waren wir wirklich nicht schuld. Jedenfalls nicht an dem Gift.«

»An was sonst?«

»Ach, was ist das jetzt noch wichtig? Es gilt der Spruch: Der Tote ruht vor uns, seine Zeit ist vorbei, sein Opfer müßig.«

»Sind Sie sicher?«

»Was?«

»Dass sein Opfer müßig ist?«

Goldner machte die Augen weit auf und blickte sie lange erstaunt an. Schließlich fragte er sie, ob sie etwas trinken wolle. Er habe polnischen Wodka im Kühlschrank. Lisi bat um Saft. Er goss sich selbst ein Glas Wodka ein, für sie brachte er Orangensaft. Er leerte sein Glas mit einem Zug, schloss halb die Augen, als konzentriere er sich auf ein religiöses Problem. Sie wusste, dass er versuchte, Zeit zu gewinnen.

»Sind Sie Teilhaber von Lubitsch?«

»Gott sei Dank, nein. Das hätte mir noch gefehlt. Nein, zum Glück bin ich Angestellter. Was lehrt uns das? Ich schlafe ruhig in der Nacht. Ich habe sechs Kinder und drei Enkelkinder, und nach einem Tag Arbeit möchte ich einen ruhigen Kopf. Ein bisschen Bibel studieren, ein bisschen mit den Enkelkindern spielen. Wenn Lubitsch hier wäre, hätte ich nicht mit Ihnen gesprochen. Lubitsch mag keine Zeitungsleute.«

»Was hat er mit Zeitungsleuten zu tun? Ach so! Seit dieser Sache damals, mit dem Wein, der mit Eisen vergiftet war?«

»Glauben Sie mir, kein einziger Reporter ist hier aufgetaucht. Und es war kein Eisen, es war Blei. Ach, eine alte Geschichte, wozu soll man schlafende Hunde wecken, wozu soll das gut sein? Gibt es nicht genug Sorgen auf der Welt, auch ohne das?«

»Ich hatte den Eindruck … So habe ich Mirjam verstanden …«

»Mirjam!« Zum ersten Mal lag etwas wie Ungeduld in seiner Stimme. »Wir sind damals in Schwierigkeiten gekommen, ohne unsere Schuld. Das heißt, fast. Eines Tages ist der Sekretär der jugoslawischen Legation in den Laden gekommen und hat uns Wein angeboten, den er zollfrei im Geschäft für Diplomaten gekauft hatte. Damals gab es in Israel noch nicht so viele Getränke. Die Abmachung war, den Gewinn halbe-halbe zu teilen. Der Handel hat fast ein Jahr prima funktioniert, und alle waren zufrieden – der jugoslawische Sekretär, wir und die Kunden. Die Sache flog auf, als er uns eine Kiste Riesling in Tonflaschen verkauft hat. Der Wein führte zu einer Bleivergiftung. Zwei Personen wurden ins Krankenhaus eingeliefert, und die Spuren führten zu uns. Lubitsch beschloss, juristischen Rat einzuholen, und wandte sich an die Kanzlei Edler-Abraham-Bril. Hornstick hat für sie gearbeitet. Er war damals ein junger Rechtsanwalt, hatte gerade seine Ausbildung hinter sich. Er war es, der Lubitsch aus der Patsche geholfen hat, zugleich gewann er die Hand seiner schönen Tochter, ach, sie ruhe in Frieden.«

»Wie hat er es geschafft, den Fall niederzuschlagen?«

»Er hat nichts niedergeschlagen. Was sollte er niederschlagen? Wieso denn? Wenn nichts bekannt wird, braucht man nichts niederzuschlagen. Wen interessiert das überhaupt?«

»Die Leute, die vergiftet wurden. Was ist mit ihnen passiert?«

»Einer von ihnen ist dabei gut weggekommen, und der andere hat einen Nierenschaden.«

***

Goldner ging zum Kühlschrank, nahm die Flasche Wodka, goss sich noch ein Glas ein, nach dem Motto: »Mit dem Blut des Kelches löschen wir das Feuer unserer Glieder«, und setzte sich wieder auf die Kisten. Lisi saß schweigend da und wartete darauf, dass er sich wieder beruhigte.

Ein Lieferwagen hielt vor dem Laden, Goldner sprang auf und begann, die Kisten, die ihm bis jetzt als Sitzplatz gedient hatten, auf die Karre zu laden. Der Kunde war ungeduldig, er wollte weg, doch Goldner bestand darauf, die Rechnung und die Empfangsquittung auszuschreiben. »In Geldangelegenheiten bin ich vorsichtig«, sagte er, als der Kunde gegangen war.

»Sind Sie schon mal reingefallen?«

»Ich? Gott behüte! Im Allgemeinen habe ich mit den Rechnungen auch nichts zu tun. Ich verstehe davon nichts, Gott sei Dank. Eschbal macht das.« Goldner lachte. »Das ist auch schuld an seinen Magenschmerzen.«

»Und was geschah mit dem jugoslawischen Diplomaten?«

»Ach, ach, ach. Du sollst niemanden verleumden, denn sonst wirst du schnell vom Verleumder zum Verleumdeten. Nein, Gott behüte, ich beschuldige niemanden. Ich habe das einfach nur so vor mich hingesagt.«

Er betrachtete das leere Glas, das er in der Hand hielt. Der Wodka begann zu wirken, und Lisi fragte sich, in welchem Zustand er wohl am Ende seines Arbeitstages nach Hause kommen würde. Hatte er sich diesen Beruf ausgesucht, weil er einen guten Tropfen liebte, oder hatte ihn die Arbeit zum Trinker gemacht?

»Und deshalb, zum ersten und zum letzten, und dann gehen Sie Ihres Weges, meine Liebe: Sie haben mich nie getroffen und nie mit mir gesprochen. Goldner hat Töchter, die er verheiraten muss. Diesem Schlaukopf, unserem Freund Hornstick, ist es in seiner Klugheit gelungen, die Schadensersatzforderungen wegen Körperverletzung in einen diplomatischen Zwischenfall zu verwandeln, der niedergeschlagen wurde. Damals herrschte das Gefühl, dass eins, zwei, drei ein Weltkrieg wegen *Lubitsch Weine* ausbrechen könnte. Ja, wirklich, genau so. Das war die Stimmung. Das Außenministerium hat sich eingemischt, der Diplomat wurde abberufen, die Kranken bekamen eine hervorragende medizinische Behandlung und leisteten ihrem Heimatland einen Dienst, indem sie sich einen Maulkorb anlegen ließen. Und der großartige Hornstick erwarb nicht nur die Hand des Fräuleins, sondern auch zehn Prozent von den Einnahmen der *Lubitsch Weine GmbH.*«.

»Ärgert das Eschbal und Mirjam?«

»Warum sollte es sie ärgern? Das Geld gehört Lubitsch, und solange er lebt, kann er damit machen, was er will, oder?«

Das Telefon klingelte, Goldner nahm den Hörer auf und brüllte hinein: *»Lubitsch Weine.«* Dann wurde er sofort leiser, geradezu kleinlaut, als er sagte: »Ja, Schmaja«, »Nein, Schmaja« und »In Ordnung, Schmaja«.

»Herr Lubitsch?«, fragte Lisi, nachdem Goldner den Hörer aufgelegt hatte.

»Ja.«

Goldners Selbstgefälligkeit war verflogen. Er begann, den Laden aufzuräumen, stapelte Kisten aufeinander, füllte Fächer auf. Das Interview war zu Ende. Der Geist des Geschäftsinhabers schwebte durch den Raum.

»Ich weiß nichts, und ich will nichts wissen. Ich gehöre nicht zur Familie. Nach dem Gesetz ist er der Erbe. Der Mann erbt den Besitz seiner Frau, nicht wahr?«

»Eschbal und Mirjam mögen Hornstick nicht.«

»Er verdient an dem Geschäft, ohne dass er etwas arbeitet. Kann sein, dass diese Tatsache Eschbal aufbringt. Und außerdem sind Schwäger doch immer gegeneinander, oder? Das ist eine komplizierte Angelegenheit, eine Familie. Sind Sie verheiratet?«

»Nein.«

»So eine nette junge Frau wie Sie, wie ist das möglich?«

Lisi lächelte verwirrt. Diese Frage stellte sie sich schon seit vielen Jahren.

»Aus Polen?«

»Aus Ägypten.«

»Und?«

Lisi zuckte mit den Schultern und stand auf. Das Gespräch bekam eine Wendung, die ihr nicht passte. Sie bedankte sich bei Goldner für den Saft und für seine Geduld und verabschiedete sich von ihm. Als sie an der Tür stand, drehte sie sich um.

»Übrigens, erinnern Sie sich an die Namen der Leute, die Vergiftungen erlitten haben?«

»Ich weiß nicht mehr, wie der Mann hieß, der gesund geworden ist. Der Mann mit dem Nierenschaden ist Pinchas Hornstick.«

Kapitel 6

»Die Krankheiten von Hornstick interessieren einen Scheißdreck, und die Geschichte mit dem Riesling hat einen Bart, der ist zwei Meter lang.«

Lisi mochte ordinäre Ausdrücke nicht, am liebsten hätte sie zu Arieli gesagt, er solle sich gefälligst um eine anständige Sprache bemühen, doch das wagte sie nicht.

»Sind Sie noch da, Badichi?«

»Ja.«

»Sammeln Sie weiter Material. Wenn Sie etwas Reales herausfinden, sagen Sie mir Bescheid.«

»Richter Hornstick ist in ein Verbrechen verwickelt und bekommt inoffiziell Entschädigung, ist das nichts Reales?«

»Sie haben keine Beweise. Wollen Sie uns etwa eine Verleumdungsklage anhängen?«

»Sie übertreiben.«

»Begreifen Sie denn nicht? Es geht um den Bezirksrichter.«

Arieli warf den Hörer auf, und Lisi fühlte sich, als habe er sie ins Gesicht geschlagen. Es war drei Uhr nachmittags. Als sie zur Redaktion zurückgekommen war, war sie in ihr Zimmer gegangen und hatte das Band abgehört, auf dem sie das Gespräch mit Goldner aufgenommen hatte, dann hatte sie sich hingesetzt und ihren Artikel geschrieben. Sie wusste, dass sie eine gute Story hatte, und Arielis Reaktion bekümmerte sie sehr.

***

Dahan und Schibolet waren vor einer Stunde hinuntergegangen, zum Mittagessen, und sie hatten versprochen, für Lisi belegte Brote mitzubringen. Die leeren Redaktionsräume bedrückten sie. Aus den entfernteren Büros drangen gedämpfte Stimmen an ihr Ohr, und vom Flur herüber war das Quietschen des Aufzugs zu hören. Lisi schob ihre Papiere in die Schublade ihres Schreibtisches, als die beiden zurückkamen.

***

»Wir haben geschwankt zwischen hartem Ei und Thunfisch und beschlossen, lieber ein Brot mit Ei zu nehmen«, sagte Schibolet. »Wir haben auch eine Dose Cidre mitgebracht.«

Lisi war hungrig. Wortlos aß sie das belegte Brot.

»Was ist passiert, Lisi?«, fragte Dahan.

»Arieli will meinen Artikel nicht bringen.«

»Hat er gesagt, warum nicht?«

»Er hat Angst vor einer Verleumdungsklage.«

»Du lachst?«

»Ich weine.«

»Vermutlich bist du auf etwas wirklich Brisantes gestoßen.«

Lisi blickte ihn erstaunt an. Dahan hatte recht, natürlich. Ginge es um eine normale Hintergrundsgeschichte, würde Arieli sie ohne zu zögern veröffentlichen. Schließlich hatte ihr Bericht alles, was zu einer guten Story gehörte: Intrigen, Geld,

Liebe, Familie. Er hat Angst, den Artikel zu veröffentlichen, weil es sich um eine Bombe handelt! Plötzlich fiel ihr ein, was er zu ihr gesagt hatte: »Suchen Sie weiter nach Material.« Was für ein Schuft!

»Na, scheint jetzt wieder die Sonne?«, fragte Dahan, der Lisis Mienenspiel beobachtete.

»Was ist mit meinem Boiler?«

»Ich habe dem Handwerker versprochen, dass ich ihm Bescheid gebe, wann die Dame zu Hause ist.«

»Früh am Morgen. Aber er soll mir einen Tag vorher Bescheid sagen.«

»Ich rufe ihn gleich an.«

»Danke, Schätzchen.«

»Dieses Wort habe ich seit fünf Jahren schon nicht mehr von ihr gehört«, sagte Dahan zu Schibolet. »Hast du meinen Zettel gefunden?«

»Nein, was für einen Zettel?«

»Eine neue Aufführung im Theater von Be'er Schewa. Eine Pressekonferenz mit dem Regisseur.«

»Wann?«

»Um vier.«

»Ich fliege.«

Kapitel 7

Die Pressekonferenz fand im Foyer des Theaters statt. Einige Tische waren zusammengestellt worden, auf ihnen stand die klassische Bewirtung: Flaschen mit Orangensaft und Waffeln. Lisi bekam schon Sodbrennen, noch bevor sie etwas in den Mund gesteckt hatte. Die meisten ortsansässigen Journalisten waren anwesend, es herrschte eine Stimmung wie bei einem Klassentreffen. Die Reporter der überregionalen Blätter benahmen sich wie immer hochnäsig gegenüber den Lokalreportern, und wenn jemand das Glück hatte, sowohl Lokalreporter als auch eine Frau zu sein, erinnerten sie sich noch nicht mal an den Namen oder das Gesicht der Betreffenden, oder, was noch schlimmer war, sie übersahen sie ganz einfach.

***

Der Gastregisseur aus Deutschland benötigte einen Dolmetscher – was natürlich die Dauer der Pressekonferenz verdoppelte. Er war nach Be'er Schewa gekommen, um den *König Lear* zu inszenieren. Der Lear von Shakespeare interessierte ihn allerdings nicht. Er hatte eine andere Auffassung von dem Stück. Das Ensemble bestand nur aus Männern, lediglich die Rolle des Lear wurde von einer Frau gespielt. Nach Meinung des Gastregisseurs war es ein Stück über Tyrannei und Imperialismus. Das Publikum sollte zwei Stunden vor Beginn in das Theater eingelassen werden, damit es zuschauen konnte, wie sich die Schauspieler in Hühner verwandeln. Lear würde ein Hahn sein. Und es sollten echte Federn benutzt werden.

»Werden Sie auf den israelisch-palästinensischen Konflikt anspielen?«, fragte die Reporterin der französischen Zeitung.

»Sie sagen es«, antwortete der Regisseur.

»Warum Hühner?«, fragte Lisi, aber der Dolmetscher wollte ihre Frage nicht übersetzen.

***

»Fünfzig Wörter«, murmelte Lisi vor sich hin, als sie nach einer Dreiviertelstunde wieder auf die Straße trat. Sie sah eine kleine Gruppe – fünf Frauen, eine, die ein Baby vor dem Bauch trug, drei Männer, einer mit einem Gipsbein –; sie trugen ein Schild, auf dem stand: »Die Besetzung zerstört!« Lisi überlegte, ob sie ihren Bericht telefonisch durchgeben sollte, von zu Hause aus.

»Du führst Selbstgespräche.«

Adolam. Sie hatte ihn bei der Pressekonferenz gesehen. Auf Schritt und Tritt – Adolam!

»Hast du aufgehört zu studieren?«

»Wieso denn das?«

Lisi zuckte mit den Schultern. Wenn er beschlossen hatte, sein Studium dem Geldverdienen zuliebe zu vernachlässigen, war das seine Sache. Das ging sie nichts an.

»Trinken wir einen Kaffee?«

»Ich hab's eilig.«

»Wohin willst du?«

»Das geht dich nichts an.«

»Du gehst mir aus dem Weg.«

Lisi blieb stehen und blickte ihn erstaunt an. Bisher hatte sie angenommen, dass er sich aus beruflichen Gründen an ihre Fersen heftete. Versuchte er etwa, mit ihr was anzufangen? Sie verabschiedete sich mit einem heiseren »Auf Wiedersehen«, hängte sich ihre große Tasche über die Schulter und drehte ihm den Rücken zu. Ihr Auto stand auf dem Parkplatz neben dem Theater, und sie spitzte die Ohren, um zu hören, ob er ihr folgte. Nicht zurückschauen, befahl sie sich. Als sie ihr Auto erreicht hatte und sich umwandte, tat es ihr fast leid, dass sie ihn nicht mehr sah. Sie beschloss, zur Redaktion zu fahren. Wenn sie den Bericht telefonisch durchgab, würden sie bestimmt die Namen des Regisseurs und des Stückes falsch schreiben, außerdem auch alle Wörter wie »Peripetie« oder »Katharsis«, die sie für unwichtig hielten, weil sie sich darunter nichts vorstellen konnten.

***

Auf ihrem Schreibtisch fand sie zwei Zettel. Auf einem teilte ihr Dahan mit, dass der Installateur übermorgen um sieben Uhr kommen würde. Sie hatte zwar gebeten, dass er früh am Morgen kommen solle, aber doch nicht so früh! Egal. Auf dem zweiten Zettel hatte Schibolet notiert, dass Jacki Danzig um Lisis Anruf bat. Nachdem sie die Bestätigung hatte, dass der Bericht, den sie zur Redaktion nach Tel Aviv geschickt hatte, angekommen war, rief sie Jacki Danzig an und verabredete sich mit ihm für halb neun, und zwar im *Blauen Pelikan,* dort spielte Jacki Danzig abends von zehn bis Mitternacht. Die Zeit reichte, dass sie noch nach Hause gehen konnte, um zu duschen, sich die Haare zu waschen und ein wenig auszuruhen.

Kapitel 8

Der *Blaue Pelikan* befand sich in einem einstöckigen arabischen Haus – lehmverfugte Steinblöcke, im Patio ein fünf Meter hoher Pistazienbaum, Blumentöpfe mit Ysop und Minze. In den fünfziger Jahren war es ein Jazzlokal gewesen, in den Sechzigern ein Poplokal, in den Siebzigern wurde Rock 'n' Roll gespielt und Hard Rock in den Achtzigern. Das Publikum aber blieb sich immer gleich: Soldaten aus den Garnisonen um Be'er Schewa, Gymnasiasten, die hier ihren ersten doppelten Scotch tranken, Künstler und Pseudokünstler, die Gesellschaft suchten, wenn es Nacht wurde, die Anbeter der Kellnerin, die Fans des Musikers, des Diskjockeys, des Sängers des Monats, und außerdem Trinker, die Brüder der Trinker, die Tänzer, die Einsamen, die Verrückten.

***

Als Lisi das Lokal betrat, war es leer, ruhig und kalt. Die Kellnerin in Jeans und mit einem orangefarbenen Haarbüschel, das sich wie ein Hahnenkamm auf ihrem rasierten Kopf erhob, legte rot-weiß karierte Decken auf die Tische. Die Decken waren nicht sonderlich sauber. Später würde man die Kerzen anzünden, die in Chiantiflaschen steckten, und in dem dämmrigen Licht würde keiner mehr die Flecken bemerken.

Jacki führte Lisi zu einem Ecktisch und bestellte Tee bei der Kellnerin.

»Hast du dich nicht gewundert, dass ich dich angerufen habe?«, fragte Jacki.

»Nein.«

»Du weißt doch bestimmt Bescheid über die Beziehung zwischen mir und Alex.«

»Ich habe so was gehört.«

Jacki schwieg eine Weile, vermutlich versuchte er, seine Gedanken zu ordnen und passende Formulierungen für das zu finden, was er ihr erzählen wollte. Lisi machte es sich bequem, wartete gelassen, verschmolz mit dem Hintergrund. Das war ihre Begabung. Sich in ein Möbelstück zu verwandeln. Die Leute erzählten ihr nicht irgendwelche Dinge, weil sie sie aus ihnen herauslockte, sondern weil sie offensichtlich nicht anwesend war.

»Am Schluss wird die Polizei auf mich stoßen. Sie werden ihre Bankauszüge kontrollieren und auf mich stoßen. Ich will nicht, dass sie mich einsperren.«

»Gibt es einen Grund dafür, dich einzusperren?«

»Nein, nein, ich habe nichts getan. Aber sie werden denken, dass ich etwas getan habe. An ihrer Stelle würde ich das auch tun. Ich wollte dich bitten, mit Ben-Zion Koresch zu sprechen. Ich weiß, dass er die Ermittlungen leitet. Er ist doch dein Schwager, nicht wahr?«

»Ja.«

»Ich habe gehört, dass er prügelt.«

»Benzi?«

»Ja.«

»Das glaube ich nicht. Benzi schlägt niemanden.« Dabei dachte sie: Und vielleicht doch? Wie kann ich sicher sein, dass er nicht schlägt? Schließlich war ich nie dabei, wenn er einen Verdächtigen verhört. Kann es eine Situation geben, in der ein zivilisierter Mann, ein Vater und Ehemann, zu einem Polizisten wird, der beim Verhör prügelt? Natürlich kann das sein.

»Warum glaubst du, dass sie dich festnehmen werden?«

»Ich war drei Jahre lang der Geliebte von Alex. Angefangen hat es im *Club Med* in Aschkalon. Sie hat dort Urlaub gemacht, ich habe Klavier gespielt. Sie war verrückt nach mir. Sie hat sich um niemanden gekümmert, weder um ihre Eltern noch um ihren Ehemann und ihre Kinder. Ich glaube, dass alle es wussten. Aber vielleicht auch nicht. Im letzten Jahr ist mir die Sache langsam zu viel geworden. Sie ist hierhergekommen, hat gewartet, bis ich aufgehört habe zu spielen, hat aufgepasst, dass niemand mit mir was anfängt und dass auch ich mit keiner anderen was anfange. Sie hat mich heimgebracht. Es gibt – es gab zwischen uns einen Altersunterschied von zwölf Jahren, das ist nicht wenig. Ich konnte verschiedene Dinge einfach nicht übersehen. Flecken auf der Haut, Falten, Krampfadern. Ich bin die ganze Zeit von jungen Frauen umgeben. Drei Jahre! Soll ich dir die Wahrheit sagen? Ich wollte mit ihr aufhören. Und dann hat sie angefangen, mir Geld zu geben. Erst hat sie mir eine Wohnung gekauft, danach ein Auto. Sie hat mir Studiostunden bezahlt. Man müsste ein Heiliger sein, um das alles auszuschlagen. Ich bin kein Heiliger. Ich hätte mir nie im Leben eine Wohnung kaufen können. Es sind nur zwei Zimmer, aber sie gehören mir!

Und im nächsten Monat kommt eine Platte von mir heraus. Immer habe ich Melodien komponiert. Aber eine eigene Platte? Unerreichbar. Das kostet fünftausend Dollar. Woher habe ich fünftausend Dollar? Sie hat mich gekauft. Ich habe mich erniedrigt, ich ließ mich kaufen. Ich hatte keine Kraft, die Beziehung zu ihr abzubrechen.« Plötzlich hob er den Kopf und schrie in das Lokal hinein: »Bruria! Wo bleibt unser Tee?«

Dann schwieg er wieder, und Lisi fragte sich, ob sie dazu fähig wäre, mit jemandem zusammen zu sein, mit Hornstick zum Beispiel, für den Preis einer Wohnung und eines Autos. Nein, dachte sie. Ganz entschieden nein. Die Kellnerin mit dem orangefarbenen Haarbüschel brachte zwei Gläser Tee auf einem Blechtablett, und sie warteten schweigend, bis sie wieder verschwunden war.

»In den letzten Monaten hatte sie finanzielle Schwierigkeiten. Keine Ahnung, welche. Hatte was mit einem Projekt zu tun, das sie gebaut hat. Wenn ich richtig verstanden habe, dann hat sie für mich Geld ausgegeben, das ihr nicht gehörte. Sie wollte, dass ich die Wohnung verkaufe. Sie hat versprochen, mir eine neue Wohnung zu kaufen, wenn die Probleme vorbei wären. Sie wollte sich sogar schriftlich verpflichten. Ich habe es abgelehnt. Ich habe sie nicht geliebt. Sie war hart, herrschsüchtig und unverschämt, und ich habe gedacht, auch ein Jacki Danzig hat seinen Preis. Ich habe von ihr nichts genommen, was sie mir nicht von sich aus geben wollte. Immer ist sie freiwillig zu mir gekommen und hat mir was geschenkt, die Wohnung, das Auto. Übrigens, beide sind auf meinen Namen eingetragen. Es war ein Geschäft. Sie hat für eine Ware bezahlt, die ich ihr verkauft habe. Das Geschäft wurde hässlich. Betteln, Versprechungen, Drohungen.«

»Hast du eine Ahnung, um welches Projekt es ging?«

»Woher soll ich das wissen? Sie baut – baute die Mensa an der Uni, das neue Haus in der *Siedlung D,* die Siedlung der Alten im Kibbuz Asanja, die Schule für Erwachsenenbildung, das bei Schekem gebaut wird. Ihr Büro ist – war eines der größten in der Stadt. Warum hat sie sich auf mich gestürzt?«

»Warum warst du einverstanden, bei der Feier zu Ehren ihres Mannes zu spielen?«

»Das hat zu ihr gepasst! Ihren Liebhaber einzuladen, damit er auf der Party ihres Mannes spielt. Als ich versucht habe, sie davon abzubringen, hat sie gelacht. ›Schon lange wollte ich, dass du mal zu mir nach Hause kommst‹, hat sie gesagt. ›Es wird Zeit, dass du die Familie kennenlernst.‹«

»Du hättest dich weigern können.«

»Nein, das konnte ich nicht. Sie war stark.«

»In was für ein Projekt war sie verwickelt?«

»Ich weiß es nicht.«

»Wie viel Geld hat sie gebraucht?«

»Hunderttausend Dollar.«

»Ist das sicher?«

»Nichts ist sicher. Sie hat mir Bankgarantien über hunderttausend Dollar angeboten, als Sicherheit für das Geld, das sie von mir wollte. Ich glaube, sie war sogar bei der Bank und hat mit dem Direktor gesprochen.«

»Hast du eine Ahnung, bei welcher Bank?«

»Weiß ich nicht. Sie arbeitet – arbeitete mit mindestens zwei

Banken. Vielleicht mit mehr. Sie war sehr gerissen in Geldgeschäften. Hat mit irrsinnigen Summen hantiert. Sie hatte den Charakter einer Spielerin.«

***

Leute betraten das Lokal. Sehr junge Leute. Von Zeit zu Zeit kam jemand und klopfte Jacki auf die Schulter. Bruria ging von Tisch zu Tisch und zündete die Kerzen an, dann machte sie das elektrische Licht aus. Der Barkeeper spülte die Biergläser und hängte sie auf die Holzstäbe über seinem Kopf.

***

»Ben-Zion Koresch wird am Schluss auf mich stoßen. Ich bitte dich, mit ihm zu sprechen. Erzähle ihm alles, was ich gesagt habe. Ich habe nichts Ungesetzliches getan. Ich war der Freund von Alex Hornstick. So wie du die Freundin von Pinchas Hornstick warst.«

Lisi warf Jacki einen kalten Blick zu und zwang sich zur Ruhe, trotz des Erstickungsgefühls, das sie plötzlich empfand. Genau wie damals, als sie als Kind fast im Meer ertrunken wäre.

»Was meinst du?«, fragte sie.

»Ich habe euch gesehen.«

»Was hast du gesehen?«

»Rede nicht so mit mir.«

»Rede du nicht so mit mir.«

Sie stand auf und nahm ihre Tasche, die über dem Stuhl hing, doch er packte sie am Arm und hielt sie mit Gewalt fest.

»Nimm deine Hand weg.«

Die Leute im Lokal begannen zu ihnen herzuschauen, und Lisi hielt das für gut. Das würde ihr helfen. Wenn es nötig sein sollte, würde sie einen Skandal heraufbeschwören. Genaugenommen hatte sie sogar Lust, einen Skandal heraufzubeschwören.

»Setz dich, Lisi, bitte. Ich bitte dich um Entschuldigung.«

»Dass du Dreck am Stecken hast, Jacki Danzig, das ist deine Sache. Aber versuche ja nicht, mich in diese Sachen hineinzuziehen.«

»In Ordnung. Ich habe mich doch entschuldigt. Setz dich. In einer Viertelstunde muss ich sowieso anfangen zu spielen.«

***

Sie erinnerte sich genau, dass Jacki im Salon am Klavier gesessen hatte, als sie mit Hornstick hinunter in den Keller gegangen war, und als sie unten waren, im Zimmer der Filipina, hatten sie ihn über ihren Köpfen spielen gehört. Er konnte nichts wissen. Es sei denn, jemand anders hatte sie in das Zimmer gehen sehen und Jacki Danzig davon erzählt. Jetzt verabscheute sie ihn erst richtig. Aber ein verachtenswerter Mensch muss nicht automatisch ein Mörder sein, sagte sie sich.

»Erklär mir, was du meinst.«

»Ich habe mich geirrt, das ist alles.«

»Erklär mir, auf was du angespielt hast.«

»Nachdem du mir gesagt hast, du würdest jetzt nach Hause gehen, habe ich dich zur Tür gehen und mit Hornstick reden sehen. Ihr seid dann zusammen verschwunden.«

»Er hat mir das Haus gezeigt.«

»Aber ihr seid nicht zurückgekommen.«

»Ich bin durch den Garten weggegangen. Ich wollte nicht mehr ins Haus, nachdem ich mich von den Gästen verabschiedet hatte. Hornstick ist zurückgekommen, oder?«

»Ich habe ihn nicht gesehen.«

»Er hat an der Tür gestanden und die Gäste verabschiedet, nicht wahr?«

»Ich habe bis Mitternacht gespielt. Der Diskjockey hat mich um zwölf abgelöst, und ich bin heimgefahren.«

»Haben sie am Schluss die Feuerwerkskörper angezündet?«

»Keine Ahnung. Jedenfalls nicht, solange ich da war. Vielleicht nach Mitternacht.« Jacki schwieg eine Weile, dann fragte er: »Wirst du mit Koresch reden?«

»Ja.«

»Danke, Lisi.«

Lisi antwortete ihm nicht und schaute ihn auch nicht an. Das Lokal füllte sich mit jungen Leuten, mit Stimmen, mit Rauch, und das orangefarbene Haarbüschel rannte, ein mit Bierflaschen beladenes Tablett in der Hand, zwischen den Tischen herum. Auf der kleinen Bühne stellte jemand das Mikrofon ein. Lisi ging hinaus. Unter der Straßenlaterne blieb sie stehen und schaute auf ihre Uhr. Fast zehn. Zu spät, um Benzi anzurufen. Sie würde die Mädchen aufwecken, und Georgette würde sich ärgern. Jetzt tat es ihr leid, dass sie sich vor der Verabredung mit Jacki geduscht hatte. Mit großem Vergnügen hätte sie das jetzt noch einmal getan. Wie war es möglich, dass sich Alexandra Hornstick von allen jungen Männern auf der Welt ausgerechnet Jacki Danzig ausgesucht hatte, um sich in ihn zu verlieben? Das konnten nur die Götter der Liebe wissen. Lisi dachte an Adolam und beschloss, Arieli anzurufen und ihm von dem Treffen mit Jacki zu erzählen. Sie hielt das Ende eines langen Fadens in der Hand, und sie brauchte unbedingt Arielis Unterstützung.

***

»Wir leben in einem freien Land, und wenn wir anfangen, Liebesaffären abzudrucken, bleibt uns bald kein Platz für was anderes«, sagte Arieli, freundlich wie immer.

»Diese Affäre hat mit einem Mord geendet.«

»Was hat der Mord mit der Tatsache zu tun, dass sich Frau Hornstick einen Gigolo gehalten hat?«

»Sie war in finanzielle Schwierigkeiten geraten. Sie stand unter Druck. Sie wollte, dass ihr Gigolo ihr das Geld zurückgab.«

»Können Sie das beweisen?«

»Er hat es mir selbst erzählt.«

»Er macht nicht gerade den Eindruck eines Menschen, der sich immer von der Liebe zur Wahrheit leiten lässt.«

»Nein, das wohl nicht.«

»Warum hat er mit Ihnen reden wollen?«

»Mein Schwager leitet die Untersuchung. Er wollte, dass ich mit ihm spreche, damit er ihn beim Verhör nicht prügelt.«

»Er will Sie ausnützen. Wie er Frau Hornstick ausgenützt hat.«

Ein Schauer lief über Lisis Rücken. Arieli hatte recht, natürlich, Jacki wollte sie ausnützen. Aber andererseits wollte auch sie ihn ausnützen.

»Haben Sie mit Ihrem Schwager gesprochen?«

»Noch nicht.«

»Sprechen Sie nicht mit ihm, Badichi.«

»Warum?«

»Er wird Ihnen verbieten, die Sache zu veröffentlichen.«

»Andererseits könnte ich von ihm Informationen erhalten.«

Arieli verabschiedete sich auf die gewohnte Art von ihr – er knallte den Hörer auf. Lisi nahm sich fest vor, dass sie es ihm irgendwann einmal heimzahlen würde. Kein Abschiedswort, nur dieses kalte Auflegen, das so plötzlich die Verbindung unterbrach. Lisi saß da, betrachtete den Telefonapparat und versuchte zu verstehen, ob dieses Auflegen des Hörers bedeutete: »Sie haben recht, Lisi Badichi«, oder aber: »Mit einem Dummkopf wie Ihnen habe ich nichts mehr zu besprechen«. Vielleicht irgendetwas in der Mitte, zwischen diesen beiden Möglichkeiten. Denn wenn man das Gespräch mit kühlem Kopf interpretierte, so hatte sich Arieli darüber besorgt gezeigt, dass ihr Schwager Benzi ihr verbieten könnte, die Geschichte zu veröffentlichen. Das hieß, dass er letztlich an einer Veröffentlichung des Materials interessiert war. Aber wie kam er auf die Idee, sie könne an einem Mordfall arbeiten, ohne die Hilfe der Polizei in Anspruch zu nehmen? Nein, Arieli, der Schuft, wusste, dass das unmöglich war. Also sicherte er sich nur gegen Dritte ab und hielt sich die Möglichkeit offen, später sagen zu können, er habe Lisi Badichi geraten, sich nicht von der Polizei helfen zu lassen, und ebenso gut konnte er behaupten, er habe Lisis Wunsch, sich von der Polizei helfen zu lassen, abgelehnt.

Lisi legte das Aufnahmegerät in die Schublade, zog sich die

Plastikohrringe von den Ohren und ging ins Badezimmer. Das Wasser war lauwarm, und das ärgerte sie. Im vergangenen Monat hatte sie fast ein Drittel ihres Gehalts für die Reparatur der gebäudeeigenen Heißwasseranlage bezahlt. Egal. Übermorgen würde man ihr den privaten Boiler installieren, und zumindest dieses Problem hätte sich ein für alle Mal erledigt.

Kapitel 9

»Intime Beziehungen zwischen der Ermordeten und einem ortsansässigen Musiker«. Lisi starrte auf die Schlagzeile der *Post,* als könnten die Buchstaben sich jeden Moment in riesige Skorpione verwandeln und sich auf sie stürzen. Sie war so wütend, dass ihr die Wörter vor den Augen verschwammen und sie den Artikel nicht lesen konnte. Diese Schlange, dieser Adolam! Und Arieli mit seinen Scheißratschlägen!

***

Sie saß in ihrem Wohnzimmer und wartete auf den Installateur, der natürlich nicht kam. Wo hat man in unserer Stadt schon mal einen Handwerker gesehen, der versprochen hat zu kommen und dann wirklich kommt? Wo leben wir denn? Etwa in der Schweiz? Wir sind ein kleines Land, ein Land der Pioniere, viel Improvisation, wenig Ordnung. Der Handwerker wird kommen, vielleicht nicht heute, aber am Schluss wird er kommen, und sie wird freundlich zu ihm sein, ihm etwas Heißes oder Kaltes zu trinken anbieten, und er wird ihr ein paar Schmeicheleien sagen, um herauszufinden, ob was zu machen ist, und sie – erfahren in solchen Dingen – wird wissen, wie sie reagieren muss, ohne ihn zu kränken, damit er sich nicht mehr darum kümmert, dass sie eine nette junge, unverheiratete Frau ist, und damit er ihr den Boiler installiert und sonst nichts.

Es war schon zehn, als sie zur Redaktion kam. Schibolet teilte ihr mit, dass Inspektor Ben-Zion Koresch sie suche, und Dahan fragte, ob etwas passiert sei.

»Ich bin heute Morgen um sechs aufgestanden, damit ich fertig bin, wenn dein Installateur kommt, und dann habe ich bis jetzt gewartet.«

»Ist er nicht gekommen?« Dahan war immer beleidigt, wenn seine Verabredungen nicht klappten und das Bild »Dahan regelt alles« einen Flecken bekam. Er blickte sie an wie ein Spaniel, der von seinem geliebten Herrchen im Stich gelassen wird. Sie musste sich beherrschen, um nicht Mitleid mit ihm zu haben.

»Von mir erhält er keinen Auftrag mehr, das verspreche ich dir.«

Lisi ging in ihr Zimmer und rief Benzi an. Sie erfuhr, dass Jacki Danzig verhört worden war und dass er dabei, unter anderem, seine Beziehung zu Lisi Badichi erwähnt habe, mit der er bekanntermaßen zu der Party bei Hornsticks gegangen sei.

»Er hat mich gebeten, ich solle auf dich einwirken, dass du ihn nicht prügelst.«

»Warum sollte ich ihn prügeln?«

»Ich weiß es nicht.«

»Bist du seine Freundin, Lisi?«

»Ich verabscheue ihn.«

»Warst du seine Freundin?«

»Hör doch auf!«

»Warst du seine Freundin?«

»Nein.«

»Warum sagt er dann, dass es zwischen euch eine Beziehung gibt?«

»Damit du ihn nicht schlägst.«

»Hast du das Gespräch im *Blauen Pelikan* auf Band aufgenommen?«

»Ja.«

»Bring mir das Band.«

»Ich möchte es aufheben.«

»Komm zu mir ins Büro. Wir machen eine Kopie und geben dir das Original zurück.«

»In Ordnung.«

***

Das »Büro« von Inspektor Ben-Zion Koresch war ein winziges Betonzimmer von zwei auf drei Meter, das eher wie eine Gefängniszelle aussah und das er – wenigstens offiziell – mit Ilan-Sergio Bachut teilte, dem einzigen Mann der Polizei von Be'er Schewa, der bereit war, mit Benzi im selben Zimmer zu sitzen. Zum Glück für die beiden Schwager zog Ilan die »Fußarbeiten« vor und hasste es, im Büro zu sitzen, während Benzi gerne in Papieren wühlte und Bänder abhörte und sich in dem kleinen Zimmer fühlte wie im Schoß seiner Mutter.

Lisi und Benzi hörten sich das Band zum dritten Mal an. Beide kannten sie es schon auswendig.

»Wer hat Adolam das Material weitergegeben?«, fragte Lisi, als Benzi das Gerät abgeschaltet hatte.

»Jacki Danzig«, antwortete Benzi. »Jacki hat sich überlegt, dass er zu seinem eigenen Schutz eine Veröffentlichung braucht, zu seinem Schutz vor der Polizei. Schließlich handelt es sich hier um die Frau eines Richters, und die Polizei hat sehr delikate Beziehungen zur Justiz. Es ist nur natürlich, dass sich die Redaktion mit dem Richter identifiziert, der in diesem Fall ja auch das Opfer ist. Die einzige Möglichkeit für jemanden wie Jacki Danzig besteht darin, Alexandra Hornstick in ein neues Licht zu rücken, ein nicht schmeichelhaftes Licht, und zwar noch bevor die Polizei auf ihn kommt. Er ist nicht dumm, dieser Jacki Danzig.«

»Er hat sich mit mir getroffen, und dann hat er sich mit Adolam verabredet«, stellte Lisi bekümmert fest. Da hatte sie einen Knüller, und dann hatte man ihn ihr unter der Nase weggeschnappt.

»Er wusste, dass er dich mit seinen schmutzigen Anspielungen geärgert hatte, und fürchtete, du würdest nicht mit mir sprechen.«

»Damit hatte er recht.«

»Du hättest mir von eurem Treffen erzählen müssen.«

»Das habe ich getan.«

»Aber nicht gestern, sondern erst heute.«

***

Benzi war mit gesunden Lungen und einem kräftigen Zwerchfell auf die Welt gekommen. Er brauchte bloß zu sagen: »Gib mir doch bitte mal das Salz«, da dröhnte seine Stimme wie Donner und brachte die Scheiben zum Klirren. Wenn man ihn nicht kannte, hätte man glauben können, er sei die ganze Zeit wütend. Lisi versuchte, sich ein Zusammentreffen zwischen Benzi und Arieli vorzustellen.

»Was amüsiert dich denn so?«

»Ach, nichts.«

»Über was hast du mit Hornstick gesprochen?«

»Wann?«

»Auf dem Band sagt Jacki, dass du mit Hornstick gesprochen hast und dann mit ihm im Haus verschwunden bist.«

»Ist das ein offizielles Verhör?«

»In diesem Büro ist alles offiziell.«

»Ich bin zu der Party bei Hornsticks gegangen, weil Dahan wollte, dass ich den Firmennamen des Klaviers nenne, auf dem Jacki Danzig gespielt hat.«

»Ist so was korrekt?«

»Nein.«

Benzi schaute sie an, dann lächelten beide.

»Die Party ging mir auf die Nerven. Alles war mit Gold geschmückt, und der Bezirksrichter stand an der Tür und verteilte Feuerwerkskörper, und Mirjam, Alexandras Schwester, betrank sich und begann, über ihre Schwester herzuziehen. Ich beschloss zu gehen, denn um drei Uhr musste ich doch schon zur Militärkontrollstelle Erez fahren. Der Hausherr fragte natürlich, warum ich so früh heimwollte, und ich fragte ihn, warum er an seiner eigenen Party gar nicht richtig teilnahm. Er schlug vor, mir das Haus zu zeigen, und ich lehnte das nicht ab. Wir gingen von einem Zimmer zum anderen, bis wir in den Garten hinter dem Haus kamen. Ich wollte nicht mehr hinein, nachdem ich mich schon von allen verabschiedet hatte. Ich sagte ihm Auf Wiedersehen, nahm den Weg zum Tor und fuhr nach Hause.«

»Wie viel Uhr war es?«

»Ungefähr elf.«

»Warum wollte er dir das Haus zeigen?«

»Vielleicht hat ihn die Party ebenfalls nervös gemacht.«

»Hat er gewusst, wer du bist?«

»Er hat sich daran erinnert, dass ich mit dem Klavierspieler gekommen war, und ich habe mich vorgestellt. Ich mache das immer. Damit die Leute hinterher nicht sagen können, ich hätte Informationen aus ihnen herausgeholt, ohne dass sie gewusst hätten, dass sie mit einer Reporterin sprechen, all diese Ausreden.«

»Hat er Danzig gekannt?«

»Ich glaube schon. Er wusste, wer er war. Und er hat sich gewundert, dass ich ohne ihn weggehe. Nach dem, was Danzig gesagt hat, wusste die ganze Familie Bescheid.«

»Wir werden es nachprüfen. Willst du Saft oder Kaffee?«

»Kaffee.«

»Elieser! Bring zwei Tassen Kaffee!«

Selbstverständlich brauchte Benzi kein Telefon. Es reichte, wenn er die Stimme ein wenig erhob. Lisi überlegte, ob es nicht sinnvoll wäre, die Fenster seines Zimmers mit Klebestreifen zu sichern. Während sie auf den Kaffee warteten, betrachteten sie beide das Aufnahmegerät, als könne es ihnen noch etwas Zusätzliches mitteilen.

»Alexandra Hornstick wurde irgendwann zwischen elf Uhr und ein Uhr fünfundvierzig ermordet. Sie saß hinter dem Haus, auf einer kleinen Steinbank am Swimmingpool. Bäume schirmen diesen Teil des Gartens von dem anderen ab, in dem sich die Gäste aufgehalten haben. Dort hat man erst nachgesehen, als man sie sonst nirgends gefunden hat.«

»Es wusste ja auch keiner, dass sie ermordet worden war. Bestimmt hat man sie erst in ihrem Schlafzimmer und in der Küche gesucht.«

»Ja.«

»Glaubst du, dass sie da hinten auf jemanden gewartet hat?«

»Das kann gut sein.«

***

Die Tür wurde langsam aufgemacht, und Elieser trat herein, ein Blechtablett mit zwei großen Tassen in der Hand. Lisi musste sich beherrschen, um nicht aufzustehen und ihm zu helfen. Sie wollte immer aufstehen und Leuten helfen. Besonders kleinen Leuten wie Elieser, die Angst hatten, jemandem in die Augen zu schauen.

***

»Er hat seine Frau immer ganz fürchterlich verprügelt«, sagte Benzi, nachdem Elieser wieder gegangen war. »Auf einem Ohr ist sie taub geworden von seinem Prügeln. Und du solltest sie mal sehen. Groß, dick, du würdest glauben, dass sie die Brutale von beiden ist. Sie hat ihn immer wieder angezeigt, er wurde eingesperrt, und wenn er nach Hause zurückkam, hat er wieder zugeschlagen. Ich hatte die Nase voll. Deshalb habe ich ihn zu mir genommen, damit ich ihn unter Aufsicht habe. Er ist selbstsicherer geworden. Er hat angefangen rumzuerzählen, dass er bei der Polizei arbeitet, und er hat eine Freundin gefunden. Jetzt kommt seine Frau und weint, dass ich ihren Hausfrieden zerstört hätte. Man kann machen, was man will …«

Benzi war unverbesserlich. Die Mauern des Tiggart-Gebäudes, in dem sich die Polizeistation befand, waren zwar sehr dick, aber Lisi wusste, dass nicht nur Elieser jedes Wort gehört hatte, sondern auch alle Passanten auf der Straße.

»Habt ihr etwas an der Stelle gefunden, wo Alexandra Hornstick ermordet worden ist?«

»Im Garten selbst waren Fußabdrücke von mindestens siebzig Leuten. Neben der kleinen Bank waren es weniger. Ein Teil von ihnen war alt, ein Teil neu. Die meisten von Hausbewohnern, natürlich. Aber wir prüfen sie weiter nach.«

»Was ist mit Jacki Danzig?«

»Ich wollte ihn nicht aufscheuchen, deshalb habe ich heimlich gegen ihn ermittelt. Aber jetzt, wo er selbst seine Beziehung zu Alexandra Hornstick öffentlich gemacht hat, brauche ich solche Rücksichten nicht mehr zu nehmen.«

»Wenn er in der Nacht im Garten war, dann kannst du sicher sein, dass er seine Schuhe weggeworfen hat. Mach dir nichts vor, er ist nicht blöd.«

»Ich auch nicht.«

»Schlägst du beim Verhör, Benzi?«

»Nein.«

»Das habe ich mir gedacht. Ich nehme an, du hast Alexandra Hornsticks Bankkonten überprüft, und auch die ihrer Kunden, ihrer Familie und ihrer Freunde.«

»Ja.«

Irgendetwas schien Benzi zu stören. Seine Antworten wurden kürzer und endeten in Schweigen. Lisi saß ruhig da, wie sie immer dasaß, wenn Interviewte in Gedanken versanken. Einige Minuten schwiegen sie beide, schließlich war Lisi die Erste, die den Mund aufmachte.

»Hast du Fußabdrücke von Jacki Danzig neben der Bank gefunden, wo der Mord passiert ist?«

»Das Interview ist zu Ende, Lisi. Ich habe noch zu tun.«

»Das war kein Interview. Ich habe dir mein Band mit der Aufnahme gebracht, damit du es kopieren kannst.«

»Wenn ich etwas Neues weiß, informiere ich dich.«

»Mein Redakteur war nicht damit einverstanden, dass ich etwas über die Beziehung zwischen der Frau des Richters und ihrem Gigolo-Pianisten veröffentliche. Adolams Redakteur hatte keine Hemmungen, er hat die Geschichte publiziert. Von der *Post* werden heute viel mehr Exemplare verkauft als von der *Zeit.* Wer ist schuld? Lisi Badichi! Arieli wird nicht zugeben, dass er es war, der entschieden hat, diese Sache nicht zu veröffentlichen. Er wird sagen, wie ich ihm die Geschichte dargestellt hätte, sei sie es nicht wert gewesen, gedruckt zu werden, irgendetwas in dieser Art. Ich brauche eine Exklusivinformation, oder man wird Doron Cement herschicken.«

»Warum veröffentlichst du nicht das Gespräch, das du mit Danzig im *Blauen Pelikan* geführt hast?«

»Nachdem heute schon alles in der *Post* gestanden hat?«

»Aus erster Quelle.«

»Du weißt etwas, was du mir nicht sagen willst.«

»Unser Gespräch ist beendet, Lisi. Ich habe noch zu tun.«

»Warum gibst du mir nicht wenigstens einen kleinen Hinweis?«

»Willst du, dass ich jemanden rufe, der dich hinauswirft?«

»Wenn ich dir etwas erzähle, sagst du es mir dann?«

»Was hast du zu erzählen, Lisi?«

»Erst du, Schätzchen.«

»Was sind wir, Kinder?«

Auf Benzis Brüllen hin wurde leise an die Tür geklopft. »Herein!«, rief Benzi laut. Lisi wunderte sich nicht, dass Benzi keine Verdächtigen schlug. Mit einer solchen Stimme hatte er das nicht nötig.

***

Ilan-Sergio Bachut lugte herein. Als er Lisi erblickte, erschien ein erstaunter Ausdruck auf seinem Gesicht. Lisi lächelte ihn an, um ihm zu zeigen, dass es sich nur um ein freundschaftliches Gespräch handelte und Benzis Gebrüll nicht als Hinweis auf irgendwelche Schwierigkeiten zwischen ihnen zu deuten sei.

»Brauchst du mich?«, fragte Ilan.

»Wenn du Lisi von hier wegbringen könntest, wäre ich dir sehr dankbar.«

»Komm, Lisi. Es lohnt sich nicht hierzubleiben, wenn er so eine Laune hat.« Wenn Ilan lächelte, bekam er zwei Grübchen in die Wangen. Lisi hatte nie verstanden, wie Georgette ihn Benzis wegen hatte fallenlassen können. Sie stand auf, nahm ihr Band, steckte es in ihre Handtasche und ging hinter Ilan her, ohne sich von Benzi zu verabschieden. Sie half ihm bei Ermittlungen, da hätte er sich wenigstens ein bisschen dankbar zeigen können.

»Fang ja nicht an, auf eigene Faust nachzuforschen!«, rief er, als sie schon an der Tür stand.

»Ich sammle Material für einen Hintergrundbericht.«

»Mit wem hast du dich sonst noch getroffen?«

»Das geht dich nichts an. Ich bin ja nicht darauf angewiesen, mit dir zusammenzuarbeiten. Was habe ich denn nun davon, dass ich dir von Jacki erzählt habe?«

»Ich bin nicht schuld, dass Arieli deine Geschichte nicht drucken wollte.«

***

Lisi verließ das Zimmer und machte die Tür hinter sich zu. Ilan, der im Flur gewartet hatte, empfing sie mit einem breiten Lachen.

»Lisi!«

Der Schrei kam aus Benzis Zimmer. Die Tür wurde aufgerissen. Lisi ging weiter, sie drehte sich nicht um. Sie verließ den kleinen Flur und trat in die Eingangshalle.

»Arbeitet Malka heute?«, fragte sie den Diensthabenden.

»Sie hat heute Nachtdienst.«

Ilan begleitete sie bis zur Straße. Irgendwie hatte sie Mitleid mit Benzi. Hier draußen war alles so weit, man sah den kalten winterlichen Himmel, die belebte Straße, und er saß dort in der kleinen Betonzelle und suchte eine Lösung des Rätsels. Der Insasse der Betonzelle erschien nun oben am Treppengeländer, mit einem aus der Hose hängenden Hemd. »Ruf mich doch heute Abend an«, rief er Lisi hinterher, und dann schrie er: »Komm, Ilan«, und war auch schon wieder verschwunden.

»Ist er immer so?«, fragte sie Ilan, »Immer«, sagte Ilan stolz.

Kapitel 10

»Der arme Richter«, sagte Tante Klara, nachdem Lisi ihr und Onkel Ja'akow das wenige, was sie wusste, erzählt hatte. »Und die armen Kinder. Und ihre armen Eltern und die ganze Familie. Und auch sie ist arm, sie möge in Frieden ruhen.« Die Katze hob den Kopf, gähnte und vergrub sich wieder in Tante Klaras Schoß, um weiterzuschlafen.

Lisi betrachtete die Schirme, die Bänder und die Ohrringe im Geschäft und dachte, dass er so arm nun auch wieder nicht war, der Richter. Er stand unter Schock. Aber keineswegs so sehr, dass er vergessen hätte, ihr einzuschärfen, dass sie niemandem etwas von ihrem seltsamen Abenteuer verriet. Als wäre sie je auf die Idee gekommen, irgendjemandem davon zu erzählen. Doch jetzt wurden die Dinge kompliziert, und Lisi wusste nicht, was sie tun sollte. Wie so oft, wenn sie das nicht wusste, besuchte sie Tante Klara und Onkel Ja'akow, trank Senfblütentee, hörte sich vortreffliche Ratschläge zur Hautpflege an, betrachtete die Leute, die am Laden vorbeigingen, und kaufte ein paar Kassetten für ihren Rekorder. Ansonsten wartete sie ruhig ab, bis sie wieder zu Verstand kommen würde.

»Weißt du, wer sie ermordet hat?«

»Nein.«

»Hast du jemanden in Verdacht?«

»Ich weiß es nicht. Vielleicht.«

»Leute morden aus zwei Gründen: Liebe und Geld. Manchmal auch wegen der Ehre.«

»Bertolucci, der Dirigent der Feuerwehrkapelle in Alexandria«, sagte Onkel Ja'akow. »Er hat den Chef der Miliz ermordet, nachdem dieser seine Schwester bei einem Pokerspiel verloren hatte und sie dann nicht herausgeben wollte.«

Onkel Ja'akow sprach langsam und versonnen, aber das, was er sagte, machte immer Eindruck auf seine Zuhörer. Wieder versanken alle drei in Schweigen.

»Das Schwert hatte er sich aus der Requisitenkammer der Oper geborgt«, fügte Onkel Ja'akow nach einer Weile hinzu.

»Kommen auch Filipinas zu euch in den Laden?«, wollte Lisi wissen.

»Zu uns kommen Leute aus der ganzen Welt, Lisi.«

»Bei Hornsticks arbeitet eine junge Filipina.«

»Vor einer Woche war eine hier und hat Perlen gekauft. Sicher war es das Dienstmädchen von Hornsticks. Aber was beweist das?«

Tante Klara hatte natürlich recht. Das bewies gar nichts.

***

Als sie erfuhr, dass Benzi das Betttuch mit den Blutflecken gefunden und die kleine Filipina festgenommen hatte, empfand sie ein dringendes Bedürfnis, mit Hornstick zu sprechen. Doch sie fürchtete, dass ein Besuch in seinem Haus sofort nach der Verhaftung der jungen Frau den Verdacht auf sie lenken würde.

Sie zweifelte nicht daran, dass Benzis Männer den Namen jeder Person notierten, die Hornsticks Haus betrat oder dort anrief. Sie befahl sich, nichts zu übereilen, und sie unterdrückte auch den Wunsch, zu Benzi zu rennen und Marian Ortega-Ramon zu befreien. Ja, sie hatte einen Namen, die kleine Filipina, sogar einen prachtvollen Namen. Wo fand man in ganz Be'er Schewa noch ein Mädchen namens Marian Ortega-Ramon? Sie war dort zwischen den Gästen herumgelaufen mit ihrem weißen Schürzchen und hatte Wein und Salzgebäck angeboten, und niemand hatte gewusst, dass sie einen wahrhaft königlichen Namen trug. Lisi überlegte. Es war besser, wenn Benzi sie nun nicht sah, aufgeregt, wie sie war. Sie stieg also ins Auto und fuhr zum Kulturzentrum, zur Eröffnung einer Ausstellung regionaler Künstler. Wenn die Ausstellung gut genug war, wollte sie einen Artikel schreiben, sonst würde sie sich mit einer kurzen Ankündigung begnügen. Jedenfalls war es besser, wenn sie sich die nächsten Stunden mit irgendetwas beschäftigte.

***

Im Eingang des Kulturzentrums verhinderte ein gespanntes Seil den Zugang zu einer der Wände. Auf einem Schild auf dem Fußboden war der Künstler angegeben, Willi Achinoam. Lisi wusste nicht, ob die Wand und das Seil ein Ausstellungsstück waren oder ob man das Schild von der letzten Ausstellung einfach vergessen hatte. »Das ist das Kunstwerk«, flüsterte jemand neben ihr. Adolam, wer sonst? Sein Gesicht war undurchdringlich, aber seine Augen funkelten lausbubenhaft.

Willi Achinoam war etwa sechzig Jahre alt, er trug blaue, etwas zu kurze Arbeitshosen, dazu hohe Schuhe, und sein Gesicht zierte ein wilder, grauer Bart. Er sah aus wie ein Melker. Tatsächlich stellte es sich heraus, dass er im Kuhstall von Sade Asanja arbeitete, dem Kibbuz, aus dem Schibolet kam. Zusammen mit ihm wurde Schoschana vorgestellt, eine Lernschwester, und Chanita, eine frühere Töpferin. Sie alle waren Schüler von Gertrud Fisch, der Künstlerin aus Minnesota, die an das künstlerische Potential des Negev glaubte. »Die Wüste ist in unserem Bewusstsein eine sandige Ebene«, sagte sie mit zornfunkelnden Augen zu den Zeitungsleuten, die eifrig mitschrieben. »Aber das stimmt nicht! Der Negev besteht aus Bergen! Und es gibt auch Pflanzenwuchs. Man muss nur aufmerksam sein. Die Augen aufmachen. Das war das Wichtigste, was wir in unserem Workshop gelernt haben. Genau hinzuschauen.«

Lisi fühlte sich beschämt. Der Negev war seit ihrer Geburt um sie herum, und noch nie hatte sie genau hingeschaut.

»Könnte man diese Ausstellung als Zeichen des Protests bezeichnen?«, fragte die Reporterin der französischen Zeitung.

»Ja, das könnte man«, sagte Gertrud Fisch und verzog die Lippen. Man sah ihr an, dass ihr das Wort Protest eigentlich viel zu schwach und armselig war. »In uns ist Wut. Der wollten wir Ausdruck verleihen.«

Auf den Gesichtern der beiden Künstlerinnen erschien ein Ausdruck der Wut, sie nickten heftig, doch Willi Achinoam riss die blauen Augen auf und sah aus wie ein Ornithologe, den man mitten aus der Beobachtung eines äußerst seltenen Vogels herausgerissen hat.

Gertrud Fisch erklärte ihren Zuhörern die Idee, die hinter der Ausstellung stand. Es ergebe keinen Sinn, die Natur genau nachzubilden, sagte sie, das könne jeder Fotoapparat besser. Und auch das menschliche Auge. Ihr künstlerisches Konzept sei der gestaltende Umgang mit einfachstem Material. Jede Assoziation sei eine Collage. Und jede Collage sei etwas Zusammengefügtes. Und legitim. In Amerika habe man das schon vor Jahren erkannt, dass der Umgang mit Material für einen Künstler heute, im Atomzeitalter, der einzige Zugang zur Kunst sei. Nur bei uns verstehe man das nicht. Wenn es so weit wäre, könnte es zu spät sein. Sie hoffe, dass diese Ausstellung den Weg zu einem neuen Kunstverständnis bereite.

Die Reporter – etwa zehn Männer und Frauen – betrachteten den Sandhügel, der den Weg versperrte. Gertrud Fisch erklärte, dass sich der Sand durch das hereinfallende Licht von Minute zu Minute verändere. Darauf weise auch der Name des Werkes hin: Zeit. Das nächste Kunstwerk hieß: Poem. Eine Handvoll Kies, ein Stück Seil und der Deckel einer Ketchupflasche. Die Zivilisation im Gegensatz zum Ursprünglichen. Gertrud Fisch sagte, es sei unmöglich, das zu ignorieren, was um uns herum geschehe. Alle fühlten sich schuldig.

»Es war uns sehr wichtig, das Zusammengefügte«, sagte die Lernschwester leise. Alle nickten zustimmend. Chanita bekannte, sie habe anfänglich Schwierigkeiten gehabt, weil sie aus einer anderen Disziplin kam, doch es sei ein großes Glück, mit Gertrud Fisch arbeiten zu dürfen. Lisis Blick traf – zu ihrem Pech – den Adolams. Er schien sie zu verspotten.

Schoschanas Material waren Sand und große Räume. Chanitas Material war Industrieabfall und Umweltschmutz, während Willi Minimalist war. Doch war das, was alle drei taten, selbstverständlich politische Kunst. Denn es gibt eine Grenze für das Schweigen, vor allem im Negev.

***

»Hast du das von der Filipina gehört?«, fragte Adolam, als sie das Kulturzentrum verließen.

»Ja«, sagte Lisi.

»Ich glaube nicht, dass sie Frau Hornstick ermordet hat.«

»Ich auch nicht.«

»Warum hat man sie dann festgenommen? Man hätte sie verhören und nach Hause schicken können. Was sagt Ben-Zion Koresch?«

»Ich habe nicht mit ihm gesprochen.«

»Interessiert dich diese Geschichte nicht?«

»Sie interessiert meinen Redakteur nicht.«

»Du machst Witze.«

Lisi zuckte mit den Schultern. Sie stand an der Tür und wartete auf Willi Achinoam.

»Komm, gehen wir zum Mittagessen ins Steak-House.«

»Ich möchte mit dem Künstler sprechen.«

»Lisi, sag jetzt bloß nicht, dass du dieser Priesterin aus Minnesota ihren ganzen Mist abgenommen hast! Hast du keinen Hunger?«

Willi Achinoam kam aus dem Kulturzentrum und schaute mit blauen Augen, die aussahen, als wären sie geblendet von so viel Licht, zum Himmel. Er wurde von einer kleinen, rotbäckigen und energischen Frau begleitet, die vermutlich seine Gattin war. Lisi stellte sich vor und fragte, ob sie einmal in den Kibbuz kommen dürfe, um einen Artikel über seine Arbeiten zu schreiben. Willis Frau wurde rot vor Aufregung, aber Willi meinte, er sei noch nicht reif für das Urteil eines größeren Publikums. Lisi erklärte ihm, sie sei nicht das Publikum, und bestimmt habe sie nicht vor, ihn zu beurteilen. Was ihn schließlich überzeugte, war die Tatsache, dass sie Schibolet kannte und, fast, deren Arbeitgeberin war, und – nicht weniger wichtig –, dass sie ein Auto hatte und den beiden anbot, sie nach Hause zu fahren. Adolam benahm sich ausgezeichnet. Er half dem Paar in den Wagen und schlug hinter ihnen die Tür zu. Dann wartete er noch, bis auch Lisi ins Auto gestiegen war und sich angeschnallt hatte. Er machte sie mit seinen guten Manieren so nervös, dass sie den falschen Gang einlegte und fast auf das vor ihr parkende Auto draufgefahren wäre.

Kapitel 11

Achinoams Werke standen im Stall der früheren Entenzucht. Sie unterschieden sich von seinen minimalistischen Werken, die im Kulturzentrum von Be'er Schewa ausgestellt waren. Auf Sandsteinen, die er im Krater von Arif gefunden hatte, ritzte er – wie seine Frau Jaffa es ausdrückte – die Geschichte der Brigade Har'el ein. Jaffa erzählte, dass sie und ihr Mann sich aus der Zeit des Unabhängigkeitskriegs kannten. Damals war sie eine Neueinwanderin aus Australien gewesen und er ein Lastwagenfahrer aus Gedera.

»Das interessiert sie doch nicht«, flüsterte Willi und blickte seine Frau mit einem leidenden Ausdruck in den Augen an.

»Nein! Doch! Ich finde das sogar sehr interessant«, sagte Lisi, die bezweifelte, dass sie ein Wort von alldem in ihren Bericht aufnehmen würde. Vielleicht bei anderer Gelegenheit, in einem anderen Zusammenhang. Sie notierte die Titel der Werke und was auf ihnen dargestellt war, außerdem biographische Daten zu dem Bildhauer. Es fiel ihm schwer, über sich zu sprechen. Er antwortete unwillig, und seine Frau fühlte sich immer wieder genötigt, helfend einzuspringen.

»Trinken wir einen Kaffee«, schlug Lisi vor.

Vor Willis und Jaffas Haus war eine kleine Terrasse, auf der standen Arbeitsschuhe, Sandalen und Gummistiefel, außerdem Schrubber, Besen und Eimer. Die Wohnung besaß zwei Zimmer, eine Küche und eine kleine Dusche, und es gab kleine Figuren nackter Frauen, die vermutlich Jaffa gehörten. Lisi fragte sich, ob die beiden Kinder hatten.

»Das hier ist die alte Siedlung der älteren Mitglieder«, erklärte Jaffa, während sie Kaffee kochte. »Wir sollten schon im Herbst in die neue umziehen, aber irgendwas ist bei den Abrechnungen durcheinandergeraten, und jetzt müssen wir noch warten.«

»Wir werden schon noch umziehen«, beruhigte sie Willi. Offenbar war dies ein wunder Punkt.

»Bekommen Sie dort mehr Zimmer?«, fragte Lisi.

»Nein. Auch dort gibt es nur zwei Zimmer, aber sie sind größer, und alles ist neu, und jeder kann sich selbst das Zubehör für Bad und Küche aussuchen. Fünf Familien sind schon umgezogen, nur bei uns hat es bisher nicht geklappt. Wer weiß, ob überhaupt noch etwas daraus wird. Aber nicht nur wir müssen darunter leiden, auch die jungen Familien, die in unsere Häuser ziehen sollten. Sie wohnen jetzt in den Häusern der Jungen, in Löchern.«

»Wir hatten noch nicht mal das, als wir hergekommen sind«, sagte Willi mit seiner weichen Stimme.

»Die Zeiten haben sich geändert, Willi. Die Verführungen draußen sind groß. Wir müssen froh sein, wenn die jungen Leute überhaupt hierbleiben. Hier, ein Feigenkuchen. Selbst gebacken.«

Der Kaffee war stark und gut, und sein Duft erfüllte die kleine Wohnung, und der Feigenkuchen zerschmolz förmlich im Mund. Lisi lächelte Jaffa zu, kaute und seufzte, gut, sehr gut. Jaffa wurde rot, wie Lisi es schon kannte.

»Das ist ein Kuchen ohne Eier und ohne Zucker«, teilte Jaffa mit. »Möchten Sie noch ein Stück?«

»Ja, bitte. Ein ausgezeichneter Kuchen.«

»Bald gehen wir in den Speisesaal«, sagte Willi. »Und dann muss ich in den Kuhstall.«

»Du hast doch einen Tag frei bekommen«, erinnerte ihn Jaffa verbittert.

»Ja, um nach Be'er Schewa zu fahren. Aber wir sind zu früh zurückgekommen«, sagte er und warf seiner Frau einen dieser herzergreifenden Blicke zu.

***

Auf dem Weg zum Speisesaal zeigten sie ihr die neue Siedlung für die älteren Mitglieder.

»Der Kibbuz hat sich mit den besten Fachleuten in Verbindung gesetzt«, sagte Jaffa. »Der Architekt und die Ingenieurin sind hierhergekommen und haben mit den Kibbuzmitgliedern geredet, und sie haben Häuser geplant, die sowohl in die Landschaft passen als auch den Bedürfnissen unserer Gemeinschaft hier entsprechen. Sehen Sie? Jede Wohneinheit ist so gebaut, als wäre es ein Haus ganz für sich. Wenn jemand nicht will, braucht er seine Nachbarn nicht zu treffen. Und trotzdem sind die Häuser aneinandergebaut. Bienenkorb, so nennen wir unsere neue Siedlung.«

Jaffa schwieg plötzlich und warf Willi einen Blick zu. Dann sagte sie: »Man hat sie vor ein paar Tagen ermordet.«

»Alexandra Hornstick?«, fragte Lisi.

»Ja«, antwortete Jaffa. »Haben Sie sie gekannt?«

»Ich habe sie ein einziges Mal getroffen, an dem Abend, an dem sie ermordet worden ist. Wer hat mit ihr verhandelt, hier, in Asanja?«

»Das Sekretariat. Der Bauausschuss. Wir, die Alten, haben uns ein paarmal mit ihr getroffen. Und Schajke natürlich.«

»Schajke?«

»Unser Sohn. Er ist der Kassenwart. Eine schreckliche Geschichte. Eine so junge und begabte Frau. Man kann es kaum glauben.«

»Was sagt Schajke?«

»Er ist geschockt«, sagte Jaffa. »Die anderen hacken jetzt alle auf ihn ein. Die ganzen Ersparnisse, die ganzen Anleihen!«

»Er ist doch nicht schuld daran, dass sie umgebracht worden ist.«

»Nein, natürlich nicht. Aber was wird mit dem Geld, das verschwunden ist?«

»Es ist nicht verschwunden. Alles wird sich aufklären.« Willi war wütend auf Jaffa. Er ging schneller, sodass die beiden Frauen nur noch seinen Rücken sahen.

»Willi ist nicht bereit, die Realität zu akzeptieren«, sagte Jaffa. »Die Menschen sind gut, alle haben eine gute Arbeitsmoral, im Kibbuz herrscht Gleichheit, die Luft ist klar und die Zukunft rosig. Gertrud Fisch hat recht. Man muss nur die Augen aufmachen.«

Im Speisesaal traf Lisi Schajke Achinoam. Er war klein und energisch wie seine Mutter und hatte die blauen Augen seines

Vaters, doch ohne den unschuldigen Blick. Nach dem Fischfilet wandte sich Lisi an Schajke und fragte, ob er ihr eine halbe Stunde seiner Zeit widmen könne, denn sie sammle Material über Alexandra Hornstick. Aber Schajke war sehr beschäftigt. Man wartete im Büro auf ihn. Der Verantwortliche für die Mangos wollte wegen der Stachelschweinplage kommen, und ein Vertreter von *Agrasco* hatte sich für drei Uhr angesagt, zu Vorgesprächen wegen der Papayas, und um vier wurde der Ausgabenausschuss erwartet. Lisi könne ja bei ihnen im Zimmer warten, bis Schajke frei wäre, schlug Jaffa vor. Willi meinte, es sei nicht gut, bei Dunkelheit zu fahren. Er war der Meinung, Schajke könne doch die Reihenfolge seiner Verabredungen ändern. Beim Nachtisch, den Orangen, erklärte sich Schajke schließlich bereit, Lisi vor den Mangos einzuschieben.

Als sie sein Büro betraten, verflog das bisschen Freundlichkeit, das er im Beisein seiner Eltern gezeigt hatte. Schajke Achinoam beschuldigte Lisi, sie habe die Naivität seiner Eltern ausgenutzt, um nach Asanja zu kommen und in Angelegenheiten des Kibbuz herumzuschnüffeln, aber er würde keinen Finger rühren, um der schmutzigen Presse zu helfen. Lisi widersprach. Sie sei zu der Ausstellung gegangen, ohne zu wissen, um welche Künstler es sich handelte. Er tue ihr Unrecht. Hätte sie die Absicht gehabt, nach Asanja zu kommen, um »in den Angelegenheiten des Kibbuz herumzuschnüffeln«, hätte sie schon früher kommen können, mit Schibolet. Wenn er wolle, sei sie bereit, aufzustehen und sofort zu gehen, doch seine Reaktion beweise ihrer Meinung nach, dass etwas in Asanja nicht in Ordnung war.

Die Tür ging auf, und aus dem Nachbarzimmer kam Ido Gawrielow, der Sekretär. Er war etwa fünfzig, mittelgroß, mit einem mageren Körper und dem faltigen, blassen Gesicht eines Menschen, der einmal ein schlecht essendes Kind gewesen war. Er fragte nach dem Grund des Lärms, und Schajke erklärte ihm die Situation.

»Wir haben nichts zu verbergen, Schajke. Du bist nur sauer. Ob wir wollen oder nicht, man wird auf uns stoßen. Wenn sich kein persönliches Motiv findet – enttäuschte Liebe, Betrug, weiß der Teufel, was –, fängt die Polizei an, die Geschäfte von Alexandra Hornstick zu überprüfen. Es sei denn, es stellt sich heraus, dass sie Selbstmord begangen hat.«

»Sie hat keinen Selbstmord begangen«, sagte Lisi.

»Nein, sie war auch nicht der Typ, der sich umbringt«, sagte Ido.

»Und wenn sich doch noch ein persönliches Motiv findet?«, sagte Schajke. »Warum sollte man einen gesunden Kopf in ein krankes Bett stecken?«

»Weil der Kopf nicht gesund ist, und es ist besser, Informationen unter den eigenen Bedingungen herauszurücken als unter den Bedingungen des Feindes. In unserer Kasse fehlt eine halbe Million Dollar.«

»Ich bin nicht bereit, mit ihr zu sprechen, und ich will auch nicht, dass du mit ihr sprichst.« Schajkes Stimme zitterte vor Erregung. »Und wenn du darauf bestehst, mit ihr zu sprechen, dann will ich, dass das Sekretariat die Sache ausdrücklich erlaubt.«

»Das ist Sabotage!« Ido spuckte das Wort aus wie einen Kern, der ihm im Hals steckengeblieben war.

»Ach, Ido, hör auf! Wirklich! Was soll das? Wo sind wir denn? Bleib doch auf dem Teppich. Wir werden Probleme bekommen. Bist du bereit, die Verantwortung zu übernehmen? Bitte, dann sprich mit ihr. Aber du musst dir darüber klar sein, dass das zu einem Erdbeben führen kann. Und ich werde nicht dulden, dass ihr hier bei mir sprecht.«

Ido wurde blass, machte den Mund auf, schloss ihn wieder und verließ das Zimmer.

»Wie ist die halbe Million Dollar verschwunden?«, fragte Lisi. Sie wusste, dass sie ihn reizte, aber was konnte er ihr schon tun? Sie schlagen?

Schajke sah so aus, als wäre er wirklich dazu bereit. Kochend vor Wut drehte er sich zu ihr um, in seinen Augen loderten blaue Flammen.

»Blutegel seid ihr, ihr Zeitungsleute«, zischte er. »Richtige Blutegel!«

»Ich bin eine berufstätige Frau, ich ernähre mich redlich von meiner Hände Arbeit. Ich habe mir mein Studium selbst verdient und jedes Stück Brot, das ich esse, selbst bezahlt, seit ich vor zehn Jahren den Militärdienst beendet habe. Noch nie habe ich jemandem eine Information entlockt, ohne dass er wusste, wer ich bin und warum ich eine bestimmte Frage stelle, und das ist die längste Entschuldigungsrede, die ich je im Leben gehalten habe.«

Schajkes Blick wurde weicher, und sie entdeckte, dass seine Augen doch denen seines Vaters ähnlich waren.

In diesem Moment wurde an die Tür geklopft, und drei Männer traten in das kleine Zimmer. Einer von ihnen, der Verantwortliche für die Mangos, stellte Schajke einen Mann vom Naturschutz vor, der eine leere Falle in der Hand hielt, und einen Mann von der Landwirtschaftsversicherung.

»Willst du, dass wir draußen warten?«, fragte der Verantwortliche für die Mangos.

»Nein, nein, ihr seid pünktlich, setzt euch«, sagte Schajke. »Wir sind fertig.«

Kapitel 12

Sie hörte den Pieper, noch bevor sie das Auto erreicht hatte, und erschrak. Man hat herausgefunden, wer die Flecken in das Betttuch der Filipina gemacht hat, fuhr es ihr durch den Kopf. Sie betrat ein Gebäude, das wie eine Schraubenfabrik aussah, und fragte, ob sie das Telefon benutzen könnte.

»Wo sind Sie, Badichi?«

»Im Kibbuz Sade Asanja.«

»Was machen Sie dort?«

»Ich habe einen Bildhauer interviewt.«

»Warum tragen Sie den Pieper nicht bei sich?«

»Was würde er mir hier nützen?«

»Badichi! Und wenn die Ägypter ganz Be'er Schewa in die Luft jagen?«

»Haben die Ägypter Be'er Schewa in die Luft gejagt?«

Sie hörte ein schnarrendes Geräusch und war froh, dass sie nicht genau verstehen konnte, was er antwortete. Arieli würde sie noch verderben mit seiner schmutzigen Sprache. Sie wartete geduldig, bis die Verbindung wieder klar war.

»Man hat Hornsticks philippinische Hausgehilfin verhaftet.«

»Ich weiß.«

»Es stand in der *Post.*«

»Ich habe geglaubt, dass Sie nichts über diesen Fall bringen wollen.«

»Überlassen Sie es mir, was ich bringen will oder nicht.«

»In Ordnung.«

»Badichi!«

»Was?«

»Hören Sie auf, irgendwelche Spielchen mit mir zu spielen. Bis jetzt haben Sie nur über Nebensächlichkeiten und über Geschwätz berichtet. Die Verhaftung der Filipina ist jedoch eine Tatsache, die man beweisen kann. Schicken Sie einen Bericht.«

»In Ordnung.«

Lisi lächelte in sich hinein. Er sollte sich ruhig ein bisschen winden, dieser Arieli.

»Badichi!«

»Was?«

»Was machen Sie in Sade Asanja?«

Sie beschloss, den Bogen nicht zu überspannen, und erzählte ihm über die Beziehungen zwischen Alexandra Hornstick und dem Kibbuz.

»Sie meinen, dass das Geld, das der Kibbuz Frau Hornstick bezahlt hat, verschwunden ist?«

»Ja.«

»Gestohlen?«

»Das weiß ich nicht.«

»Um welche Summe geht es?«

»Eine halbe Million Dollar. Geld, das auf dem Weg vom Kibbuz zu Alexandra Hornstick verschwunden ist.«

»Das ist ein Knüller«, sagte Arieli.

»Soll ich einen Artikel schicken?«

»Sie haben keine Beweise.«

»Ich kann doch das zitieren, was ich im Kibbuz gehört habe.«

»Und einen Verleumdungsprozess riskieren?«

Arieli legte auf, und sie blieb mit der Frage, was sie nun tun sollte, allein zurück, zwanzig Kilometer von Be'er Schewa entfernt. Ging er eigentlich mit den Mitgliedern der Redaktion in Tel Aviv ebenso um? Oder nur mit ihr?

***

Zur Einweihung der neuen Redaktionsräume hatte Arieli Be'er Schewa mit seinem Besuch geehrt. Er war mit Perlmutter gekommen, dem Direktor der Zeitung, mit Herrn Sebulon, dem Verantwortlichen für den Versand, und mit Frau Dina, die für die technische Ausrüstung der Zeitung verantwortlich war. Sie hatten mit einem Glas Kognak auf das Wohl aller angestoßen, kleine Stücke Salzhering und Oliven gegessen und dazu Orangensaft getrunken, das Getränk, das sozusagen das Markenzeichen des Berufs war. Die Computersachverständige, eine Frau von ungefähr vierzig in einem zeltförmigen Kleid und mit grellblau angemalten, ständig halb geschlossenen Augenlidern, hatte Lisi selbstverständlich für die Bedienung gehalten und zu ihr gesagt, sie solle den Kaffee bringen, weil sie gleich nach Tel Aviv zurückkehren müssten. Lisi war hinausgegangen und hatte Kaffee gekocht. Als sie mit dem Tablett ins Zimmer zurückgekommen war, hatte der essigsaure Herr Gedalja Arieli dem Direktor der Druckerei, Herrn Prosper Parpar, der zu der kleinen Feier ebenfalls eingeladen worden war, gerade viel Erfolg gewünscht.

Einige Monate später war Lisi nach Tel Aviv gefahren und war dort zum *Haus Sokolow* gepilgert, dem Mekka der Journalisten. Dort hatte sie Arieli getroffen, der an einem der Tische saß und Pökelfleisch mit eingelegten Gurken aß. Zwei Giganten der israelischen Presse, Ritter des Wortes, die schon zu Lebzeiten Legende geworden waren, redeten auf ihn ein und diskutierten über etwas – wenigstens ihrer Meinung nach höchst Wichtiges. Sie polemisierten begeistert und inzwischen aßen sie, unter Arielis Augen, das Brot aus seinem Körbchen. »Guten Tag, Herr Arieli«, sagte Lisi, und er antwortete: »Guten Tag, guten Tag.« Ihre Blicke trafen sich nur für den Bruchteil einer Sekunde, aber Lisi wusste ohne jeden Zweifel, dass er sie nicht erkannt hatte und nur fürchtete, sie sei ebenfalls gekommen, um sich über sein Brot herzumachen.

Zu seinen Gunsten musste man allerdings zugeben, dass er die Verbindung mit ihr pflegte. Er machte sie immer und überall ausfindig, sagte, was er zu sagen hatte, und knallte den Hörer auf. Lisi hatte sich selbst ein Versprechen gegeben: Einmal, nur ein einziges Mal, würde sie das Gespräch vor ihm abbrechen, selbst wenn sie das ihre Stellung kosten würde.

***

Nun, da Arieli ihr befohlen hatte, einen Artikel über die Verhaftung der Filipina zu schicken, hatte sie eine Ausrede, um wieder im Haus der Hornsticks aufzutauchen. Ihr Gerechtigkeitsgefühl gebot ihr, der Filipina aus den Schwierigkeiten herauszuhelfen, in die sie durch ihr Zutun geraten war. Doch wer wusste besser als sie, dass Marian Ortega-Ramon in jeder Hinsicht unschuldig war, sodass man sie vermutlich ohnehin bald freilassen würde, ganz abgesehen davon, dass ein Geständnis ihrerseits nicht nur für sie selbst Komplikationen brächte, sondern bestimmt auch für den ehrenwerten Herrn Richter. Vor sich selbst gab sie offen zu, dass dieser Mann sie weder verführt noch vergewaltigt hatte. Wenn sie gewollt hätte, hätte sie seine Werbung zurückweisen können, falls man dieses beschämende Ereignis, das sie zu vergessen versuchte, überhaupt »Werbung« nennen konnte. Natürlich hatte er sich nicht so verhalten, wie man es von einem Bezirksrichter erwarten sollte – doch wer war sie, Lisi Badichi, dass sie ihm das Vorhalten könnte?

Lisi beschloss, direkt zu Hornsticks Haus zu fahren. Die zweihundert Wörter über die Ausstellung im Kulturzentrum würde sie später schreiben, und vielleicht würde sie den Rahmen sogar erweitern und etwas über Willi Achinoam schreiben, den Bildhauer aus dem Kibbuz. Sozusagen als Dank für den Feigenkuchen, mit dem sie bewirtet worden war.

***

Die Familie saß noch immer Schiwa, und Ne'eman Eschbal empfing sie mit derselben Liebenswürdigkeit, die er bereits beim letzten Mal an den Tag gelegt hatte. Sie fragte sich, ob das Wesen dieses Mannes von Jugend an böse war, oder ob sie, Lisi, vielleicht etwas an sich hatte, was das Böse, das in jedem Menschen liegt, aus ihm herauslockte. Hornstick saß in seinem Sessel, fast in derselben Stellung wie vor drei Tagen, außer dass sein Bart inzwischen weitergewachsen war und jetzt aussah wie ein sandiges Stoppelfeld am Ende des Sommers. Zwei Leute saßen neben ihm, ein Mann und eine Frau, allem Anschein nach Kollegen des ehrenwerten Richters. Sie unterhielten sich mit gedämpfter Stimme. Hornstick schaute Lisi nicht an, doch sie wusste, dass er sie gesehen hatte.

Ein Polizist, den sie nicht kannte, fragte Eschbal, ob Lisi eine Verwandte sei, und Ilan-Sergio Bachut, der Liebe, Gute, kam ihr zu Hilfe und sagte: »Das ist in Ordnung.«

Lisi zog Ilan in den Flur und sagte, ihr Redakteur wolle einen Artikel über die Verhaftung der Filipina, ob es etwas Neues gebe und wo Benzi sei. Ilans schönes Gesicht verdüsterte sich.

»Stell mir bloß keine Fragen, Lisi. Ich weiß nicht, was ich dir sagen darf. Du bringst mich durcheinander.«

»Dann erzähl mir keine Sachen, die sonst niemand weiß.«

»Benzi wird mich aufhängen.«

»Hat er gesagt, dass du nicht mit mir sprechen sollst?«

»Mit dir? Wieso denn?«

»Antworte mit Ja oder Nein.«

»Alle sehen, dass ich mit dir spreche. Wenn du von irgendwo anders Informationen bekommst und sie nachher in der Zeitung veröffentlichst, kann ich nicht beweisen, dass du sie nicht von mir bekommen hast. Tu mir einen Gefallen, Schätzchen, lass mich in Ruhe.«

Lisi hätte fast nachgegeben, doch dann fiel ihr etwas ein.

»War Adolam heute hier?«

»Wer ist das? Der Reporter von der *Post im Süden?* Ja. Er ist mit Benzi weggefahren.«

»Wohin?«

»Das weiß ich nicht. Vielleicht zur Polizeistation. Aber vielleicht wollte er nur in dieselbe Richtung und ließ sich mitnehmen.«

»Er hat ein Moped.«

»Ja?«

»Bitte finde für mich heraus, wo Benzi steckt. Ich unterhalte mich inzwischen mit Hornstick.«

***

Die beiden vornehmen Leute standen in dem Moment auf, als Lisi sich Hornstick näherte, so als hätten sie nur darauf gewartet, dass jemand sie endlich davon befreite, den Trauernden zu trösten. Sie drückten ihm die Hand und sagten: »Halt dich tapfer, Pinchas« und »Gib Bescheid, wenn du etwas brauchst«. Hornstick, der Derartiges offenbar schon gewöhnt war, murmelte etwas in das Stroh seines Bartes und bedankte sich bei ihnen, dann sank er wieder in seinen Sessel.

Schade um jeden Moment, dachte Lisi. Es ist das Gescheiteste, gleich zur Sache zu kommen, bevor wieder ein Besucher auftaucht, um seine Pflicht zu tun.

»Was haben Sie der Polizei über das Betttuch mit den Blutflecken gesagt?«, fragte sie leise.

»Nichts.«

»Sie wissen doch, dass Ihre Filipina unschuldig ist.«

»Wenn sie unschuldig ist, wird man sie freilassen.«

»Sie haben sich nicht eingeschaltet.«

»Sie ist ohne Aufenthaltsgenehmigung hier im Land. Das

Einzige, was ich für sie tun konnte, war, mich nicht einzumischen. Kommen Sie bitte nicht mehr hierher.«

Er war sehr ruhig, der hochehrenwerte Richter. Mit schlaffen Schultern saß er da, die Augen halb geschlossen, die Hände im Schoß.

Lisi überlegte, ob er meditierte.

»Wenn man sie des Mordes an Ihrer Frau beschuldigt, werde ich die Ursache der Blutflecken auf ihrem Laken erklären.«

»Sie wird nicht beschuldigt. Warum sollte sie meine Frau ermordet haben? Sie war es nicht, da bin ich ganz sicher. Es gibt keinen Grund, ihren oder meinen Namen in den Schmutz zu ziehen. Der Mörder wird gefunden werden. Früher oder später – er wird gefunden.«

»Aber wie kann sie der Polizei das Blut auf ihrem Laken erklären?«

»Meine Frau ist durch einen Schuss in den Nacken getötet worden. Es gibt keine Verbindung zwischen den beiden Dingen. Sie muss nichts erklären.«

»Warum hat man sie dann in Untersuchungshaft genommen?«

»Das sollten Sie die Polizei fragen.«

»Man behauptet, dass Ihre Frau eine halbe Million Dollar gestohlen hat.«

Hornstick schwieg. Er schwieg so lange, dass Lisi dachte, er habe ihre Bemerkung gar nicht gehört. Sein Blick war gesenkt, und sie betrachtete die faltigen Lider und überlegte, ob er zu seinem Mantra zurückkehrte, und welches Mantra er hatte.

Geld, Geld, Geld? Oder vielleicht: Alex, Alex, Alex?

»Ich habe vor, mit den Angestellten Ihres Büros zu sprechen«, sagte sie, als ihr klar wurde, dass er das Gespräch nicht fortsetzen wollte. »Ich hoffe, Sie haben nichts dagegen.«

»Wer hat das behauptet?«, fragte er endlich.

»Der Kibbuz Asanja.«

»Wer?«

»Alexandra hatte die Planung der neuen Siedlung für die alten Kibbuzmitglieder in Sade Asanja übernommen. Sie haben ihr das Geld bezahlt, und jetzt ist es verschwunden. Ein Teil davon.«

»Woher wissen Sie das?«

»Ich komme von dort.«

Endlich machte er die Augen auf und schaute sie an. In seinem Blick lag so viel Trauer, dass es ihr leid tat, das Thema angeschnitten zu haben. Für einen Moment erinnerte sie sich an den Körper, der schwer auf ihrem gelegen hatte, an die gelben Flecken auf seinem Rücken, an seine weichen Nackenhaare unter ihrer Hand, an das Erstaunen und die Enttäuschung des Mannes, der eine Frau entjungfert hatte. Nichts hatte sich geändert, und doch drängte es sie plötzlich, ihn zu trösten.

»Es tut mir leid.«

»Sie sind doch nicht schuld«, murmelte er.

Sie registrierte, dass er nicht gegen ihre Absicht, mit den Angestellten von Alexandras Büro zu sprechen, protestierte. Sah er vielleicht in ihr ein Mittel, die Untersuchungen voranzutreiben?

***

»Benzi ist in seinem Büro, du sollst hinkommen«, sagte Ilan, der an der Haustür auf sie wartete. »Und sag ihm, er soll uns ein paar belegte Brote schicken. Seit die Filipina verhaftet worden ist, kümmert sich hier niemand darum, dass wir was zu essen bekommen.«

»In Ordnung, Schätzchen.«

»Hast du was herausgefunden?«

»Sprich nicht mit mir. Man wird noch glauben, dass du Informationen an mich weitergibst.«

Als Lisi ins Auto stieg, musste sie ein Lächeln unterdrücken. Ilan sah aus wie ein Junge, den man dabei ertappt hat, wie er hinter einem Strauch steht und pinkelt.

Kapitel 13

Tante Malka war die Protokollschreiberin, und als sie Lisi sah, senkte sie den Kopf und rollte mit den Augen. Sie hatte schwarze, funkelnde Augen, war schnell bereit zu weinen, zu lachen, zu zürnen, zu beleidigen. Sie war geradeheraus, verheimlichte nichts und hatte sich viele Feinde gemacht, auch innerhalb der Familie. Für Lisi hatte sie etwas übrig, weil sie »eine arbeitende Frau« war, und Tante Malka verfügte über ein ausgeprägtes soziales Bewusstsein.

»Benzi ist wütend«, sagte Malka.

»Ist er in seinem Zimmer?«

»Ja.«

»Ist Adolam bei ihm?«

»Nein, der ist vor etwa einer Stunde weggegangen.«

»Ilan bittet, dass ihr ihnen belegte Brote schickt.«

***

Ben-Zion empfing Lisi mit besorgniserregender Freundlichkeit. Sie entschied sich für den Direktangriff. »Du hast Adolam die Information über die Filipina weitergegeben?«

»Keine Ahnung, wieso er davon wusste. Der Polizeisprecher hat Informationen freigegeben, die Adolam bereits hatte.«

»Ich habe dir das Band mit meinem Gespräch mit Jacki Danzig gebracht. Du hättest mir etwas über ihre Festnahme sagen können.«

»Sie ist nicht festgenommen worden. Sie wurde verhört und dann nach Hause geschickt.«

»Ich komme von dort. Ich habe sie nicht gesehen.«

»Bestimmt trocknet sie in ihrem Zimmer ihre Tränen. Ich weiß, dass du von dort kommst. Ilan hat mit mir gesprochen. Sag mal, Lisette, meine Teure«, seine Stimme klang schmeichelnd, »leitest du hier eine private Untersuchungskommission, parallel zur Polizei?«

»Nein, warum?«

»Weil du, wenn ich irgendwohin komme, bereits vor mir dort warst.«

»Was meinst du?«

»Mach mir doch nichts vor!«, brüllte er so plötzlich, dass sie zusammenfuhr.

Lisi saß ganz ruhig da. Sie hatte es satt, angeschrien zu werden. Erst Schajke Achinoam, dann Arieli und nun Ben-Zion Koresch. Sie hatte die Nase voll!

»Wenn du mich noch ein einziges Mal anschreist, stehe ich auf und gehe. Ich bin freiwillig hier, und ich mache meine Arbeit, genau wie du deine machst. Außerdem habe ich Neuigkeiten für dich, du brauchst mich nicht weniger als ich dich. Willst du wirklich nicht, dass ich hier bin? Hör endlich auf zu schreien. Sprich normal. Das, was ich erfahren will, erfahre ich ohnehin.«

Benzi klatschte in die Hände. Man sah ihm an, dass er die

Situation genoss. Sie warf ihm einen Blick zu und dachte, dass sie ihm, hätte sie keine Angst, eine runterhauen würde.

»Ich weiß wirklich nicht, wie Georgette dich aushält.«

Das brachte ihn erst wirklich zum Lachen. Wenn sein Zimmer nicht so klein gewesen wäre, wäre er vor Lachen vom Stuhl gefallen.

»Hast du mit Jacki geschlafen?«

»Was???«

»Du hast mich genau verstanden.«

Lisi sprang auf und drehte sich um, doch er war durchtrainiert und schneller als sie. Er drückte sie auf ihren Platz zurück und schloss die Tür.

»Setz dich.«

»Ist das ein offizielles Verhör?«

»Ich habe dir schon gesagt, in diesem Zimmer ist alles offiziell.«

»Ich habe nicht mit Jacki geschlafen.«

»Bist du Jungfrau?«

»Das geht dich nichts an.«

»Lisi!«

»Ich bin nicht bereit, diese Frage zu beantworten. Was hat das mit dem Mord an Alexandra Hornstick zu tun? Hat Jacki gesagt, er hätte mit mir geschlafen?«

»Nein.«

»Was willst du dann von mir? Erkläre mir das.«

»Wir haben ein Betttuch mit Blutflecken gefunden, in einer öffentlichen Mülltonne an einer Straßenecke, nicht weit von Hornsticks Haus. Allem Anschein nach gibt es keine Beziehung zur Tat, schließlich wurde Frau Alexandra Hornstick durch einen Schuss in den Nacken getötet. Wir haben nachgeforscht und herausgefunden, dass dieses Laken vom Bett des philippinischen Hausmädchens stammt. Auf dem Laken waren Spermaflecken und Blutflecken, und wir glauben, dass in der Mordnacht … nun … dass jemand auf dem Bett entjungfert wurde. Wir haben gedacht, es gehe um die Filipina, aber sie sagt – und ich habe keinen Grund, ihr nicht zu glauben –, dass sie selbst das Laken in die Mülltonne geworfen hat. Sie ist erschrocken, als sie ausgerechnet in der Mordnacht das Blut auf ihrem Betttuch entdeckte. Marian ist geschieden und keine Jungfrau. Ein Arzt hat sie untersucht. Wie viele Jungfrauen haben auf dieser Party sein können? Du bist früher weggegangen, deshalb dachte ich, dass Jacki vielleicht was mit dir angefangen hat und du erschrocken bist und geflohen. Hornsticks Tochter ist zwölf, die Kellnerinnen hatten zu tun. Wer bleibt da noch übrig?«

»Tut mir leid. Jacki hat nicht mit mir geschlafen.«

Lisi atmete erleichtert auf. Sie freute sich, dass die kleine Filipina Benzis Klauen entkommen und nach Hause zurückgekehrt war. Benzi war der Lösung des Rätsels nahegekommen, aber ihm fehlte das entscheidende Verbindungsglied.

»Weiß Adolam, dass die Filipina frei ist?«

»Ja.«

»Schade. Arieli, mein Redakteur, hat mir in seiner Güte erlaubt, einen Bericht über das Verhör der Filipina zu veröffentlichen.«

»Was hat er dir nicht erlaubt zu veröffentlichen?«

»Er ist nur bereit, Tatsachen zu drucken, die man auch beweisen kann. Er hat Angst vor einer Anzeige wegen übler Nachrede. Lässt es sich so arbeiten? Ich kann doch nicht immer über die Eröffnung eines Supermarkts oder über die Einweihung einer Synagoge schreiben. Habt ihr bei dem Verhör der Filipina irgendetwas herausgefunden?«

»Sie ist ohne Aufenthaltsgenehmigung hier, aber der Richter hat für sie gebürgt. Er behauptet, seine Frau habe die Filipina eingestellt, und er wisse nicht, unter welchen Umständen sie ins Haus gekommen sei. Und gerade jetzt würde ich ihn nicht gern in Schwierigkeiten bringen. Übrigens, läuft dein Band mit?«

»Mein Band läuft immer mit.«

»Die Sache mit der fehlenden Aufenthaltserlaubnis ist nicht zur Veröffentlichung.«

»Und was ist zur Veröffentlichung?«

»Die Filipina wurde verhört, so wie jeder verhört wird, der an dem betreffenden Abend im Haus war. Sie steht nicht unter Verdacht und wurde wieder freigelassen. Das ist eine Sisyphusarbeit, Lisi. Es waren mindestens achtzig Leute dort.«

Lisi nahm Benzis lauten Stoßseufzer nicht ernst. Sie wusste, dass er jede Sekunde genoss. Sein Kragen war zerknittert, und an seiner Hemdtasche fehlte der Knopf. Mit Georgette ging er offenbar nicht so autoritär um.

»Wart ihr im Büro von Alexandra Hornstick?«

»Ja.«

»Und?«

»Was hast du im Kibbuz herausgefunden?«

»Adolam!« Lisi schnaubte wütend, und ihre Plastikohrringe zitterten. Sie dachte, es sei Zeit, nach Hause zu fahren. Vielleicht schaffte sie es noch, zum Lebensmittelgeschäft zu gehen, bevor sie dort zumachten. Sie würde sich eine heiße Suppe zubereiten, ein Spiegelei und Salat und Sesampaste mit viel Petersilie. Dazu würde sie Croissants mit Butter essen und den Fernseher anmachen. Dann würde sie sich mit den Wochenendausgaben der Zeitungen, für die sie bisher noch keine Zeit gefunden hatte, ins Bett legen.

»Im Kibbuz habe ich mir die Bildhauerarbeiten von Willi Achinoam angeschaut, er ist ein lokaler Künstler.«

»Und zufällig auch der Vater von Schajke Achinoam, dem Kassenwart von Asanja.«

»Du bist gar nicht so dumm, wie du aussiehst, Benzi.«

»Auch du bist nicht so dumm, wie du aussiehst, Lisi.« Plötzlich brüllte er: »Elieser!«

»Wo ist Elieser gerade?«, erkundigte sich Lisi ironisch. »In Aschdod?«

Benzi lachte, und Lisi fragte sich, ob es ihr gelungen war, ihn wegen der Sache mit dem Betttuch zu täuschen. Vermutlich glaubte er ihr, denn sonst hätte er sie ebenfalls zu einer ärztlichen Untersuchung geschickt.

Elieser kam herein, ein Tablett mit Kaffeetassen in der Hand. Als Lisi das Polizeigebäude betreten habe, sagte er, habe Malka ihm gleich befohlen, Kaffee zu kochen. Schon eine Viertelstunde lang habe er hinter der Tür gestanden und auf Benzis Gebrüll gewartet, deshalb sei der Kaffee nur noch lauwarm.

***

»Ja«, sagte Benzi, als Elieser das Zimmer verlassen hatte, »wir waren in Alexandra Hornsticks Büro, sie möge in Frieden ruhen. Dort arbeitet ihr Teilhaber, der Architekt Bruno Balfour, ein junger Architekt namens Jaron Soundso, zwei Zeichnerinnen und eine Sekretärin. Sie hat das Büro gegründet, es ist auf den Namen *Hornstick und Partner* eingetragen. Alle dort stehen unter Schock. Alexandra Hornstick war sozusagen das Büro. Sie war für die professionelle Seite zuständig, hat Projekte an Land gezogen, sich um Verträge, Materialeinkäufe gekümmert und die Mitarbeiter eingestellt. Bruno Balfour und Jaron Soundso konzentrierten sich auf die Planung und Überwachung. Alle sagen, dass sie großartig war. Klug, begabt, mutig.«

»Vielleicht zu mutig?«

»Ich weiß es nicht. Noch nicht. Die Geschichte mit Jacki ist schwerwiegend. Eine Frau, die bereit ist, ihren guten Namen für eine Ratte wie Jacki zu riskieren – als Unschuldsengel wird man sie wohl nicht mehr bezeichnen können.«

»Hast du mit ihm gesprochen, nachdem du das Band abgehört hast?«

»Ja. Er hat nur wiederholt, was er dir bereits gesagt hatte.«

Langsam verstand Lisi Ben-Zion Koreschs Arbeitsmethode. Ein Streicheln, ein Schlag, ein Streicheln, ein Schlag – genau wie man es in vielen Büchern las.

»Ich bin müde, Benzi. Ich mache dir einen Vorschlag: Ich erzähle dir etwas, was du nicht weißt, und du erzählst mir, was ihr bei Alexandra Hornsticks Bankauszügen gefunden habt.«

»Lass hören.«

Lisi berichtete Benzi von ihrem Besuch in Schmaja Lubitschs

Laden und von den Umständen, die – laut Goldner – dazu geführt hatten, dass Hornstick die Hand der ältesten Tochter des Weinhändlers gewonnen hatte und zugleich auch zum »Mister Zehnprozent« des Ladens geworden war. Sie bat Benzi, Goldner nicht in die Sache hineinzuziehen, und er versprach ihr, sein Möglichstes zu tun. Sie sah ihm an, dass ihre Geschichte ihn nachdenklich gemacht hatte.

»Er ist schlau, dieser Hornstick«, sagte Benzi.

»Ganz bestimmt ist er nicht naiv. Jetzt bist du dran, Schätzchen.«

* * *

Etwas auf Lisis Band hatte Benzi stutzig gemacht. Wieder und wieder hatte er die Unterhaltung zwischen ihr und Jacki Danzig abgehört und schließlich um eine Abschrift gebeten. »Die Augen waren klüger als die Ohren«, sagte Benzi. Er hatte entdeckt, dass Jacki das Wort »Mitternacht« auffällig oft wiederholt hatte, wie jemand, der unbedingt will, dass sein Gegenüber sich das Wort einprägt. Jacki kannte Lisi und wusste, dass sie bei ihren Interviews immer ein Band mitlaufen ließ. Er ging davon aus, dass dieses Band zu Benzi gelangen würde, schließlich hatte er ausdrücklich darum gebeten. Benzi seinerseits wusste aus Erfahrung, dass die meisten Verbrecher unterbewusste Hinweise gaben, die die Polizei auf ihre Spur brachte und somit der Wahrheit zum Sieg verhalfen. Man musste nur klug genug sein, diese Hinweise zu entziffern.

»Ich habe Jacki Danzig gefragt, was um Mitternacht passiert ist«, erzählte Benzi. »Er versuchte auszuweichen, doch schließlich hat er aufgegeben. Vermutlich habe ich ihn weichgekriegt, als ich sagte, wir hätten Abdrücke von seinen Schuhsohlen neben der kleinen Steinbank gefunden, auf der Alexandra Hornstick ermordet wurde. Ich habe ihn noch nicht mal angeschrien.«

Kaum vorzustellen, dass sich dieser Mann in der Hand ihrer Schwester Georgette in Butter verwandelte, überlegte Lisi.

»Und? Waren wirklich Fußabdrücke von ihm neben der Bank?«

»Ja. Nur hatten wir sie nicht gefunden. Es stellte sich heraus, dass Alexandra Hornstick – oder Alex, wie sie von allen genannt wurde – sich für Mitternacht mit ihm verabredet hatte, und zwar neben dem Swimmingpool hinter dem Haus. Er hörte um Mitternacht auf zu spielen, ging durch den Garten zum Swimmingpool und fand sie auf der Bank sitzend, tot. Er erschrak, drehte sich um und rannte davon, ohne irgendjemandem ein Wort zu sagen.«

»Das heißt, um zwölf war sie schon tot?«

»Falls Danzig die Wahrheit sagt.«

»Habt ihr ihn festgenommen?«

»Nein.«

»Warum nicht?«

»Wir können ihm nichts nachweisen.«

»Wo und wann haben sie miteinander gesprochen, um die Verabredung neben dem Swimmingpool zu treffen?«

»Sie hat ihn vor der Party angerufen, ungefähr um sechs Uhr abends, und gesagt, wann er kommen soll und was für eine Musik er spielen soll.«

»Hat er eine Ahnung, ob sie zu diesem Zeitpunkt allein war?«

»Er glaubt sich zu erinnern, dass Wasser gelaufen ist. Manchmal hat sie ihn angerufen, wenn sie in der Badewanne lag.«

»Gestern habe ich von sechs Uhr morgens an darauf gewartet, dass mir ein Handwerker heißes Wasser einrichtet, und am Schluss ist er nicht gekommen«, sagte Lisi bitter. »Was darf ich von dem, was du mir erzählt hast, veröffentlichen?«

»Kein Wort.«

»Das habe ich mir gedacht. Ich fahre zur Redaktion und tippe den Bericht über die Ausstellung.«

»Du kannst schreiben, dass die Filipina verhört und wieder freigelassen worden ist.«

»Nachdem das schon in der *Post im Süden* steht? Vielen Dank, Schätzchen. Habt ihr ihre Bankauszüge nachgeprüft?«

»Wir sind noch dabei.«

»Wirst du mich auf dem Laufenden halten?«

»Nein.«

***

Lisi hängte sich ihre große Tasche über die Schulter und verließ das Zimmer, ohne sich von Benzi zu verabschieden. Sie zweifelte nicht daran, dass ihm die Geschichte, die sie ihm erzählt hatte, nützte, während sie nur gezwungen gewesen wäre, auf einer Zeitbombe zu sitzen und zu warten.

»Chawazelet hat angerufen und gesagt, dass sie zu irgendeinem Kurs geht«, sagte Malka von ihrem erhöhten Platz aus.

»Selbstbehauptung?«

»Stimmt. Sie hat gefragt, ob du heute Abend auf die Kinder aufpassen kannst.«

»Ich muss noch einen Bericht an die Redaktion durchgeben. Das dauert mindestens eine Stunde. Wann will sie denn, dass ich komme?«

»Was ist das für ein Kurs?«

»Selbstvertrauen. Vorwärtskommen im Leben.«

»Ich werde ihr sagen, dass du nicht kannst. Du siehst müde aus, Lisi.«

Sie wollte protestieren, doch dann ließ sie es bleiben. Sie hatte ihre kleinen Nichten schon seit fast einer Woche nicht mehr gesehen, aber Malka hatte recht. Sie war müde. Als sie auf die Straße kam, stellte sie erstaunt fest, dass es Abend geworden war. Die Straßenlaternen brannten, und ihr Licht spiegelte sich in den Pfützen, die vom gestrigen Regen geblieben waren. Auch wenn sie sich sehr beeilte, würde sie nicht mehr vor Ladenschluss zum Lebensmittelgeschäft kommen. Wenn sie Glück hatte, würde sie vor den Abendnachrichten im Fernsehen zu Hause sein. Sie würde sich eine Spargelsuppe aus der Tüte kochen und schlafen gehen. Lisi fand, dass sie für eine Journalistin, die so wenig veröffentlichte, verdammt viel arbeitete.

Kapitel 14

Bruno Balfour, der Teilhaber Alexandra Hornsticks, war ein Mann von etwa fünfundvierzig Jahren, groß, mit breiten Schultern, einem starken Unterkiefer, großen, auseinanderstehenden Zähnen und einem blonden Bärtchen, kleinen Augen, viel Charme und – zumindest jetzt – viel Angst. Seit »das« passiert war, war er unfähig zu arbeiten. Er verstand es nicht. Er verstand gar nichts. Wer hätte Alex töten wollen? Er hatte das Gefühl, als könne sie jeden Moment ins Zimmer kommen, oder als höre er ihre Stimme telefonieren. Oder er sah ihr Gesicht vor sich, das sich auflöste, bis nur ihr liebenswürdiges Lächeln zurückblieb. Vier Nächte konnte er nun schon nicht einschlafen. Außerdem machte er sich Sorgen um das Büro. Er hatte sich um die wirtschaftlich-organisatorische Seite nie gekümmert, und jetzt ruhte alles auf seinen Schultern. Jemand hatte ihm heute Rechnungen für dreißig Schiebetüren gebracht, und er hatte nicht die geringste Ahnung, was mit diesen Türen war. Und gestern war der Vertreter einer Fabrik für Klimaanlagen hier gewesen und hatte eine Teilzahlung verlangt. Er hatte dem Mann das Geld gegeben – wer weiß, ob es ihm zustand oder ob der Mann vielleicht nur die Gelegenheit ausnutzte. Sowohl die Klienten als auch die Lieferanten reagierten nervös, zu Recht, und er bemühte sich, alle zu beruhigen, obwohl er selbst nicht wusste, wie er es schaffen sollte. Der junge Architekt, Jaron Beruchim, hatte vorgeschlagen, dem Steuerberater die Leitung des Geschäfts zu übertragen, bis eine Lösung gefunden wäre. Jaron sei genauso verwirrt wie er selbst, sagte Bruno Balfour.

Jaron machte allerdings keinen verwirrten Eindruck. Er sah sehr gut aus, und Lisi war nicht sicher, ob ihm das für sein Fortkommen im Leben so nützlich war. Er gehörte zu der Sorte schöner junger Männer, die von anderen Männern durch systematische Brutalität aus dem Feld geschlagen werden. In einem lilafarbenen Hemd, ohne Pullover oder Jackett, stand er am Zeichentisch. Er war von mittlerer Statur, und seine Füße steckten in gefütterten Lederstiefeln, die für Bergtouren in den Alpen geeignet gewesen wären. Sein Mund war schmollend verzogen wie der eines verwöhnten Kindes, seine schwarzen Augen waren auf den durchsichtigen Bogen auf dem Zeichentisch geheftet. Er schien Lisis Blick zu spüren, jedenfalls hob er den Kopf, und für den Bruchteil einer Sekunde erschien ein Lächeln auf seinem Gesicht, verschwand aber gleich wieder. Jaron Beruchim war daran gewöhnt, von jungen Frauen angestarrt zu werden.

»Sind Sie zeichnungsberechtigt?«, fragte Lisi Bruno Balfour.

»Natürlich. Ich bin Teilhaber. Wir waren Partner. Selbstverständlich besaß Alex das erste Zeichnungsrecht. Nurit, unsere Sekretärin, ist für die kleine Kasse zuständig, auch sie ist zeichnungsberechtigt, aber nur für die Ausgaben des Büros.«

Er sprach ein weiches R, dieser Bruno Balfour, und seine Zungenlaute klangen sehr schmelzend.

»Sind Sie aus Argentinien?«, fragte Lisi.

»Nein, aus der Türkei. Aber ich bin mit vier Jahren ins Land gekommen.«

»Und Ihre Eltern?«

»Meine Mutter stammt aus Wien, mein Vater aus Galizien. Eine mörderische Zusammenstellung.« Zum ersten Mal, seit sie den Raum betreten hatte, verzogen sich seine Lippen zu einem Lächeln.

»Ich habe gestern mit Herrn Hornstick gesprochen und ihm gesagt, dass ich vorhabe herzukommen. Hat er Ihnen Bescheid gesagt?«

»Nein. Ich habe nicht mehr mit ihm gesprochen, seit … seit diesem Vorfall. Ich war dort, um ihm mein Beileid auszudrücken, aber unter solchen Umständen bespricht man keine geschäftlichen Angelegenheiten. Er war wie zerbrochen. Furchtbar.«

***

Sie war morgens um acht Uhr im Büro angekommen, zusammen mit einer Zeichnerin, die ihr die Tür aufmachte. Auch zu ihr hatte Lisi gesagt: »Ich habe gestern mit Herrn Hornstick gesprochen.« Sie verschwieg, dass es ein beiläufiges Gespräch war und Herr Hornstick ihr keine Antwort gegeben hatte, dass sie sich aber erlaubte, sein Schweigen als Zustimmung zu deuten. Zu ihrer Überraschung hatte sie gehört, dass Benzi nicht selbst hier gewesen war, sondern einen Kollegen geschickt hatte. Sie fragte sich, was er wohl vorhatte.

Bruno Balfour führte Lisi nun in Alexandras Arbeitszimmer. An der Tür blieb er stehen und meinte, er wundere sich über Hornstick, weil sowohl er als auch Jaron Hemmungen hätten, diesen Raum zu betreten, und ausgerechnet eine Reporterin würde er hineinlassen? Gut, sie könne sich ein bisschen umschauen, solle aber keine Unordnung machen. Er war ganz durcheinander, und sie versprach ihm, nur eine kurze Zeit hierzubleiben, alles so zu lassen, wie es war, und nichts ohne seine Zustimmung zu veröffentlichen.

Das Büro befand sich im Souterrain eines Wohnhauses, die Räume hatten Standardgröße. Ein großes Fenster führte zur Straße, und als Lisi den Rollladen hochzog, flutete helles Morgenlicht in den Raum. Zwei Büroschreibtische standen hier, zwei Zeichentische, ein Büroschrank, ein Miniaturkühlschrank, eine Tafel mit Mustern von Fliesen und ein kleiner Safe. Auf einem der Tische lag ein großer Terminkalender, und Lisi beschloss, sich den als Erstes anzuschauen. Alexandras Handschrift war klar, die Buchstaben groß und energisch und passten zu dem Bild ihrer Persönlichkeit. Lisi schrieb Namen ab, Termine, Zahlen, sie überging nichts. Alex war eine ordentliche und professionelle Frau gewesen. Ab und zu war ein »J« notiert. »J. 12.30 Kuckuck«. Oder »J. 20.30 Pelikan«. Oder »J. 8.00 Country«. Auch die Geburtstage der Familie waren eingetragen, Termine von Fahrten oder Verabredungen mit Bruno und mit Jaron. Lisi entdeckte sogar Sternchen, die im Abstand von achtundzwanzig Tagen auftauchten und vermutlich die monatliche Periode bedeuteten. Im Kalender fand sie Namen, die sie kannte, wie zum Beispiel die Namen des Direktors einer Filiale der *Bank Leumi* und des Direktors der *Bank Israel-Luxemburg,*

Filiale Landwirtschaftsmarkt, außerdem tauchten auch die Namen Schajke Achinoam und Ido Gawrielow auf, neben denen von Klienten und Lieferanten und anderen Leuten, die sie nicht kannte, wie zum Beispiel Archimedes Levi und *Salon Arlette.* Lisi verschob alle Überlegungen und Spekulationen auf später und beeilte sich beim Schreiben. Sie wusste, dass ihr nur wenig Zeit zur Verfügung stand. Früher oder später würden Benzi oder Hornstick oder sonst ein wichtiger Mann hier auftauchen und sie wegschicken. Wenn sie Glück hatte, konnte sie sich mit ihren Aufzeichnungen entfernen. Einen Tag vor dem Fest war Alex nach Asanja gefahren. Lisi erinnerte sich, dass Ido Gawrielow bei ihrem Gespräch gesagt hatte, dass Alexandra Hornstick kein Typ gewesen sei, der sich umbringt. Woher wusste er das eigentlich? Kannte er sie so gut?

Im Einband des Terminkalenders, zwischen der bunten Plastikhülle und dem Deckblatt des Kalenders, fand Lisi drei Zettel, auf denen Alexandra aufgefordert wurde, dringende Zahlungen zu leisten. Die Forderungen waren mit der Hand geschrieben, auf Zetteln, die von kleinen Blocks abgerissen waren, wie sie von Kellnern in Cafés und Restaurants benutzt wurden.

Auf dem ersten Zettel stand: »Ich brauche dringend tausend.«

Auf dem zweiten stand: »Komm um 6 zum C. Mit fünftausend.«

Auf dem dritten: »Freitag um 12 im P. Wenn nicht, spreche ich mit deinem Mann.«

Lisi schrieb die Texte ab und legte die Zettel zurück unter den Einband. Sie schloss den Kalender, steckte ihr Notizbuch in ihre Handtasche und verließ das Zimmer. Sie fragte sich, warum Alex diese Zettel aufgehoben hatte. Sie zweifelte nicht daran, dass Jacki Danzig sie geschrieben hatte, so wie sie nicht daran zweifelte, dass im *Blauen Pelikan* solche Blöcke benutzt wurden, was ja auch leicht nachzuprüfen war. C. war aller Wahrscheinlichkeit nach der *Country Club,* und P der *Blaue Pelikan.* Doch wenn Jacki Alexandra Hornstick erpresste, warum hatte sie ihn dann dazu eingeladen, bei der Party in ihrem Haus zu spielen? Um ihn zu bedrohen? Vielleicht hatte sie selbst den Revolver ihres Mannes mitgebracht und wollte ihn erschießen, und in dem Kampf, der dann entstanden war, hatte Jacki gewonnen und Alex umgebracht?

»Sind Sie mit Alexandra nach Asanja gefahren?«, fragte Lisi Bruno Balfour.

»Wann?«

»Am vergangenen Freitag.«

»Wir arbeiten freitags nicht.«

»Alexandra fuhr am vergangenen Freitag nach Asanja, um sich mit Ido Gawrielow und Schajke Achinoam zu treffen.«

»Das kann ich mir nicht vorstellen. Freitags ging sie zum Supermarkt, zum Friseur, zum Schwimmen. Das war ihr ›privater Tag‹«

»Waren Sie auf der Party?«

»Ja, ich war dort, auch Jaron Beruchim. Sie waren doch auch dort, ich erinnere mich an Sie. Sie sind mit dem Klavierspieler gekommen.«

»Kannten Sie ihn bereits?«

»Nein, aber ich wusste, wer er war.«

»Ist er niemals hierhergekommen?«

»Ich habe ihn hier nie gesehen.«

»Wussten Sie, dass er Alexandras Liebhaber war?«

»Das geht mich nichts an. Dieses Büro ist keine große, glückliche Familie, sondern ein Arbeitsplatz. Das Privatleben meiner Kollegen interessiert mich nicht. Was mich interessiert, ist der Gewinn. Aber um Ihre Frage zu beantworten: Ja, ich hatte gehört, dass er ihr Liebhaber sei, aber ich hatte ihn bis zu jenem Abend nie getroffen. Er kam nicht hierher, er hat nicht angerufen. Manchmal hat sie ihn angerufen.«

»Wer ist Archimedes Levi?«

»Keine Ahnung. Jaron! Weißt du, wer Archimedes Levi ist? Was für ein Name!«

»Ein alter Bekannter von Alex«, antwortete Jaron Beruchim, das Gesicht über das durchsichtige Papier gebeugt.

»Was macht er? Wo kann man ihn finden?«, fragte Lisi.

»Keine Ahnung«, antwortete Jaron.

Sie fragte sich, ob er das wirklich nicht wusste oder ob er vielleicht versuchte, etwas vor ihr zu verbergen.

»Und der *Salon Arlette?*«

»Ich glaube, Arlette war ihre Friseuse. Nurit!«, rief Bruno Balfour zu der Sekretärin hinüber. »Stimmt's?«

»Ja«, antwortete Nurit und zog gleich ein Papiertaschentuch aus der Packung. Sie war etwa zweiundzwanzig, dreiundzwanzig Jahre alt, mit olivenfarbiger Haut und schwarzen Löckchen um das schmale, hübsche Gesicht. Sie schien der einzige Mensch zu sein, der über Alex' Tod weinte. Lisi ging zu ihr hinüber.

»Seit wann arbeiten Sie hier?«

»Seit zwei Jahren, seit ich mit dem Militärdienst fertig bin. Aber ich habe schon vorher hier gearbeitet, als ich noch auf der Sekretärinnenschule war.«

»Hatten Sie eine gute Beziehung zu Alexandra Hornstick?«

»Nein. Sie hat mich oft angeschrien. Aber sie hat alle angeschrien. Nur dass die anderen daran gewöhnt waren, und ich konnte mich nicht daran gewöhnen. Ich konnte mich nicht zurückhalten und habe ihr geantwortet. Das hat sie noch mehr geärgert. Sie hatte was gegen Diskussionen. Sie wollte, dass man alles genau so machte, wie sie es gesagt hatte. Sie war begabter und klüger als alle anderen.«

»Auch anständiger?«

Wieder begann Nurit zu weinen. Sie zog noch ein Taschentuch aus der Packung und trocknete sich die Augen.

»Ich weiß es nicht. Ich habe noch nie woanders gearbeitet.«

»Bekommen Sie ein gutes Gehalt?«

»Es ist nicht gut und nicht schlecht. Ich bekomme so viel, wie man in meinem Beruf und mit meinem Alter bekommt. Als die neue Zentrale eingerichtet worden ist, hat sie mir mein Gehalt ein bisschen erhöht. Sie wollte mich auch zu einem Fortbildungskurs schicken.«

»Hat sie sich persönlich um die Finanzen gekümmert?«

»Ja.«

»Wer ist Archimedes Levi?«

Nurit versuchte sich zu erinnern, zuckte mit den Schultern, zog die Augenbrauen hoch und blickte sich um.

»Der Name kommt mir bekannt vor. Hat er was mit Briefmarken zu tun? Könnte sein. Ich glaube, ich habe diesen Namen schon mal gesehen. Irgendwo in der Nähe von der Stadtkommandantur. Vielleicht einfach nur auf einem Ladenschild oder an einer Wohnung. Es ist ein ausgefallener Name. Ich weiß es nicht. Ist es wichtig?«

»Vielleicht. Wer hat die Schecks zur Bank gebracht?«

»Die Zahlungsanweisungen habe ich hingebracht. War etwas mit dem Direktor zu besprechen, ist Alexandra gegangen.«

»Und Balfour?«

»Auch er hat mit ihm gesprochen. Besonders in der letzten Zeit. Und das hat Alex geärgert, weil sie glaubte, dass er sich nicht auf sie verließ.«

***

Bruno Balfour tauchte neben ihnen auf und sagte zu Nurit, sie solle sich wieder an ihre Arbeit machen. Sein Gesichtsausdruck hatte sich verdüstert. »Es gibt einen Unterschied zwischen Information und Tratsch«, sagte er. »Wir versuchen, wieder festen Boden unter die Füße zu bekommen.«

»Eine letzte Frage, Herr Balfour. Im Kibbuz Sade Asanja wird behauptet, dass eine halbe Million Dollar fehlt, die er an Ihr Büro überwiesen hat. Wissen Sie etwas darüber?«

Bruno Balfour führte Lisi zur Tür, wobei er ihren Ellenbogen mit einem Finger berührte, als könne er sich mit irgendeiner Krankheit anstecken.

»Entschuldigen Sie bitte, aber wie man bei Quizsendungen sagt: Ihre Zeit ist um.«

»Das heißt, Sie wissen davon.«

Er begleitete sie hinaus zum Hof, und erst als sie draußen

standen, verborgen vor den Blicken der anderen, wandte er ihr sein wütendes Gesicht zu.

»Das ist Verleumdung! Und wenn Sie über dieses Thema auch nur ein Wort in der Zeitung schreiben, machen wir eine Anzeige bei Gericht.«

»Das ist es aber, was man mir in Asanja erzählt hat. Ich habe eine Tonbandaufnahme davon.«

»Wollen Sie uns zerstören? Wir sind auch ohne eine derartige Reklame angeschlagen genug. Hier arbeiten fünf Menschen, die Familie haben, daran sollten Sie mal denken! Ganz zu schweigen von den Klienten, die dann ganz hysterisch werden. Als Sie hergekommen sind, haben Sie mir versprochen, nichts ohne mein Einverständnis zu veröffentlichen.«

»Auch ohne Veröffentlichung hat Ihre Firma ein Problem. Asanja verlangt das Geld. Sie wollen wissen, wohin es verschwunden ist.«

»Toll! Auch ich wüsste gern, wohin es verschwunden ist! Bis vor einer Woche wusste ich noch nicht mal, dass überhaupt etwas fehlt. Wir schulden dem Kibbuz noch fünf Wohneinheiten. Ich habe gestern den ganzen Morgen mit dem Bankdirektor und unserem Steuerberater zusammengesessen. Die Bücher sind in Ordnung. Die Gelder sind regelmäßig auf das Konto einbezahlt und vom Konto abgebucht worden, entsprechend dem Baufortgang. Jeder Groschen ist belegt.«

»Einen Moment! Asanja bezahlte auf ein getrenntes Konto Geld, das zum Bau der Siedlung bestimmt war?«

»Ja. Sie haben darauf bestanden. Sie haben ein Sonderkonto auf den Namen ›Siedlung Bienenkorb‹ eröffnet, in der

Zentralstelle der *Bank Israel-Luxemburg.* Ihre übrigen Geldgeschäfte laufen über die Filiale am Landwirtschaftsmarkt. Sie hatten Angst, wenn das Geld auf dem Gemeinschaftskonto wäre, würde es einfach ausgegeben. Immer braucht man dies und jenes. Und auf diesem Konto war das Geld nur zu diesem besonderen Zweck aufgehoben, und außerdem brachte es noch Zinsen. Wir wussten zu jedem Zeitpunkt, wie viel wir herunternahmen und wie viel noch drauf war.«

»Konnte Alexandra Geld von diesem Konto abheben?«

»Ja.«

»Aber warum hat der Kibbuz die Bauunternehmer nicht selbst bezahlt?«

»Sie haben sich auf Alex verlassen. Sie hatten Angst, man könnte sie reinlegen.«

»Haben auch Sie Schecks ausgegeben und Rechnungen geschrieben?«

»Manchmal. Aber es war vor allem Alex, die sich um die finanzielle Seite des Geschäfts gekümmert hat. Entschuldigen Sie, aber ich muss jetzt zu meiner Arbeit zurück. Wir stehen vor einem Zusammenbruch.«

»Warum?«

»Warum? Es fehlt uns eine halbe Million Dollar auf dem Konto.«

»Das ist doch nicht Ihr Konto, sondern das von Asanja.«

»Wenn wir Zeichnungsberechtigung haben? Sie bringen mich zum Lachen.«

Er sah nicht aus wie jemand, der über etwas lachen wollte. Eher wie ein Mensch, dem ein loser Balken drohend über dem

Kopf schwebt. Er blickte Lisi an, als sei sie ein dummes Huhn. Sie stand auf dem schmalen Weg, mit großen Füßen, und wusste, dass sie wirklich dumm aussah. In ihrem Beruf war es allerdings nicht unbedingt ein Nachteil, so auszusehen.

»Ich habe noch eine Bitte an Sie«, sagte er. »Schreiben Sie bitte nichts über das fehlende Geld. Ich werde mit den Leuten in Asanja reden und ihre Zustimmung bekommen, dass nichts an die Öffentlichkeit dringt. Ich verstehe sie nicht, die Sache würde ihnen doch ebenfalls schaden.«

»Ich kann es nicht versprechen. Wer bürgt mir dafür, dass diese Nachricht nicht in einer anderen Zeitung erscheint?«

»Ich werde mit keinem einzigen Reporter sprechen. Ich habe kein Interesse daran.«

Er versuchte zu lächeln und blinzelte mit den Augenlidern. Sie merkte, dass er mit sich kämpfte, ob er sich bei ihr bedanken solle. Schließlich verabschiedete er sich mit einem »Ich muss zurück zur Arbeit«, drehte ihr den Rücken zu und verschwand im Büro. Er sah nett aus. Aber was bewies das schon? Sie selbst sah überhaupt nicht »nett« aus, hielt sich aber für ausgesprochen nett.

Kapitel 15

Vom Büro der Firma *Hornstick und Partner* fuhr Lisi zum neuen Einkaufszentrum, zu einer Pressekonferenz beim *Institut für Image*, das versprochen hatte, eine Lücke in der südlichen Landschaft zu füllen – ja, so stand es jedenfalls im Prospekt, der der Einladung beilag.

Wir sind stolz auf die Stadt Be'er Schewa, auf ihre Fortschrittlichkeit, auf ihr Orchester, ihr Theater: Aber hat Be'er Schewa ein gutes Image? Hat die Stadt es geschafft, unter den Einwohnern des Landes ihre Errungenschaften und ihre Leistungen bekannt zu machen? Wenn jemand in Israel an Be'er Schewa denkt, denkt er dann automatisch auch »Erfolg«? Wenn jemand an Sie denkt, denkt er dann an Erfolg?, fragte die Gründerin des Instituts, deren Foto den Prospekt zierte. Jeder, der »Sima Jenkins« dachte, dachte automatisch »Erfolg«, das war selbstverständlich, ganz im Gegensatz zu der Tatsache, dass jemand, der »Lisi Badichi« dachte – wenn es überhaupt jemanden gab, der das tat –, eben nur »Lisi Badichi« dachte. Vielleicht sollte auch sie sich für einen Kurs in Selbstbehauptung einschreiben.

***

Das Institut befand sich im Keller des Einkaufszentrums, unter dem Galanteriewarenladen von Isi Kam. Neben dem Schaufenster der Galanteriewaren stand nun eine kleine Gruppe von Menschen – drei Frauen, vier Männer – und schwenkte ein Schild, auf dem mit der Hand geschrieben stand: »Die Besetzung geht nicht vorbei.«

Die Wände des niedrigen Raumes waren leer, auf dem Fußboden lagen Kissen in verschiedenen Pastellfarben, das Licht war dämmrig, und Sima Jenkins sprach mit fröhlicher Stimme und lächelte die ganze Zeit. Die Zeitungsleute setzten sich auf die Kissen und taten so, als sei es für sie die normalste Sache der Welt, bei Pressekonferenzen auf dem Boden zu sitzen. Eine junge, glückliche Frau verteilte Gurkensaft und mit Vollkornmehl gebackene Feigenkekse. Lisi überlegte, dass schon vier Tage vergangen waren, seit sie das letzte Mal eine warme, sättigende Mahlzeit zu sich genommen hatte. Nach der Selbstbehauptung würde sie zur Redaktion eilen und den Artikel durchgeben, dann würde sie zum Lebensmittelgeschäft rasen und das Haus mit ungesunder Nahrung füllen.

Sima Jenkins erklärte, dass wir alles erreichen können, was wir wollen, dass es nur an uns liegt, dass die Welt auf uns wartet und dass die Welt gut und schön ist, im Gegensatz zu dem, was wir denken – nämlich dass sie schlecht und hässlich ist –, und nur deshalb glauben wir, dass sie schlecht und hässlich ist, weil es uns bis heute nicht gelungen ist zu entdecken, wie schön und gut sie ist. Aber sie, Sima Jenkins, verfügt über Mittel, die es uns erlauben, die schlechte Hypothek abzuschütteln, die wir von unserer Erziehung her mitbringen, denn wir können alles sein, was wir wollen. Die Selbstbehauptung ist der Schlüssel zur Verwirklichung der eigenen Fähigkeiten. Ihre Methode ist ganzheitlich, und sie hat sie in Kansas City gelernt, bei Professor Salto Mortale, der seinerseits ein Schüler von Ehrenfels ist. Sie hat sich entschieden, ihr erstes Zentrum in Be'er Schewa zu gründen, denn Be'er Schewa ist eine Synthese, genau wie ihre Arbeitsmethode zur Erlangung der Selbstbehauptung, die sich auf einer »schöpferischen Synthese« gründet. Was innen ist und was außen ist, ist eins. Wir arbeiten – sagte sie – mit glatten Steinen, mit Bewegung, mit Schreien, mit Musik und mit der Kabbala. Das Ziel ist es, sich zu befreien, sich zu reinigen, das überindividuelle Vitale zu erreichen, das uns Kommunikation und Erfolg bescheren wird. Die Methode hat sich in Kansas City bewährt, und es gibt keinen Grund, warum es in Be'er Schewa anders sein soll.

Die Reporter waren sehr beeindruckt. Zwei fragten, wie lange der Kurs dauern werde und wie viel er koste. Diese Fragen gefielen Sima Jenkins offenbar nicht besonders gut. Die Reporterin der französischen Zeitung erkundigte sich, ob es bei der Gründung des Instituts nicht irgendwelche Proteste gegeben hätte, und Sima Jenkins lächelte. Man sah ihr an, wie glücklich sie über diese Frage war, aber sie beantwortete sie nicht, denn alle wussten die Antwort ohnehin, auch ohne dass sie etwas sagte. Das heißt, alle außer Lisi, die mal wieder gar nichts verstand.

* * *

Jemand zog Lisi am Ärmel. Sie drehte sich um und entdeckte Adolam. Wen denn sonst? Während sie hinausgingen, sagte er, er könne sich ganz gut selbst behaupten, und ob sie nicht zusammen zum *Kuckuck* gehen sollten, um etwas zu essen. Schließlich habe sie es ihm versprochen. Sie sagte, er sei ein Lügner, sie habe ihm gar nichts versprochen, und er sagte, für sie würde es sich vielleicht doch lohnen, einen Kurs in Selbstbehauptung zu besuchen, seiner Meinung nach hätte sie ihn nötig. Lisi entschied, dass sie Hunger hatte und es ihr nichts ausmachte, zum *Kuckuck* zu gehen, sogar wenn das bedeutete, dass sie eine Stunde lang Adolam gegenübersitzen musste. Außerdem war der *Kuckuck* ein Restaurant, das einen nicht länger als nötig von der Arbeit abhielt, im Gegenteil, es war so eingerichtet, dass es einem nichts ausmachte, es nach dem Essen zu verlassen. Im Winter war das Lokal sehr kalt und im Sommer sehr heiß. Die Tische hatten hübsche Resopalplatten, an denen die Hände kleben blieben, wenn man sie versehentlich darauf legte, zusammen mit den Bröseln, die noch von den vorherigen Gästen stammten. Also genau das, was Lisi brauchte, um ihre Laune zu verbessern.

***

Der *Kuckuck* empfing sie, als wären sie zwei verlorene Brüder der Angestellten. Bevor sie noch den Mund aufmachten, standen Oliven und saure Gurken auf dem Tisch, außerdem warmes Fladenbrot und Sambal. Adolam fragte, ob er für sie beide bestellen solle. Sie nickte und schob sich eine Olive in den Mund.

Nachdem Lisi den Bratspieß und die Beilagen und den Salat mit Sesamsoße von ihrem eigenen Teller gegessen hatte, außerdem die Reste, die in den gemeinsamen Schüsseln zurückgeblieben waren, schließlich die Creme Bavaria gelöffelt und die Cola getrunken hatte, war ihr schwindlig, und die Umgebung verschwamm vor ihren Augen.

»Kochst du manchmal für dich selbst?«, fragte Adolam.

»Zzzzz!«

»Wo isst du denn normalerweise?«

»Irgendwo.«

»Sammelst du weiter Material über Hornstick?«

»Hmmmmm.«

»Lisi!«

Trotz des Lärms im Lokal hoben die Leute, die an den Tischen um sie herumsaßen, die Köpfe. Auch Lisi hob den Kopf, der ihr gerade beinahe auf den Teller gesunken wäre.

»Was schreist du so?«

»Geh nach Hause. Du brauchst dringend Schlaf.«

»Ich fahre zur Redaktion und gebe meinen Artikel über die Selbstbehauptung durch.«

»Komm, machen wir ein Geschäft. Wir beide bringen den Bericht erst in der nächsten Woche.«

»Du kannst deinen ja erst in der nächsten Woche bringen, ich schreibe meinen noch heute. Schließlich ist Chawazelet Schülerin von Sima Jenkins. Sie würde es mir nie verzeihen, wenn der Bericht ausgerechnet bei mir nicht erscheint.«

»Ich schreibe ihn für dich.«

»Du bringst mich zum Lachen.«

»Lisi! Du fällst bald von den Beinen.«

»Du kennst meine Beine nicht, Schätzchen.«

»Ich würde deine Beine gern kennenlernen, Schätzchen.«

Die Wendung, die das Gespräch genommen hatte, gefiel ihr nicht. Lisi erhob sich mit entschlossenem Gesichtsausdruck und versuchte, aufrecht das Lokal zu verlassen, obwohl das ein bisschen schwer war, weil der Stuhl an ihren Hosen klebte und, als er sich löste, mit lautem Krachen auf den Boden knallte. Der Besitzer des *Kuckuck* begleitete sie selbst unter Verbeugungen zur Tür. Die Vorführung, die sie gegeben hatten, hatte ihm offenbar großes Vergnügen bereitet. Wenn es zwei Dinge gab, die Lisi in den nächsten Monaten nicht Wiedersehen wollte, so waren es der *Kuckuck* und Adolam.

Kapitel 16

Dahan und Schibolet saßen auf dem Tisch und hatten Styroporbecher mit Kaffee in den Händen. Sie fragte sich, ob der Kaffee besser schmeckte, wenn man auf dem Tisch saß. Dahan bat Lisi, in ihrem Bericht doch zu erwähnen, dass Sima Jenkins ihre Kurse direkt unter dem Laden von Isi Kam abhielt. »Kein Problem«, sagte Lisi und ging in ihr Zimmer. Dafür würde sie bestimmt keine Prämie bekommen, das war keine Nachricht, die in die überregionale Ausgabe übernommen würde. Ihre Schwestern würden noch ein bisschen auf das nächste Darlehen warten müssen. Sie versuchte, den Artikel höflich zu formulieren, allerdings nur wegen ihrer Schwester Chawazelet. Schibolet brachte ihr eine Tasse Kaffee, und Lisi fragte sie, wie man im Kibbuz ihren Bericht über Willi Achinoam aufgenommen habe.

»Sie haben sich gefreut, wir freuen uns alle, wenn einer von uns Erfolg hat. Froh sind wir, was denn sonst?«, sagte Schibolet.

»Ist er beliebt?«

»Beliebt, klar, er ist doch einer von uns, oder?« Schibolet lächelte, und Lisi fiel auf, dass sie eigentlich noch nie ein Gespräch mit ihr geführt hatte.

»Ich habe in Asanja auch seinen Sohn getroffen, Schajke. Er ist Kassenwart, nicht wahr? Ist er das schon lange?«

»Ein paar Jahre, klar. Hat es so gelernt.«

»Und ist Gawrielow schon viele Jahre lang Sekretär?«

»Viele Jahre. Außerdem leitet er auch die Fabrik für Plastikschrauben. Und er kennt sich aus mit Buchhaltung und solchen Sachen. So lange sie es weitermachen wollen, lässt man sie.«

»Er ist ein angenehmer Mensch, dieser Gawrielow. Nett.«

»Na ja.«

»Was heißt na ja?«, fragte Lisi.

»Man weiß es nie.«

»Mögen ihn die Leute nicht?«

»Das ist nicht die Frage, es geht um was anderes.« Schibolet zögerte. Offenbar war ihr aufgefallen, dass sie sich dem Kibbuz gegenüber nicht ganz loyal verhielt, wenn sie weitere Auskunft gab. Andererseits wollte sie etwas loswerden. »Er fährt die ganze Zeit in die Stadt und zu Versammlungen und zur Partei, und er hat ein Auto und die Spesen, und wenn er Lust hat, fährt er einfach mal schnell in die Stadt, ins Theater oder sonstwohin, was ihm gerade einfällt, und die Mitglieder haben das nicht so gern, und man hat es auch nicht gern gesehen, dass er seine Freundin Lea verlassen hat und plötzlich was angefangen hat mit einem von unseren Mädchen, das die Freundin von einem anderen gewesen ist, einem Mosche, und sie ist auch viel jünger als er, und man sagt, dass sie diejenige ist, die ihn zu den ganzen Vergnügungen draußen antreibt, die ihm vorher nicht in den Kopf gekommen wären.«

»Will er den Kibbuz verlassen?«

»Glaub ich nicht. Wenn du mich fragst, fällt ihm das nicht ein. Passt nicht zu ihm, finde ich. Aber wer weiß? Kann man's wissen?«

»Wo wohnt er, wenn er in die Stadt kommt?«

»Erst hat er in unserer Wohngemeinschaft gewohnt, aber jetzt hat er schon lange ein Zimmer, das unser Kibbuz bei irgendeiner Familie gemietet hat. Willst du, dass ich für dich herausfinde, wo es ist? Gibt es Probleme mit ihm oder was?«

»Probleme? Was für Probleme könnte es geben? Ich glaube, dass die Leute einfach nur gerne tratschen. Er arbeitet schwer. Leiter der Fabrik, Sekretär des Kibbuz, organisiert so eine große Sache wie die Siedlung für die älteren Mitglieder, und dann schließlich noch dieses ganze Geschwätz über ihn. Er hat es nicht leicht.«

»Kann sein. Aber die Leute warten nun schon so lange auf den Umzug in ihre neuen Wohnungen. Die Alten und die Jungen, und nichts geht vorwärts.«

»Ich habe die neuen Wohnungen mit eigenen Augen gesehen.«

»Man hat vor zwei Jahren mit dem Bauen angefangen und gesagt, in einem Jahr würde es zwölf Einheiten geben. Und jetzt gibt es auf einmal kein Geld mehr. Da ist doch was faul, oder? Also mein Vater glaubt, dass da was nicht stimmt. Entweder hat es das Geld gegeben, sagt er, und es ist verschwunden, oder es hat das Geld nicht gegeben, und man hat uns was vorgemacht. Nicht nur er redet so. Sie hätten schon vor einem Jahr in ihre neuen Wohnungen ziehen sollen, meine Eltern.«

Lisi dachte, dass es noch eine andere Möglichkeit gab als

die beiden, die Schibolets Vater eingefallen waren. Vielleicht waren die Gelder, die für die Siedlung der älteren Mitglieder bestimmt gewesen waren, nicht verschwunden, sondern hatten ganz einfach nie das Bankkonto erreicht. Sie fragte Schibolet, ob sie vielleicht mit ihr kommen könnte, wenn sie das nächste Mal heimfuhr, und Schibolet sagte: »Klar! Gern!« Ihr Gesicht strahlte vor gutmütiger Freude.

»Sag mal, hast du eigentlich vor, irgendetwas zu studieren?«, fragte Lisi.

»Nein. Erst sparen wir Geld und fahren für ein Jahr oder so nach Bolivien oder nach Thailand, wir haben da und dort Freunde, die wir besuchen können, und ich sage, auch das heißt studieren, oder? Wenn ich zurückkomme, kann ich ja immer noch was lernen, vielleicht Lehrerin an einer Sonderschule oder Beschäftigungstherapeutin. Aber ich habe dich gestört, ich verzieh mich schon.«

Schibolet ging aus dem Zimmer, und Lisi lächelte. Das Gespräch mit Schibolet hatte ihr Spaß gemacht, und endlich fühlte sie sich auch von der Gereiztheit befreit, die sie seit dem Essen mit Adolam geplagt hatte. Sie legte den Bericht über das Seminar für Selbstbehauptung auf Dahans Tisch und ging hinaus, um die Nadel im Heuhaufen zu suchen. Ihre Nadel hieß Archimedes Levi. Sie empfand ein irgendwie familiäres Gefühl diesem Namen gegenüber. Als wäre er ein abgetragener Morgenmantel oder ein verstaubter Gobelin an der Wand ihres Zimmers. Nurit, die Sekretärin von *Hornstick und Partner,* hatte gesagt, der Name sei ihr irgendwo in der Nähe von der Stadtkommandantur begegnet. Lisi beschloss, Tante Klara und

Onkel Ja'akow zu besuchen, deren Laden sich ja bekannterweise neben der Stadtkommandantur befand.

***

Natürlich kannten Tante Klara und Onkel Ja'akow Archimedes Levi. Seinen bedauernswerten Vater, Josef Levi, hatten sie schon in Ägypten gekannt. Er hatte mit Porzellan- und Emailgeschirr aus Limoges gehandelt. Damals hatte man noch Nachttöpfe und Spucknäpfe benutzt. Klara richtete sich auf, um ihrem Gedächtnis Luft zu verschaffen, und die Katze sprang von ihrem Schoß.

»Warum war er bedauernswert, sein Vater?«, fragte Lisi, bevor Tante Klara abschweifen und sich in Geschichten über die Verwendung und die Notwendigkeit von Porzellan- und Emailgeschirr vertiefen konnte.

»Erzähl du's, Ja'akow«, sagte Klara.

»Er hatte eine nette Frau, Therese, sie war viel jünger als er und auf rührende Weise rastlos im Herzen. Sie gebar ihm zwei Söhne, Archimedes und Pythagoras, und schließlich lief sie mit seinem besten Freund davon, Jischma'el Tow-Elem.«

»Und was passierte weiter?«

»Weiß man nicht. Josef suchte und suchte. Nach einiger Zeit fand er Jischma'el ausgerechnet in Alexandria. Nachdem er ihm Therese weggeschnappt hatte, hatte ihn jemand verhext, und seine ganze Haut war voller weißer und brauner Flecken, sodass sie aussah wie eine Schlangenhaut. Vielleicht hat sie ihn deshalb verlassen. In Alexandria arbeitete Jischma'el im Badehaus der Spaniolen, denn dort konnte man ihn und seine Haut wegen der vielen Dämpfe nicht sehen. Er hatte keine Ahnung, wo die

Frau war. Nun ja, so kann es passieren, wenn man eine Frau nimmt, die rastlos im Herzen ist. Als Josef begriff, dass sie nie im Leben zu ihm zurückkehren würde, nahm er seine Söhne und zog nach Israel.«

Alle drei saßen schweigend da und dachten über das bittere Schicksal nach, das die Familie Levi getroffen hatte.

»Und was tut Archimedes?«, fragte Lisi schließlich.

Nun stellte sich heraus, dass Archimedes Levi Briefmarkenhändler war und einen Laden im selben Gebäude besaß, in dem sich das Café der jüdisch-christlichen Sekte befand. Er hatte sich nicht nur in Be'er Schewa einen Namen gemacht, sondern auch in Tel Aviv, in Haifa und in Jerusalem. Briefmarken sammelnde Touristen, die nach Israel kamen, kannten seinen Namen und pilgerten zu ihm wie zur Klagemauer oder zum Grab von Rabbi Simon ben Jochai.

»Ist er reich?«

»Die Wasserhähne bei ihm zu Hause sind außen aus Nickel und innen aus Gold. Die Ehre der Königstochter ist innerlich.«

»Und das alles von Briefmarken?«

»Er handelt auch mit Münzen. Mit alten und – wie manche sagen – auch mit neuen.«

»Geldwechsler?«

»Und Geldverleiher.«

»Steht ihr mit ihm in Verbindung?«

»Archimedes ist unser Hausbesitzer. Ihm gehören alle Läden in der Straße. Wir bezahlen ihm dreihundert Dollar im Monat. Er sagt, er könnte auch leicht fünfhundert bekommen.«

»Will er euch raushaben?«

»Nein, das nicht. Aber er will, dass wir wissen, dass er uns eine Gefälligkeit tut. Wir sollen uns verpflichtet fühlen.«

»Könnt ihr mich mit ihm bekannt machen?«

Nun war die Reihe an Klara und Ja'akow, Fragen zu stellen. Die Geschichte, die sie zu hören bekamen, überzeugte sie einmal mehr, dass sie auf das richtige Pferd gesetzt hatten – ihre Lisi war sehr gescheit.

Kapitel 17

Als sie das Briefmarkengeschäft von Archimedes Levi betrat, fühlte sie sich plötzlich in ihre Kindheit zurückversetzt. Lisi, das Kind. So viele Dinge gab es, die ihr fremd waren. Nie hatte sie etwas gesammelt. Keine Briefmarken, keine Muscheln, keine Postkarten, keine goldenen Pralinenpapierchen und kein Einwickelpapier von Kaugummis – nichts von dem, was ihre kleinen Schwestern als Schätze gehortet hatten. Diese besaßen leere Pralinenschachteln, in denen sie ihre Schmuckstücke aufbewahrten, und in alten Handtaschen befanden sich ihre Fotosammlungen. Lisi selbst war ein stilles, nützliches Mädchen gewesen und zu einer stillen, nützlichen Frau geworden, die nichts sammelte, was nicht sein musste. Der Mensch brauchte ein Dach über dem Kopf, der Mensch brauchte Brot, der Mensch brauchte etwas zum Anziehen, doch alles, was darüber hinausging, war überflüssig. Lisi wäre jederzeit darauf vorbereitet, ihre Wohnung abzuschließen, sich ins Auto zu setzen und wegzufahren. Sie empfand eine geheime Angst davor, Besitz anzuhäufen. Ihre Ehelosigkeit war weniger bedrückend, so lange sie kein Kaffeeservice besaß, wie man es üblicherweise zur Hochzeit bekam. Eine junge Frau, die sich selbst ein Kaffeeservice kaufte, demonstrierte mit diesem Kauf ihren Verzicht auf eine Heirat.

Lisi betrachtete das Geschäft mit den erstaunten Augen der kleinen Lisi, die zum ersten Mal mit einer neuen und wunderbaren Welt zusammentrifft: die großen Alben, die Schaukästen, die Druckbögen von Briefmarken an den Wänden, die Namen von Orten, die Mauritius hießen, Montenegro, Kap der Guten Hoffnung, ein Foto des Königs Carol von Rumänien, des Königs Boris von Bulgarien, von Naturwundern und von menschlichen Errungenschaften, von historischen Siegen und Niederlagen, von Naturphänomenen – das alles gab es hier!

***

Lisi verfolgte die Verkaufsverhandlungen zwischen Archimedes Levi und zwei englischen Touristen. Auf der betreffenden Briefmarke war ein Bild der Königin Victoria, und ihr Wert war ein halber Penny. Allem Anschein nach wollte der Händler die Marke nicht verkaufen, und die Kunden wollten sie nicht erwerben. Gelangweilt prüften sie das Wasserzeichen auf dem Papier, indem sie die Marke mit einer Pinzette gegen eine Lampe hielten, dann blätterten sie in englischen und amerikanischen Katalogen, machten irgendwelche Bemerkungen über das Wetter, über die Unbequemlichkeiten der Hotels, die Aggressivität der Reiseleiter, über die Geistesgegenwart ihres Fahrers Motti – und das alles, ohne der Königin Victoria, die in ihrer ganzen Pracht vor ihnen lag, auch nur einen Blick zu gönnen. Archimedes nannte eine Summe, die ihrer Meinung nach zu hoch war, und er sagte, er brenne nicht unbedingt darauf, die Marke zu verkaufen. Der Wert der *Victoria Regina* sei im Steigen, und er würde sie gerne noch eine Weile aufheben. Die beiden sagten, sie würden es sich in der Woche, die sie in Eilat verbringen wollten, noch einmal überlegen, und Archimedes sagte, was ihn angehe, sei das in Ordnung, doch er könne natürlich nicht versprechen, dass er sie in der Zwischenzeit nicht verkaufe. Sie boten ihm fünfzig englische Pfund als Pfand, und er sagte, nun, das sei nicht nötig, er sei bereit zu warten, ihr Wort genüge ihm. Dann verließen die beiden das Geschäft.

Lisi war fasziniert und zögerte nicht, Archimedes Levi zu sagen, dass sie fasziniert war. So, auf eine irgendwie tänzerische Art und Weise, musste auch das Pariser Abkommen von 1856 zustande gekommen sein, dachte sie. Levi hatte sich verhalten, wie sich ihrer Meinung nach der Konsul Napoleons III. damals in Konstantinopel verhalten hatte.

Archimedes Levi blickte sie erstaunt an. Lisi merkte, dass er vom Nutzen seiner Art des Kundengesprächs durchaus überzeugt war.

»Professionelle Briefmarkensammler erkennen sich gegenseitig«, sagte er zu Lisi. »Sie wissen sofort, ob der Kunde nur ein Schnäppchen sucht, ob er zum Beispiel ein Opa ist, der für seinen Enkel ein Geschenk zur Bar Mizwa sucht und deshalb eine Briefmarkenhandlung betritt, die er seit sechzig Jahren nicht mehr von innen gesehen hat. Oder ob es jemand ist, der wirklich etwas von der Sache versteht. Die beiden waren Professionelle. Sie haben von meiner *Victoria* gehört und sind nur ihretwegen gekommen.«

***

Archimedes Levi war ein großer, kräftiger Mann von etwa fünfzig. Er besaß einen gut geformten Kopf mit vollen, grauen, nach hinten gekämmten Haaren und einer sonnengebräunten Haut. Er sah aus wie jemand, der Tennis spielt oder jeden Morgen, sommers wie winters, zum Schwimmen geht. Er trug ein strahlend weißes Hemd unter einer blauen Flanellweste, und Lisi überlegte, wie schade es doch war, dass die Männer im Allgemeinen aufgehört hatten, weiße Hemden zu tragen. Seine Stimme war so kräftig und klar wie sein Körper und sein Gesicht, und seine levantinische Sprechweise mit diesem französischen und arabischen Hauch klang ihr süß in den Ohren. Sie verstand nicht, wie ihr dieser Mann so lange verborgen geblieben sein konnte, ein Mann, der noch dazu Klara und Ja'akow so nahestand.

Sie stellte sich vor und erzählte ihm, dass sie Material über den Mord an Alexandra Hornstick sammelte.

»Man hat mir gesagt, Sie hätten mit ihr in Verbindung gestanden.«

»Ich habe sie gut gekannt. Zu meinem Leidwesen war ich nicht bei ihrer Beerdigung.«

»Haben Sie ihr Geld geliehen?«

»Ich? Warum sollte ich ihr Geld geliehen haben? Hat das jemand gesagt?«

»So was ähnliches.«

»Wer hat das gesagt?«

»Ich erinnere mich nicht.«

»Wenn Sie sich nicht erinnern, dann bitte ich Sie, so etwas nicht zu wiederholen. Ich muss auf meinen guten Ruf achten.

Ein Kaufmann, über den man herzieht, ist ein toter Kaufmann. Ich habe mir mein Geschäft in vielen Jahren harter Arbeit aufgebaut, und es beruht voll und ganz auf meinem guten Namen. Also wiederholen Sie solche Sachen bitte nicht.«

»War sie eine Freundin von Ihnen?«

Archimedes zögerte, stand auf, ging zum Fenster und schaute hinaus. Er fuhr sich mit seinen langen, schönen Händen durch die Haare, schließlich blickte er Lisi so konzentriert an, als überlege er, ob er ihr antworten solle.

»Kann man Ihnen Dinge erzählen, die nicht zur Veröffentlichung bestimmt sind?«

»Nicht-zur-Veröffentlichung ist mein zweiter Vorname«, seufzte sie. »Lisi Nicht-zur-Veröffentlichung Badichi.«

Er lachte, und sie dachte: Gleich fallen die Rahmen mit den Briefmarken von den Wänden. Sein Lachen war laut und mitreißend und hörte genauso plötzlich auf, wie es angefangen hatte. »Haben Sie schon was zu Abend gegessen?«

»Nein, noch nicht. Aber ich war heute Mittag im *Kuckuck* ...« Lisi verzog das Gesicht.

»Wartet jemand zu Hause auf Sie?«

»Wer denn?«

»Ehemann, Kinder, Hund, Kanarienvogel?«

»Nein.«

»Dann fahren wir zusammen zum Essen, und ich erzähle Ihnen alles, was ich über Alexandra Hornstick weiß. Aber ich muss Sie von vornherein warnen: Viel weiß ich nicht.«

»Und Sie? Werden Sie nicht zu Hause erwartet?«

Archimedes lächelte, zog sie vom Stuhl, machte den kleinen

Safe zu, stellte die Alarmanlage an, schlüpfte in einen hübschen blauen Blazer, schloss die Tür ab und ließ das Eisengitter herunter. Dann nahm er Lisi am Arm und führte sie zu einem kleinen Parkplatz hinter dem Haus. Er öffnete die Tür eines schwarzen Citroën mit lederbezogenen Sitzen und Mahagoniarmaturen. Das Auto roch nach Geld und Vornehmheit und nach der Ästhetik, die dieser Paarung entspringt.

Sie fuhren nordwärts, und erst als sie Be'er Schewa hinter sich gelassen hatten, fragte Lisi, wohin die Fahrt ging.

»Zu einem guten Restaurant, damit Sie den Geschmack vom *Kuckuck* vergessen.«

»Wie heißt es?«

»Escopia.«

»In Aschkalon?«

»Wir sind in vierzig Minuten dort. Die Fahrt verwenden wir für unsere Geschäfte, und im Restaurant genießen wir nur das Essen, das mein Freund Armand kocht: Meiner Meinung nach ist er der einzige Koch im Land, der wirklich etwas von Essen versteht. Alle anderen sind Scharlatane, die nur schnelles Geld machen wollen. Gestern waren sie noch Automechaniker oder Geldverleiher, heute sind sie plötzlich Fachleute der ›Nouvelle cuisine‹. Sie stecken ihre Schwester, die Friseuse, in die Küche, und schnaufen auf die bei uns typische kumpelhafte Art den Gästen, die noch größere Ignoranten sind als sie selbst, alle möglichen verheißungsvollen Namen in die Ohren, bis sie schließlich Pleite machen und zu Autos und Geldverleih zurückkehren. Im besten Fall fahren sie nach Los Angeles und leiten dort den Friseurladen ihrer Schwester.«

Lisi ließ sich tief in den Sitz sinken und legte ihre langen Beine übereinander. Plötzlich fiel ihr ein, dass ihr Pullover schon seit mindestens einem Monat ein Loch am Ellenbogen hatte. Ab und zu hatte sie sich fest vorgenommen, es zu reparieren, war aber nicht dazu gekommen, und jetzt ereilte sie die Strafe dafür. Wenn endlich mal jemand wie Archimedes Levi sie in seinem tollen Citroën nach Aschkalon fuhr, in Armands Restaurant, hatte sie einen Pullover mit einem Loch im Ärmel an! Wenn sie daraus nicht endlich etwas lernte, war sie ein hoffnungsloser Fall.

»Über was denken Sie so ernsthaft nach?«

Sie sagte es ihm, und er lachte wieder. Das ist mein Schicksal, dachte Lisi. Im besten Falle bringe ich andere zum Lachen.

***

Archimedes erzählte, dass er Alex vor vielen Jahren kennengelernt hatte, damals, als sie angefangen hatte, in ihrem Beruf zu arbeiten. Ihr erstes Büro war direkt neben seiner Wohnung gewesen. Alex war sehr schön gewesen: rötliche Haare, Pfirsichhaut, eine vollendete Figur, an den richtigen Stellen gerundet. (Im Gegensatz zu meiner Figur, dachte Lisi.) Ihre Eltern hatten Geld, sie brauchte sich um ihr Einkommen keine Sorgen zu machen, aber sie war sehr ehrgeizig. Vielleicht weil sie aus einer Familie von Neureichen stammte. Für sie war Geld der Maßstab für Erfolg oder Begabung, und die Konkurrenz war ihr Antrieb. Nachdem sie die Technische Hochschule beendet hatte, war sie nach Be'er Schewa zurückgekommen und einige Monate lang die Geliebte von Archimedes gewesen. Er hatte ihr vieles beigebracht. Wie man sich anzieht, wie man isst, wie man sich benimmt, wie man ein Geschäft leitet, wie man sich vergnügt. Sie war in ihn verliebt, und er war schon drauf und dran, ihr einen Heiratsantrag zu machen, als sie ihm plötzlich verkündete, sie habe sich entschieden, Pinchas Hornstick zu heiraten, einen jungen Mann, dem es an allem fehlte, so weit weg von Archimedes wie der Osten vom Westen. Er war ein junger Rechtsanwalt, der sich gerade um irgendeine Sache kümmerte, die mit *Lubitsch Weine* zusammenhing.

»Der Wein aus Jugoslawien«, sagte Lisi. »Glauben Sie, dass Hornstick Lubitsch erpresst hat?«

»Sie sind gescheiter, als Sie aussehen, Lisi Nicht-zur-Veröffentlichung Badichi«, sagte Archimedes.

»Das hat man mir schon öfter gesagt, und ich bin mir nicht sicher, ob das ein Kompliment ist.«

»Was ich nicht weiß, weiß ich nicht. Tratsch und Spekulationen sind gestohlene Ware, Lisi. Ich handle nicht mit Diebesgut.«

Nachdem Alex Pinchas Hornstick geheiratet hatte, hörte die Beziehung zwischen ihr und Archimedes auf. Manchmal begegneten sie sich hier und da, schließlich ist Be'er Schewa keine große Stadt. Ungefähr vor einem Jahr war sie zu ihm in den Laden gekommen und hatte ihm ein Geschäft vorgeschlagen. Sie hatte eine große Geldsumme zur Verfügung und wollte sie auf dem sogenannten »grauen Markt« anlegen, um höhere Zinsen zu bekommen, als die Bank zu geben bereit war. Archimedes hatte einen Bekannten, der sich mit solchen Dingen beschäftigte, und er brachte Alex mit diesem Mann zusammen.

»Von den Gewinnen kaufte sie ihrem Gigolo eine Wohnung und ein Auto. Ungefähr vor drei, vier Monaten überwies sie meinem Bekannten eine besonders hohe Summe, etwa dreihunderttausend Dollar. Der nahm das Geld und verschwand, allem Anschein nach ins Ausland. Alex geriet in Panik. Natürlich wandte sie sich sofort an Archimedes Levi, den Mann, der ihr den Geldmakler vom grauen Markt empfohlen hatte. Aber Archimedes Levi konnte ihr nicht helfen, denn er hatte keine Ahnung, wo sich der Mann befand. Das Geld, das Alex auf dem grauen Markt angelegt hatte, war nicht ihr eigenes Geld gewesen, sondern es stammte von Kunden, und nun hatte sie Angst, dass die zur Polizei gehen würden. Sie wollte Zeit gewinnen. Sie bat mich, ihr zu helfen, aber zu diesem Zeitpunkt hatte ich kein Geld flüssig, ich konnte ihr nicht helfen. Ich riet ihr, sich an ihren Vater zu wenden, doch das wollte sie nicht. Aus Gründen, die nur ihr bekannt waren, hasste sie die Lubitschs. Sie versuchte, ihren Gigolo dazu zu bringen, dass er die Wohnung und das Auto, die sie ihm geschenkt hatte, verkaufte, und versprach, ihm bei der nächsten Gelegenheit neue Spielsachen zu kaufen. Der kleine Mistkäfer allerdings weigerte sich nicht nur, das zu tun, sondern er beschloss offenbar auch, dass jetzt, wo Alex unter Druck war, der richtige Zeitpunkt gekommen war, sie zu erpressen. Als sie mich um eine Anleihe bat, erzählte sie mir, dass sie sich entschieden hatte, ihr Haus zu verkaufen, das so ungefähr die Summe einbringen würde, die sie brauchte. Ich fragte sie, was ihr Mann dazu sage, und sie antwortete, solange sein Brot mit Butter geschmiert sei, würde er sich nicht dafür interessieren, woher das Geld kam. Das sei ihre Sache.«

»Wie heißt der graue Geldmakler?«

»Das weiß ich nicht. Ich habe nur die Verbindung zwischen zwei Leuten hergestellt. Mein Bekannter war ein Tourist, der sich hier für ein paar Monate aufhielt. Er hat schon vor einem halben Jahr das Land verlassen und ist nach Frankreich zurückgekehrt.«

»Kann man ihn identifizieren?«

»Ich möchte nicht in diese Geschichte hineingezogen werden. Egal, wie man es betrachtet, sie stinkt.«

»Wo haben sich die beiden normalerweise getroffen?«

»In der Höhle des Löwen.«

»Was heißt das?«

»In der Bank.«

»Israel-Luxemburg?«

»Bravo, Lisi. Diese Bank hat ein sehr empfindliches Gehör. Nur ein Hauch von Tratsch, nur die Andeutung eines Gerüchts, und der Kunde ist erledigt. Um kein Aufsehen zu erregen, hat Alex ihre Geschäfte in der Bank selbst vorgenommen. Geradezu vor den Augen des Bankdirektors und der Angestellten bekam sie ihre Anteilscheine von dem grauen Makler und gab ihm das Geld, das sie von ihrem Konto abhob. Sie gab ihm horrende Summen und bekam von ihm Garantien, die sie bei der Bank deponierte. Der Teufelskreis von Spielern, denen nicht mehr zu helfen ist.«

»Woher wissen Sie, dass sie sich in der Bank getroffen haben?«

»Die *Bank Israel-Luxemburg* ist auch meine Bank. Ich habe sie dort ein paarmal gesehen.«

»Aber wie konnte es passieren, dass eine kluge Frau, eine erfolgreiche Bauingenieurin, die aus eigener Kraft ein angesehenes Büro aufgebaut hat, sich selbst in solche Schwierigkeiten gebracht hat?«

»Das frage ich mich auch, und ich verstehe es nicht. Der Hunger nach Geld, Lisi, ist eben eine Krankheit mit unvorhersehbarem Verlauf. Wir sind angekommen.«

Das *Escopia* befand sich in einem normalen Wohnhaus, nicht weit vom Strand. Eine Bougainvillea, die sich am Eisentor hochrankte, ein bescheidenes Schild, ein paar Blumentöpfe neben dem Eingang, nichts besonders Großartiges.

Armand war ungefähr so alt wie Archimedes Levi, und seiner Aussprache zufolge stammte er ebenfalls aus Ägypten. Es gab keine Umarmungen, keine Küsse, kein Schulterklopfen, wie es in anderen Modelokalen üblich war, noch nicht einmal die Anrede beim Vornamen. Archimedes Levi war der Gast, und Armand Silberman war der Restaurantbesitzer.

»Und jetzt, Chérie, vergessen wir die Arbeit und geben uns dem kulturellen Vergnügen hin, das in allen von Menschen erfundenen Genüssen liegt.«

Das, was Archimedes Levi ihr erzählt hatte, hatte in Lisi eine Menge neuer Fragen und Mutmaßungen geweckt, doch sie wollte seine Freundlichkeit nicht über Gebühr ausnutzen. Sie überließ es ihm zu bestellen, lauschte seiner Stimme und überlegte insgeheim, dass es Männer wie Archimedes Levi sicher schon immer gegeben habe. Wie konnte es also passieren, dass ausgerechnet ihr nie welche begegnet waren?

»Haben Sie einen hebräischen Namen?«

»Awraham. Aber ich bin immer Archimedes genannt worden. Mein Vater, ein Kaufmann, der in der dritten Generation mit Waren aus Limoges handelte, war Hobby-Mathematiker. Mein Bruder heißt Pythagoras. Er revoltierte und nannte sich Peter. Heute lebt er in Kanada. Awraham Levi gibt es Tausende. Ich habe beschlossen, Archimedes zu bleiben.«

»Mein Onkel Ja'akow hat mir erzählt, dass Ihre Mutter ein – so waren seine Worte – auf rührende Weise rastloses Herz hatte.«

Archimedes lachte wieder, aber diesmal nicht das kurze Lachen, das sie schon kannte, sondern ein kollerndes Lachen, das ihm Tränen in die Augen trieb. Er erhob sich, beugte sich zu Lisi und küsste sie auf die Wange.

»Es ist schwer zu glauben, dass es Mädchen wie dich noch auf der Welt gibt, Lisi Badichi.«

»So dumme wie mich, meinst du?«

»Nein, nein! Sei nicht gekränkt. So nette wie dich. Das habe ich gemeint. Dein Onkel Ja'akow! Seine Geschichten! Jemand müsste sie aufschreiben. Ein auf rührende Weise rastloses Herz! Sie ist mit dem besten Freund meines Vaters auf und davon, mit Jischma'el Tow-Elem. Die banalste Geschichte der Welt. Eine junge Frau, ein alter Ehemann. Diesen Tow-Elem hat sie dann auch verlassen. Ich habe ihn vor ein paar Jahren in Haifa getroffen. Er war Direktor einer Bank zur Entwicklung der Seefahrt. Ein rastloses Herz – so kann man es auch sagen.« Wieder lachte er. »Schmeckt er dir, der *Tom Collins?*«

»Ja, danke.«

***

Sie fühlte, wie sie in sein Netz geriet oder – mit anderen Worten – sich in ihn verliebte, und erinnerte sich selbst daran, dass Archimedes mit ziemlicher Sicherheit jener Mann vom grauen Markt war, mit dem Alex ihre Geldgeschäfte gemacht hatte. Mit Geld, das ihr nicht gehörte. Und ob sie es auf seine Initiative hin getan hatte oder nicht, es hatte ihren Untergang bedeutet. Lisi verstand genau, was Alexandra dazu gebracht hatte, sich vor zwanzig Jahren in Archimedes zu verlieben. Sie verstand nur nicht, was sie dazu gebracht hatte, Hornstick ihm vorzuziehen.

»Bist du verheiratet?«, fragte sie.

»Nein.«

»Wegen Alex?«

»Nein.« Die Frage amüsierte ihn. »Was hast du dir vorgestellt? Ein gebrochenes Herz? Ich war beleidigt, als sie mich fallenließ. Ich habe mich betrogen gefühlt. Aber nicht allzu sehr. Das ist der Unterschied, Lisi, zwischen Männern aus alten, angesehenen Familien und dem neureichen Pöbel: Nicht zu viel. Von nichts zu viel. Haus, Möbel, Kleidung, Gefühle, Arbeit, Verstand, Vernunft – nie zu viel.«

»Ich glaube, dass du sehr klug bist.«

»Ich hoffe, dass man mir das nicht ansieht.«

Sie lächelten, und Lisi dachte, wenn es einen Menschen auf der Welt gab, der »nicht zu viel« von allem hatte, so war das Lisi Badichi höchstpersönlich, und wenn er versuchen würde, sie zu verführen, würde sie sich nicht wehren. Aber wozu er ausgerechnet sie brauchen sollte, das weiß der Teufel.

»Ich habe schon lange keine Frau mehr getroffen, die sich so wenig anstrengt.«

»Soll das ein Kompliment sein?«

»Ja.«

»Ich bin fleißig.«

»Ich bin auch fleißig.«

Wieder lächelten sie. Sie wussten, dass ihr Dialog sich dumm anhörte. Der Kellner kam, um zum dritten Mal die Gläser mit Wein vom Golan zu füllen, und Archimedes bedeutete ihm, es nicht zu tun. Als sie aufstanden, um zu gehen, war die Flasche noch halb voll, und Lisi dachte, dass diese Vergeudung das Eleganteste war, was sie seit Langem gesehen hatte, sogar noch eleganter als sein Citroën. Nicht zu viel, sagte sie sich.

***

»Wo soll ich dich hinbringen?«, fragte er, als sie in Be'er Schewa ankamen.

»Mein Auto steht auf dem Parkplatz gegenüber von der Stadtkommandantur.«

Er begleitete sie bis zu ihrem Auto. Als Lisi stehenblieb, drehte er sie sanft um und berührte mit seinem Mund ihre Lippen. Er war ein wenig größer als sie und roch nach einer Mischung aus Kaffee, Zigarren und Rasierwasser. Weil sie nicht zurückwich, nahm er sie in den Arm und zog sie fest an sich. Seine Hände glitten unter ihren Pullover, streichelten ihren Körper, der sich spannte wie ein Bogen. Ihre Haut brannte, und seine Hände waren stark und kühl. Seine Zunge ging zwischen ihren Lippen spazieren, und dann erkundete sein Mund ihren Hals. Mitten in dem süßen Duft von Asphalt und Benzin suchten ihre Hände seinen Körper, und sie sog den Karamelgeruch seiner Haut tief in sich ein. Ihre langen und kräftigen Beine ließen sie diesmal im Stich, und sie brach fast zusammen.

Ein ohrenzerreißendes Tuten drang aus ihrem Auto und ließ sie beide zusammenfahren. Der Pieper! Lisi bekam einen Lachanfall, den sie nicht stoppen konnte. Alles, die Getränke, der *Tom Collins,* der Golan-Wein, der Likör und dieser Mann – es hatte nicht viel gefehlt, und sie hätte sich auf dem Parkplatz hingelegt! Archimedes ließ sie los, betrachtete sie lächelnd und wartete, dass sie sich beruhigte.

»Willst du nicht antworten?«

»Das kann noch einen Moment warten! Es ist mein Redakteur in Tel Aviv, Gedalja Arieli. Er kann ruhig ein bisschen warten.«

»Wird er dann nicht wütend auf dich?«

»Er ist immer wütend auf mich.« Lisi imitierte Arielis Stimme: »Tatsachen, die sich beweisen lassen, Badichi! Er hat dauernd Angst vor Verleumdungsanzeigen.«

»Das hört sich an, als wäre er ein vernünftiger Mensch.«

»Du brauchst also keine Angst zu haben. Selbst wenn ich das, was du mir erzählt hast, veröffentlichen wollte, würde Arieli es mir nicht erlauben.«

»Und was willst du selbst?«

»Ich würde es gern bringen. Bist du einverstanden?«

»Du hast mir versprochen, dass du es nicht tust, Lisi Nicht-zur-Veröffentlichung Badichi.«

»Ich habe noch nie ein Versprechen gebrochen. Mein Räuberehrenwort.«

»Geh schlafen, Lisi. Ich glaube, du bist müde.«

Sie wusste, was er dachte. Er dachte, sie wäre betrunken. Das war es, was er dachte. Es hing ihr zum Hals heraus, diesen Satz zu hören: Geh schlafen, Lisi. Sie wäre so gerne schlafen gegangen, aber mit ihm!

Sie stieg in ihr Auto und fuhr nach Hause, ohne sich noch einmal umgedreht zu haben. Sie beschloss, nicht in der Redaktion anzurufen. Soll er doch platzen, dieser Arieli!

Kapitel 18

Pinchas Hornsticks »Büro« war ein kleines, deprimierendes Zimmer im zweiten Stock des Gerichtsgebäudes. Er teilte es mit der Richterin Te'ena Berger. Der einzige Schmuck im Zimmer waren zwei große Zeichnungen von Daumier, Drucke natürlich, die Richter und Rechtsanwälte bei Gericht zeigten. Neben der Tür stand ein Garderobenständer, an dem zwei Regenmäntel, zwei schwarze Regenschirme und Hornsticks Robe hingen. Im Zimmer gab es weder einen Teppich noch Vorhänge, und das Stück grauen Himmels, das man durch das Fenster sah, betonte nur noch den düsteren Eindruck. Lisi dachte, dass im Vergleich zum Büro dieser beiden Richter ihr eigenes Zimmer in der Redaktion geradezu prächtig war.

»Ich möchte nicht, dass Sie sich mit mir in Verbindung setzen, weder zu Hause noch im Büro«, sagte Hornstick zu ihr, wobei er vermied, sie mit seinen trüben Augen anzuschauen. Er stand neben seinem Schreibtisch wie eine magere Ratte, stapelte braune Akten aufeinander und verteilte sie dann auf drei Häufchen. »Ich habe viel Arbeit. Ich versuche, zum normalen Leben zurückzufinden.« Er hatte seinen strohigen Bart rasiert, der ihm während der Trauertage gewachsen war, und sein fleckiges Gesicht sah hässlicher aus als sonst.

»Ich hätte gerne auf diesen Auftrag verzichtet«, log Lisi, »aber mein Redakteur verlangt, dass ich weiter Material sammle über … über diesen Unfall. Ich werde versuchen, es kurz zu machen.«

»Ich bin nicht bereit, mit Ihnen zu sprechen.« Seine Stimme brach und wurde höher und schriller.

»Weil Sie mit mir geschlafen haben oder weil ich Reporterin bin?«

Für einen Moment hatte Lisi das Gefühl, dass ihn gleich der Schlag treffen würde. Er ließ sich auf den Stuhl fallen, als wäre er eine Marionette, deren Faden plötzlich gerissen ist.

»Wenn Sie zu mir nach Hause kommen oder hier ins Amt oder wenn Sie mich auf irgendeine Art belästigen, bitte ich um polizeiliche Hilfe, ist das klar?«

»Warum sind Sie so aggressiv? Was habe ich Ihnen getan?«

»Ich soll aggressiv sein? Ich hätte der Polizei doch erzählen können, woher die Blutflecken auf dem Laken stammten. Ich habe es nur aus einem einzigen Grund nicht getan, nämlich um Ihren guten Ruf zu schützen. Schließlich werde ich auch von der Polizei überprüft. Ich hätte ein Alibi, das ich aber nicht preisgebe, um Ihre Ehre zu schützen. Schämen Sie sich nicht?«

»Ich soll mich schämen? Ich?«

Er sah so hässlich aus in seinem braungrünen Anzug vor dem grauen Himmel im Fenster, mit seinen dunklen Akten, die er in den Händen hielt. Wie hatte eine Frau wie Alex überhaupt mit ihm leben können? Und warum?

»Haben Sie über Jacki Danzig Bescheid gewusst?«

Hornstick zögerte, blickte sie an. Sie wusste, dass er überlegte, ob er Hilfe anfordern sollte, um sie loszuwerden, und sie wusste auch, dass er das nicht tun würde.

»Ja.«

»Haben Sie gewusst, dass er Ihre Frau erpresst hat?«

»Erpresst?«

»Ja, um Geld.«

»Ich habe gewusst, dass sie ihm eine Wohnung gekauft hat, von ihrem eigenen Geld.«

»Das heißt, Sie wussten, dass er sie erpresst hat.«

»Ich habe nicht gesagt, dass ich wusste, dass er sie erpresst hat.«

»Hatten Sie ein gemeinsames Bankkonto?«

»Das geht Sie nichts an.«

»Hat Lubitsch Ihnen Ihren Gewinnanteil auf das gemeinsame Konto überwiesen?«

»Von was reden Sie?«

»Sie haben mich genau verstanden.«

Die Farbe kehrte in sein Gesicht zurück. Er stand auf, ging um den Tisch herum, packte Lisi am Arm und schob sie zur Tür. Lisi wusste, dass der ehrenwerte Richter alles andere als einen Skandal wollte. Außerdem war es nicht das erste Mal, dass jemand versuchte, sie hinauszuwerfen, und vermutlich würde es auch nicht das letzte Mal sein. Das Aufnahmegerät in ihrer Tasche war in Betrieb und würde sie notfalls vor jeder falschen Anschuldigung retten.

»Haben Sie sich nicht gewundert, dass sie Jacki Danzig aufgefordert hat, bei Ihrer Party zu spielen?«

»Raus!«

»Verdächtigen Sie Jacki Danzig nicht, Ihre Frau ermordet zu haben?«

»Er hat auf der Party Klavier gespielt.«

»Er hat um Mitternacht aufgehört, und Ihre Frau wurde irgendwann um diese Zeit erschossen.«

»Wer glauben Sie denn, wer Sie sind? Welches Recht haben Sie?«

»Verdächtigen Sie Jacki Danzig nicht?«

»Nein.«

»Wissen Sie, warum Sie ihn nicht verdächtigen? Weil Sie nämlich wissen, wer Ihre Frau ermordet hat.«

»Ja? Wer denn?«

Sie stand ihm gegenüber und wartete. Wartete darauf, dass er irgendeinen Namen sagte, wartete, dass er zerbrach. Ein Ausdruck des Ekels stahl sich auf sein Gesicht.

»Wenn Sie es noch einmal wagen, mich zu belästigen, werde ich dafür sorgen, dass man Sie festnimmt. Ich habe kleine Kinder. Verstehen Sie überhaupt, was die durchmachen? Haben Sie daran schon einmal gedacht?«

Hornstick drückte die Klinke nieder, achtete jedoch darauf, die Tür nicht zu öffnen. Wer draußen im Korridor des zweiten Stocks vorbeiging, konnte zwar zornige Stimmen hören, aber weder verstehen, was gesagt wurde noch sehen, wer da sprach. Und was war schon groß dabei, wenn man zornige Stimmen im Gerichtsgebäude hörte? Lisi kam zu der Schlussfolgerung, dass Hornstick ein ausgezeichneter Schauspieler war. Seine Reaktion war zurückhaltend, fast gelassen, und man konnte unmöglich erraten, ob er tatsächlich jemanden des Mordes an seiner Frau verdächtigte, ob er Zeit gewinnen wollte oder ob er sich verstellte. Er schob sie hinaus und schloss hinter ihr die Tür. Trotz seines schwächlichen Aussehens hatte er Kraft. Kraft und Beharrlichkeit. Physisch und psychisch. Vielleicht war es das, was Alexandra Hornstick, geborene Lubitsch, dazu gebracht hatte, sich ihm zu unterwerfen.

***

Lisi stand im Korridor des Gerichtsgebäudes und zog ihren Regenmantel an, und zum ersten Mal seit der Party in Hornsticks Haus versuchte sie zu verstehen, was ihr in jener Nacht passiert war. Was hatte sie in die Arme des Hausherrn fallen lassen? War es so leicht gewesen, sie zu verführen? Oder hatte sie sich nur deshalb so verhalten, weil sie, fast dreißig, plötzlich vor ihrem Status als ledige Frau und ihrem Alleinsein Angst bekommen hatte? Aber was war schlimm daran, dass sie unverheiratet und allein war, solange sie sich zufrieden und beschäftigt fühlte? Störte sie das gesellschaftliche Etikett? Der geheime Druck ihrer Mutter und ihrer Schwestern? Oder hatte vielleicht ihre eigene Unerfahrenheit ihr Bewusstsein getrübt? Etwas war in den dunklen Tiefen ihres Körpers erwacht, das bis dahin geschlummert haben musste. Plötzlich war eine Glut, die fast erloschen gewesen war, aufgeflammt und hatte ihre Triebe entzündet. Ihr Körper, aus einem dreißigjährigen Dämmerschlaf erwacht, überraschte sie durch die Kraft, die in ihm verborgen war. Einen Gefallen hatte ihr Hornstick jedenfalls getan, indem er sie von dem Makel der »alten Jungfer« befreite. Aber bestand nicht die Gefahr, dass auch Archimedes Levi, der

Mann, in dessen Armen sie gestern Abend dahingeschmolzen war und in dessen Bett zu springen sie sofort bereit gewesen wäre, wenn er nur den leisesten Hinweis gäbe, dass er das wolle, ihr in einer Woche alt und widerwärtig vorkam? Nein, nein, sie wusste, dass das ausgeschlossen war. Sie hatte in ihrem Leben genug gesehen, um zu wissen, dass dieser besondere, einzigartige Mann eine Insel der Kultur und der Sensibilität in einem Meer von Dummheit und Vulgarität war.

Auf der ganzen Welt gab es keinen einzigen Menschen, mit dem sie sich in diesen wichtigen Fragen hätte beraten können. Ihre einzigen guten Bekannten waren zugleich ihre Verwandten, und Familienereignisse – Verlobungen, Hochzeiten, Geburten, Beschneidungen, Bar Mizwa-Feiern, Beerdigungen – füllten ihre gesamte Freizeit aus. Seit der Schulzeit hatte sie keine Freundinnen mehr gehabt, und um die Wahrheit zu sagen, bis zu dieser Minute hatte sie auch keine vermisst. Manchmal traf sie frühere Freundinnen. Alle versorgten sie Kinder, und einige von ihnen waren sogar erfolgreich in ihrem Beruf, neben der Aufzucht ihrer Kinder. Lisi wusste, was die anderen über sie dachten: Wer hätte geglaubt, dass von allen Mädchen ausgerechnet Lisi unverheiratet bleiben würde? Natürlich dachten sie das, wenn sie sie trafen. Alle sahen ihren Namen in der Zeitung. Lisi Badichi war ein Begriff in Be'er Schewa, fast wie der Beduinenmarkt am Donnerstag, und auch das hätte man, weil sie eine bescheidene Schülerin gewesen war, nicht voraussagen können. »Schweigsam« wäre wohl das Höchste, was man über sie hätte sagen können, langsam, aber fleißig, eine, die klaglos und ohne Begeisterung ihre Pflicht tut, nicht gut singen kann, mäßig begabt im Sportunterricht. In der achten Klasse hatte sie plötzlich angefangen zu wachsen, in die Höhe und in die Breite, und alles war ihr zu kurz und zu eng geworden. Sie hatte sich eine leise Stimme und einen gebückten Gang zugelegt, wie eine Gottesanbeterin, die sich im Gras zu verstecken sucht, aber das half ihr nichts, Lisi Badichi war eine »Erscheinung«. Sie konnte sich vorstellen, dass einige ihrer früheren Freundinnen es insgeheim genossen, dass ausgerechnet sie es nicht geschafft hatte, einen Mann zu bekommen und eine Familie zu gründen. Also gab es doch so etwas wie Gerechtigkeit auf der Welt.

Kapitel 19

Lisi betrat das Kulturzentrum mitten in der Pressekonferenz, und wenn es jemanden gab, dem es unmöglich war, einen Raum zu betreten, ohne die gesamte Aufmerksamkeit auf sich zu lenken, so war es Lisi. Alle schauten zur Tür, und sie wusste, was sie dachten: eine Frechheit von dieser Type von der *Zeit im Süden.* Das war es, was sie dachten. Und Eres Jacobson, der Leiter des Ensembles, ein alternder junger Mann in engen Jeans, einem Mao-Hemd und mit einer John-Lennon-Brille, wartete geduldig, bis sie einen freien Stuhl fand, der sich allerdings sofort als die knarrendste Sitzgelegenheit von Be'er Schewa herausstellte.

***

»Seit Jahren gibt es ein reiches kulturelles Leben in Be'er Schewa«, betonte Jacobson. Seine Stimme erhob sich, und sein Blick war in die Feme gerichtet. »Aber ein Bereich hat noch gefehlt, und dieser Bereich war der Tanz. Ohne Tanz gibt es kein lebendiges Kulturleben. Wir haben diese Lücke geschlossen und *Vitus* gegründet, ein Ensemble, das nur aus hiesigen Tänzern besteht. Das erste Tanzprojekt, das unser Ensemble vorbereitet hat, heißt *Phrase für Vitus,* obwohl es in diesem Stück selbstverständlich weder eine Handlung noch so etwas wie Charaktere gibt. Wer sich dergleichen erhofft, braucht nicht zu unserer Veranstaltung zu kommen. Die Choreographie stammt von Moisch Schubert, die Musik von dem Amerikaner Henry Dickson Cowell. Drei Tänzerinnen und vier Tänzer. Bewegungsblöcke werden den Klangblöcken von Cowells Musik gegenübergestellt und …« Jacobson breitete die Arme aus, als wolle er die ganze Welt umarmen, »natürlich der Anziehungskraft der Erde.«

Die Zeitungsleute lachten. Auch Jacobson lächelte verhalten und wartete darauf, dass es wieder ruhig wurde.

»Dieses Problem haben wir noch nicht gelöst. Wir werden Sie davon informieren, wenn wir es geschafft haben.« Jacobson nahm nun die Zügel wieder in die Hand, denn durch zu viel Heiterkeit hätte ihm die Pressekonferenz entgleiten können. »Statt eines linearen Bühnenbilds, dessen sich aus mir unverständlichen Gründen die meisten Tanzensembles leider immer noch bedienen, benutzen wir Seile und Laserstrahlen, die den Bühnenraum in geometrische Felder aufteilen, innerhalb derer die Tänzer ihre Muskeln bewegen, die willkürlichen und die unwillkürlichen, sodass jedem Tänzer ein eigener Interpretationsspielraum bleibt; manchmal ist er Schöpfer, manchmal Interpret, so ähnlich wie die Jazz-Spieler in New Orleans. Wie Ihnen bekannt ist, hat unser Choreograph Moisch Schubert in den vergangenen beiden Jahren die Tanzwerkstatt geleitet. Was Sie vielleicht noch nicht wissen, ist, dass er bei seiner Arbeit auf die kleinen anatomischen Einheiten besonderen Wert legt, vor allem auf die des Halses und des Nackens, und auf die des Steißbeins, ein Zugang, der in Israel Pioniercharakter hat. Wir glauben, dass wir nun bereit sind, uns dem Publikum zu stellen, und werden gerne Ihre Fragen beantworten. Möchtest du noch etwas hinzufügen, Moisch?«

Ein sehr, sehr bescheidener und sehr, sehr dünner junger Mann, der zwischen den Reportern saß, stand auf und schob seinen Körper in Jacobsons Richtung. Dabei hielt er sich so schräg, dass sowohl sein Rücken als auch sein Bauch zu sehen waren. Er sagte, dass er eigentlich nichts zu sagen habe, vielleicht nur folgendes, dass es auch einen gewissen Einfluss von Cunningham gebe, aber der Takt sei indisch, mit einer Musik, die zwischen Tibet und Indien liege, als Hommage an Isadora Duncan, das wäre, mehr oder weniger, alles. Damit setzte er sich und verschmolz förmlich mit seinem Stuhl.

Die Zeitungsleute gossen sich Orangensaft ein und machten sich über die Salzkringel in den Papptellern her. In diesem Moment spürte Lisi, wie sich ihr etwas in den Rücken bohrte. Sie drehte sich um und sah Adolam, der ihr seinen Schirm gegen den Regenmantel stieß und ihr mit einer Handbewegung bedeutete, mit ihm hinauszugehen. Sie schob seinen Schirm von ihrem Rücken, aber als sie weiter notieren wollte, was Moisch Schubert gesagt hatte, merkte sie, dass sie sich nur noch vage daran erinnerte, dass er etwas über Indien gesagt hatte. Sie wäre gerne hinausgegangen, aber nach dem Aufsehen, das sie bei ihrem Eintreten erregt hatte, blieb ihr jetzt nichts anderes übrig, als sitzen zu bleiben und zu warten, bis auch ihre Kollegen den Raum verließen.

Die Reporterin der französischen Zeitung fragte, ob es bei der Auswahl der Themen irgendwelche Proteste gegeben habe, und Jacobson antwortete, es gehe hier mehr um Reaktionen als Proteste, aber man könne sie auch Proteste nennen, obwohl er die Diskussion über dieses Thema nicht ausweiten wolle.

Für einen Moment wurde es still im Raum. Lisi schaute sich um und hatte plötzlich die absurde Vorstellung, die Anwesenden wären überhaupt keine Tänzer und Zeitungsleute, sondern Mitglieder einer geheimen Revolution. Es würde zu ihr passen, dachte sie, eingesperrt zu werden, ohne überhaupt zu wissen, warum und für was.

Als sie hinausging, wartete Adolam auf sie, neben einer kleinen Gruppe von Demonstranten – vier Frauen und drei Männer – in Bergsteigerkleidung, die ein großes Schild trugen: »Schluss mit der Besatzung!« Ein Wind war aufgekommen und blies ihnen eine Sandwolke voller Dornen und Spreu entgegen, und Adolam spannte seinen Schirm auf und hielt ihn wie ein Schild. So begleitete er Lisi zu ihrem Auto. Er schlug ihr eine »Arbeitsregelung« vor. Die Reporter, die sie getroffen hatten, waren Korrespondenten überregionaler Zeitungen. Für sie galten andere Gesetze und andere Zeitpläne. Doch auf den Schultern von Beni Adolam und Lisi Badichi lastete ein doppeltes Joch: Sie mussten für die landesweit erscheinenden Zeitungen und für die Lokalzeitungen schreiben. So ging es, seiner Meinung nach, nicht weiter. Es war ausgeschlossen, dass sie immer hinter jedem Kommunalpolitiker herrannten, der eine Pizzeria einweihte, oder hinter jedem Verrückten, der seinen Hund an einem Laternenpfahl aufhängte, nur weil er gegen irgendetwas protestieren wollte. Adolam schlug vor, sie sollten ihr Betätigungsfeld etwas einschränken und sich auf eine Arbeitsteilung einigen. Er hatte gerade mit seinem Studium alle Hände voll zu tun und war es leid, über jeden Rülpser eines Leprakranken zu berichten. In den wenigen Monaten, die er nun bei der *Post im Süden* arbeitete, hatte er mehr Stroh und Spreu gekaut als je zuvor in seinem Leben, einschließlich der Zeit bei der Artillerie, und alles hat schließlich eine Grenze, oder?

»Soll ich etwa aufhören, für die Lokalausgabe der *Zeit* zu arbeiten?«

»Stell dich nicht so blöd. Ich meine doch nur Sachen, bei denen von vornherein klar ist, dass sie ausschließlich in der Lokalpresse veröffentlicht werden. Ich nehme an allen möglichen Pressekonferenzen nur deshalb teil, weil ich Angst habe, dass Frau Badichi dort sein wird und Herr Adolam nicht. Wir lassen uns von der Konkurrenz zwischen uns versklaven und verdummen. Eine Pressekonferenz mit Eres Jacobson! Ben Ja'akow heißt er eigentlich, wie sein Vater und seine Mutter, die die Wäscherei des Militärkommandos Süd geleitet hat.«

»Was ist daran schlecht?«

»Nichts, gar nichts, so lange man nicht donnerstags Armeehosen auf dem Beduinenmarkt verkauft.«

»Da hast du doch eine Geschichte!«

»Mit einem zehn Jahre alten Bart! Lisi! Wir vergeuden unsere Zeit und unsere Kraft für eine Menge Blödsinn.«

»Das gehört nun mal zu unserem Job, Schätzchen. Du hast gerade erst angefangen, was beklagst du dich? Ich mache das schon zehn Jahre.«

»In zwei Wochen fangen meine Prüfungen an.«

»Auch ich habe studiert und nebenbei gearbeitet. Das ist zu machen.«

»Du hattest keine Konkurrenzzeitung.«

»Du kannst ja kündigen.«

»Dann wird man einen anderen einstellen, einen fleißigen Ehrgeizling, einen, der verrückt ist nach Arbeit und Journalismus, und dann wirst du bereuen, dass du nicht auf meinen Vorschlag eingegangen bist.«

»Du machst mir ja richtig Angst.«

Adolam drehte ihr den Rücken zu und ging weg. Sand wehte ihr ins Gesicht und setzte sich in Mund und Haaren fest. Schnell stieg sie ins Auto und sah im Spiegel, wie der Wind Adolams Schirm umstülpte und seine verbogenen Speichen enthüllte. »Ich habe kein Mitleid mit ihm«, sagte sie laut zu sich. Zu ihrem Glück wusste er nicht, dass auch sie sich nur deshalb um allen möglichen Kleinkram kümmerte, weil sie fürchtete, dass ein Bericht in der *Post im Süden* erscheinen könnte, in der *Zeit im Süden* aber nicht. Nach außen tat sie, als gäbe es weder eine *Post im Süden* noch einen Beni Adolam, aber diese beiden hatten nicht nur ihren Arbeitsstil verändert, sondern zwangen sie auch zu genau dem Blödsinn, von dem Adolam gesprochen hatte.

Kapitel 20

Schibolets Eltern, Miri und Jecheskiel, freuten sich sehr, Lisi als Gast zu empfangen. Sie hatten von Schibolet gehört, dass sie hart arbeitete, und fleißige Arbeit schätzten sie hoch ein, sogar wenn es um Städter ging. Vielleicht konnte Lisi ihrer Tochter Schibolet als gutes Beispiel dienen. Nicht dass es ihr im Kibbuz an Vorbildern fehle, aber die heutige Jugend sei ja so vielen Verführungen ausgesetzt. Und wenn schon Verführungen, dann doch lieber Lisi als andere.

Jecheskiel arbeitete im Kuhstall, mit Willi Achinoam. Er mochte ihn und war stolz auf ihn, und wie die anderen Mitglieder im Kibbuz hatte er sich gefreut, dass Lisi einen Artikel über ihn geschrieben hatte. Es sei ihm zu gönnen. Leute wie Willi Achinoam seien ein Naturwunder, etwas Einzigartiges.

Ihre Wohnung war die letzte in einem langen Reihenhaus. Jecheskiel versorgte den Garten. Er konzentrierte sich voll und ganz auf Rosen, und etwas Unglaubliches war ihm gelungen: Er hatte wunderbare dornige Poteria gezüchtet, mit rosafarbenen Blüten, die in alten Autoreifen wuchsen. Die Reifen waren weiß, rot und gelb angestrichen. Kletterrosen wucherten bis hinauf zur Asbestabdeckung über dem Hauseingang.

Miri und Jecheskiel waren, ebenso wie Willi und Jaffa

Achinoam, Gründungsmitglieder von Asanja, und im Gegensatz zu allen düsteren Prophezeiungen von Bettelheim und seinen Jüngern waren sie davon überzeugt, dass die zweite Generation der Kibbuznikim nicht konformistisch würde. »Im Gegenteil«, sagte Miri, Schibolets Mutter, »das Problem ist ja, dass sie genau unsere nonkonformistische Haltung nachmachen. So wie wir bei Null angefangen haben, nach einer Tabula rasa, streben auch sie nach einem Neuanfang. Sie sind mit unseren Geschichten aufgewachsen, Geschichten darüber, wie wir das städtische Leben unserer bürgerlichen Eltern hinter uns gelassen haben, wie wir uns hier in der Öde ansiedelten und mit eigenen Händen die Steine von der Erde sammelten, einen Brunnen gruben, die ersten Stecklinge in die Erde pflanzten, und wie dann das erste Kind geboren wurde. Und was machen sie? Sie wiederholen unser Modell und suchen sich ein unbebautes Land, um ihre eigene Gesellschaft aufzubauen. Sie sind in Ordnung, unsere Kinder. Und die Tatsache, dass ihre Sehnsucht anderen Orten gilt, die uns nicht vertraut sind – Los Angeles, Bangkok, Bolivien das ist unser Versagen, nicht ihres.«

Miri war sehr angriffslustig und auf jeden Widerspruch gefasst. Dieses Gespräch hatte sie schon oft geführt, und es kam ihr nicht in den Sinn, dass dieses aufregende Thema jemand anderes nicht interessieren könne.

»Sind Sie Lehrerin?«, fragte Lisi, die versuchte, sich in diesem Jargon, dieser Ideologie, dieser Semantik zurechtzufinden.

»Darüber sprich lieber nicht, Lisi«, riet Schibolet, »das Thema bringt sie zum Kochen.«

»Ich habe meine Ansichten noch nie versteckt, und wenn

das jemandem nicht passt, dann ist das nicht meine Schuld«, fuhr Miri Schibolet wütend an.

»Was habe ich dir gesagt, Lisi?«, sagte Schibolet und lachte.

»Wollen Sie keine Lehrerin sein?«, fragte Lisi.

»Ich bin sogar sehr gerne Lehrerin. Die Sache ist nur, dass es Kolleginnen gibt, die nicht Lehrerin werden wollten, die sich in ihrem Beruf keine Mühe geben, die nicht nur ihren Schülern schaden, sondern auch dem Ansehen des Berufs.«

»Ist Jaffa Achinoam auch Lehrerin?«, fragte Lisi.

»Jaffa war viele Jahre Pflegerin bei den Kleinen. Vor einigen Jahren hat sie Kurse an der Negev-Hochschule belegt und unterrichtet jetzt Naturkunde in der Regionalschule. Und sie koordiniert auch Feste.«

»Schajke, ihr Sohn, macht einen ziemlich bissigen Eindruck.«

»Schajke ist bissig«, bestätigte Miri.

»Die Siedlung ›Bienenkorb‹ ist schon eine tolle Sache. Ich finde, die Wohnungen dort sehen sehr … funktional aus.«

»Die Wohnungen sind nicht nur funktional, sie sind auch sehr schön. Jeder kann sich die Einrichtung von Küche und Bad selbst aussuchen, nach seinem eigenen Geschmack.«

»Wann werden die Wohnungen denn alle fertig sein?«

Eine schwere Stille breitete sich im Zimmer aus. Jecheskiel und Miri vermieden es, einander anzuschauen. Lisi betrachtete sie und versuchte zu erraten, ob sie sich immer noch liebten. Sie waren etwa fünfzig, höchstens fünfundfünfzig. Auf der Fensterbank standen Saftflaschen mit Avocadokernen, aus denen Stängel mit Blättern wuchsen. Gab es eine Beziehung zwischen der Lust, etwas zu züchten, und der Fähigkeit zu lieben?

»Lisi und ich haben fürs Wochenende das Zimmer von Geoffrey und Dalia bekommen«, verkündete Schibolet, froh, etwas Erfreuliches mitteilen zu können. »Geoffrey ist Cellospieler beim Negev-Quartett«, erklärte sie Lisi, »und sie haben einen Konzertabend in Kiryat Gat.«

»Leben die jungen Paare in Einzimmerwohnungen?«

»Wir haben zu viert in einem Zimmer gewohnt, als wir hergekommen sind«, sagte Jecheskiel.

»Das ist dreißig Jahre her«, warf Miri grimmig ein. »Und wenn es keine andere Möglichkeit gibt, gibt es eben keine! Aber es gibt eine! Nur nicht für alle.«

»Miri, bitte!«, sagte Jecheskiel mit erstickter Stimme.

»Du, hör auf, mich zu bitten. Von mir ist nichts zu bitten. Um was bittest du mich denn?«

»Eine halbe Million Dollar«, sagte Lisi und goss mit diesen Worten Öl ins Feuer. »Die lösen sich doch nicht einfach in Luft auf. Das Geld war da, und es ist auch jetzt noch da, man muss es nur finden. Man muss die Spur zurückverfolgen und herausfinden, an welchem Punkt es verschwunden ist. Ido Gawrielow war bereit, mit mir zu sprechen, aber Schajke Achinoam wollte es nicht. Er hat gesagt, man brauche dazu die Zustimmung des Sekretariats oder so was.«

»Er hat recht, das hätte uns gerade noch gefehlt«, sagte Jecheskiel. »Die Presse!«

»Du weißt genau, dass wir zuerst zehn Wohneinheiten geplant hatten«, sagte Miri mit gedämpfter Stimme zu Jecheskiel.

»Dann haben wir auf zwölf erhöht, und jetzt stehen wir da mit fünf. Da stimmt doch etwas nicht. Was geht hier vor?«

»Es gibt keinen Rauch ohne Feuer«, sagte Lisi.

»Habe ich euch nicht gesagt, dass sie gescheit ist?« Schibolet strahlte. Ihre Eltern strahlten nicht. Miris Haut, die sich über den hohen Wangenknochen spannte, sah aus wie mit einer harten Bürste gestriegelt. Sie hatte ein mageres Gesicht und dicke Oberschenkel. Alle Diäten der Welt würden an dieser Figur nichts ändern, dachte Lisi. Wer wüsste das besser als ich?

»Wie sind Sie an Alexandra Hornstick geraten?«, fragte sie.

»Wie wir an sie geraten sind? Was weiß ich, wie wir an sie geraten sind! Ido und Schajke haben sich umgehört. Sie haben gesagt, dieses Büro sei das beste. Außerdem sei es gut, wenn jemand vom Negev den Bau beaufsichtigen würde.«

»Und? Hat sie den Bau beaufsichtigt?«

»Ja, sie und auch ihr Kompagnon. Der Bau ist in Ordnung. Es gibt keine Klagen«, sagte Miri. Dann wandte sie sich plötzlich an Jecheskiel, der sie die ganze Zeit mit besorgtem Blick beobachtet hatte. »Man muss eine Vollversammlung einberufen. Unserer Hände Arbeit versinkt im Meer, und wir tun nichts!«

»Verlass dich auf Schajke und Ido! Ich bin sicher, dass sie alles tun, was nur möglich ist.«

»Ich möchte informiert sein. Ich will wissen, was vor sich geht. Es ist mein gutes Recht, das zu erfahren. Alle müssen es erfahren. Wie lange wollen sie uns an der Nase herumführen?«

»Vielleicht lohnt es sich, wenn ihr euch an ein Detektivbüro wendet«, sagte Lisi.

»Wollt ihr Kaffee?«, fragte Jecheskiel. »Lisi! Was für einen Kaffee wollen Sie? Nescafé? Oder frischen?«

»Ich mache ihn schon«, sagte Schibolet und sprang auf. Lisi empfand Mitleid mit ihr. Schibolet wollte so gern glauben, dass das Leben schön ist, eine einzige Freude.

»Es ist kein Geheimnis mehr, dass das Geld verschwunden ist«, sagte Lisi. »Wenn ich es erfahren habe, heißt das, dass auch andere davon gehört haben.«

»Diese Ingenieurin hat mir vom ersten Augenblick an nicht gefallen. Ido hätte sich nicht mit ihr einlassen dürfen. Wenn er am Schluss einen Herzanfall bekommt, ist das kein Wunder«, sagte Miri.

»Ido! Ido!«, platzte Jecheskiel heraus. »Ich will dir mal was sagen! Ich wäre froh, wenn wir in diesem Haus bleiben würden. Meine ganzen Rosen verlassen! Nach so vielen Jahren Arbeit und Pflege! Hast du daran schon gedacht? Hast du dir überlegt, was es für mich bedeutet, die Floribundae zu verlassen? Hast du dir das mal überlegt, Miri?«

»Komm, Lisi!« Schibolet hatte Tränen in den Augen. Sie nahm Lisi am Ärmel und zog sie hinaus.

Kapitel 21

»Lisi Badichi höchstpersönlich!«

Diese Stimme, einzigartig und unverwechselbar. Benzi Koresch war der letzte Mensch, den Lisi an diesem Ort und zu diesem Zeitpunkt hatte treffen wollen. Er betrachtete sie, als wolle er sich im nächsten Moment auf sie stürzen und ihr Handschellen anlegen. Ilan-Sergio Bachut zog die Augenbrauen hoch, wie um zu sagen: Tut mir leid, dass ich dir nicht helfen kann, Lisi, meine Süße. Ein Polizist, den sie nicht kannte, ein hochgewachsener junger Mann, schmal, mit Stirnglatze und mit einem staunenden Gesichtsausdruck, stand hinter den beiden und hielt eine alte, braune Ledertasche in der Hand. Er sah aus wie ein Religionslehrer. Zu aller Erstaunen brach Schibolet in Weinen aus. Benzis laute Stimme war der Tropfen, der das Fass zum Überlaufen gebracht hatte.

»Wer ist das?« fragte Benzi.

Lisi stellte Schibolet Benzi, Ilan und dem Polizisten vor, der aussah wie ein Religionslehrer und Mike Silcha hieß.

»Was treibst du hier, Lisi?«

»Das ist ein freies Land«, zischte Lisi. »Ich bin Schibolets Gast. Und falls es dich interessiert – wir gehen jetzt zum Ausruhen in Geoffreys und Dahas Zimmer, die zu einem

Konzert nach Kiryat Gat gefahren sind. Und was macht *ihr* hier?«

»Ich treffe in der letzten Zeit ein bisschen zu oft auf dich.«

»Es würde sich für dich lohnen, mit mir zusammenzuarbeiten, Benzi Koresch.«

»Du bringst mich zum Lachen.«

Die Rollen waren vertauscht. Diesmal war es Lisi, die Schibolet am Arm nahm und die Straße entlangzog. Als sie weit genug von Benzi und den anderen entfernt waren, sagte Lisi: »Bring mich zu Ido Gawrielow. Schnell. Bevor die Polizei zu ihm kommt.«

* * *

Schibolet führte Lisi zwischen Häusern hindurch, an Gärten und tropfnassen Rasenflächen vorbei, an Eltern, die beim Rasensprühen mit ihren Nachkommen spielten, an Großvätern in blauer Arbeitskleidung, die auf Dreirädern vorbeifuhren, an Plastiken von Willi Achinoam, der sich als äußerst produktiver Künstler erwies, an Großmüttern, die Tabletts mit Kuchen trugen und sie mit Servietten bedeckt hatten, als handle es sich um etwas, dessen sie sich schämen müssten.

Ido fanden sie in seinem Zimmer. Er saß an seinem kleinen Schreibtisch, während sich im ganzen Haus die Zeremonie des Kinder- und Enkelbesuchs abspielte. Lisi sagte, die Polizei sei auf dem Weg zu ihm, er solle doch mit ihr an einen sicheren Ort gehen, wo er in Ruhe nachdenken und – falls er das wolle – sie in seine Überlegungen einbeziehen könne. Es sprach für ihn, dass er nicht viel fragte, sondern die Papiere auf seinem

Schreibtisch in eine große Plastiktüte stopfte, auf die eine Micky Maus gedruckt war, und hinausrannte, während Schibolet und Lisi ihm folgten.

Gawrielow schloss die Fabrik für Plastikschrauben mit einem Schlüssel auf, der unter einem Kaktusstrauch versteckt war, ging durch die Halle mit den Maschinen in die Montagehalle und von dort in einen kleinen Lagerraum voller bunter Plastikkörbe, in denen Plastikschrauben in den entsprechenden Farben lagen. Mindestens fünfhundert solcher Körbe standen da, genügend Schrauben für ganz China.

Lisi berichtete Gawrielow, dass die Polizei sogar schon auf dem Kibbuzgelände sei, und er betrachtete sie mit demselben verkniffenen, säuerlichen Blick eines Verkehrsrichters, an den sie sich noch vom letzten Mal erinnerte. Lisi fragte sich, ob es überhaupt etwas gäbe, was ihn erfreute oder ihm einfach das Herz wärmte. Ihr fiel ein, dass sein asketisches Aussehen trügen konnte, schließlich hatte er seine Frau wegen einer Jüngeren verlassen, die er wiederum ihrem Freund weggenommen hatte. Dieser Mann ging den Annehmlichkeiten und Vergnügungen des Lebens nicht aus dem Weg, wobei ihm unter anderem das Auto, die Spesen und das angemietete Zimmer halfen. Lisi befahl Schibolet, sich ans Fenster zu stellen, um sie zu warnen, falls sich jemand dem Haus näherte. Ido entfernte einen blauen Korb voller blauer Plastikschrauben von dem kleinen Eisentisch und legte seine Micky Maus-Tüte darauf.

»Eine halbe Million Dollar, die Asanja auf dem Konto für die Siedlung hatte, ist verschwunden. Wohin?«, fragte Lisi direkt.

»Lassen Sie mich in Frieden.«

»Ich weiß, dass Sie und Alexandra Hornstick das Geld auf dem grauen Markt angelegt haben, um höhere Zinsen zu bekommen, und ich weiß, dass der Geldmakler Sie beide betrogen hat. Also noch einmal meine Frage: Wo ist das Geld?«

»Lassen Sie mich nachdenken.«

»Wie weit war Schajke Achinoam involviert? Wem schulden Sie Geld? Gibt es einen Pfändungsbescheid? Wer sind Ihre Bürgen? Hat Ihnen die *Bank Israel-Luxemburg* Sicherheiten gegeben? Gibt es eine Deckung?«

»Schibolet«, befahl Gawrielow »verschwinde hier und nimm diese Närrin mit!«

»Diese Närrin wird gleich von selbst verschwinden und der Polizei sagen, wo Sie zu finden sind. Sie haben ein privates Bankkonto, Herr Gawrielow. Das wird man gründlich unter die Lupe nehmen.«

»Sie sind verrückt! Was für ein privates Bankkonto?«

»Ein Konto, das Sie gemeinsam mit Alexandra Hornstick eröffnet haben. Auf dieses Konto haben Sie das Geld eingezahlt, das Sie und Alexandra auf dem grauen Markt verdient haben. Sie hatten ein gemeinsames Konto bei der *Bank Israel-Luxemburg*, und daneben noch ein privates Konto. Das Konto für die Siedlung ›Bienenkorb‹ hat Ihnen das private Geld gewaschen.«

»Unsere Bücher sind in Ordnung. Alles ist eingetragen und sauber.«

»Mit einer Verspätung von einem Monat. Geordnet, aber mit einer Verspätung von einem Monat.«

»Wer sagt das?«

Er war erschrocken! Also war zumindest eine Sache klar: Ido Gawrielow war bei den Manipulationen Alexandra Hornsticks Partner gewesen. Das Geld war zum Spekulieren benutzt worden, um für den Kibbuz mehr Gewinn zu erwirtschaften, als sie bei der Bank bekommen hätten.

»Schibolet«, sagte Gawrielow, »bring Schajke her!« Und Lisi befahl er: »Sie bleiben!«

Schibolet zögerte. Es drängte sie, Gawrielows Anweisung zu befolgen, aber sie wollte Lisi auch nicht allein zurücklassen.

»Er wird mir nichts antun«, sagte Lisi. »Ich weiß nichts, was die Polizei nicht auch schon weiß.«

Schibolet ging hinaus, und Ido Gawrielow klappte die Plastiktüte auf und begann, in ihr herumzuwühlen. Als er das, was er suchte, nicht fand, leerte er den Inhalt der Tüte auf den Fußboden, kniete sich daneben und blätterte in den Papieren. Lisi sah Scheckhefte, Zahlungsbelege, Kontoauszüge, Computerformulare von verschiedenen Banken. Es war zu hoffen, dass die Papiere des Kibbuz in der Regel ordentlicher aufbewahrt wurden als in Gawrielows Micky Maus-Tüte.

»Die Polizei verdächtigt Sie, Alexandra Hornstick ermordet zu haben. Sie haben ihr das Geld des Kibbuz gegeben, aber sie hat Sie immer wieder vertröstet und versucht, Zeit zu gewinnen, und so hat sie sich immer tiefer in Schwierigkeiten verstrickt. Der einzige Weg, das Verschwinden des Geldes in den Augen Ihrer Freunde zu rechtfertigen, war, Alexandra Hornstick zu beschuldigen. Deshalb hat sie sterben müssen.«

Lisi war sehr stolz auf sich. Sie hielt ihre These für richtig und ihr Auftreten für beeindruckend. Gawrielow hörte ihr jedoch gar nicht zu. Über das Häufchen Papiere gebeugt, wühlte er und wühlte, zog Blätter heraus, betrachtete sie und schob sie, wenn sie ihm nichts nützten, wieder in die Plastiktüte.

***

Die Tür des Gebäudes wurde geöffnet, Schritte kamen näher. Schajke trat ins Zimmer, gefolgt von einer kleinen Prozession. An deren Spitze ging Ben-Zion Koresch, hinter ihm kamen Ilan Bachut, Mike Silcha und Schibolet.

Benzi nahm Lisi am Arm, führte sie zur Eisentür und stieß sie hinaus. Zu seinen Gunsten muss man sagen, dass er Schibolet höflich bat, sich zu entfernen.

»Glaubst du, dass Ido diese Hornstick ermordet hat?«, fragte Schibolet draußen, mit erstaunt aufgerissenen Augen.

»Kann sein.«

Schibolet fing an zu weinen. Lisi hatte Mitleid mit ihr. In der Redaktion sprudelte sie immer über vor Fröhlichkeit, doch seit sie nach Sade Asanja gekommen waren, wurde die Ärmste vom Kummer verfolgt. Dabei hatte sie es Lisi so schön machen wollen. Schibolet hatte schon herausgefunden, dass man Lisi hinter ihrem Rücken »Lisi die Bekloppte« nannte, und sie fand es ungerecht. Ihrer Meinung nach war Lisi gescheit und fleißig und überhaupt prima. Diese Einladung nach Asanja war ihre Art, Lisi einen Blumenstrauß zu überreichen und ihr zu zeigen, was sie für sie empfand. Aber nun ging alles schief. Sie war zwar nicht daran schuld, aber es war nun mal so, dass vom Moment ihrer Ankunft hier nichts geklappt hatte. Sogar das

Zusammentreffen mit ihren Eltern war nicht besonders angenehm verlaufen.

»Ich habe nicht gesagt, dass er der Mörder ist«, beruhigte Lisi Schibolet. »Ich habe nur gesagt, dass er es sein könnte.«

»Jedida, seine Tochter, die wir Didi nennen, war schon mit mir in der Kindergruppe. Sie ist ziemlich sauer auf ihn, weil er ihre Mutter abgeschoben hat, und in den letzten Monaten stehen sie nicht mehr so gut miteinander, aber trotzdem ist er ihr Vater. Das wird sie umschmeißen. Uns alle wird es umschmeißen. Was werden sie mit ihm machen, die Polizisten?«

»Man wird ihn mitnehmen zum Verhör. Wenn man ihm nichts vorwerfen kann, lässt man ihn wieder frei. Wenn er verdächtig ist, bleibt er in Haft. Dieser brüllende Polizist, der mit der lauten Stimme, ist mein Schwager. Er erschreckt jeden, aber er prügelt nicht.«

»Er prügelt nicht?« Schibolet war wie elektrisiert. Auf den Gedanken, dass jemand die Hand gegen Ido erheben könnte, war sie überhaupt nicht gekommen.

Offenbar hatte ein kleiner Vogel die Kunde verbreitet. Leute vom Kibbuz tauchten an der Schraubenfabrik auf, die meisten in Gawrielows Alter, manche zögernd, andere entschlossen. Sie warfen Lisi feindselige Blicke zu. Es gibt keinen Ärger auf der Welt, der nicht irgendjemandem auch was nützt, schienen diese Blicke zu sagen. Diese Kuh, diese Freundin von Schibolet, diese Reporterin – hätten wir sie nur nie gesehen!

Kapitel 22

Jemand hatte zwei Autobushaltestellen in der *Siedlung C* angezündet, und Lisi gelang es, Informationen zu sammeln und ihren Bericht abzuschicken, noch während die Feuerwehrleute an der Arbeit waren. Arieli war zufrieden. Weil er die Hoffnung aufgegeben hatte, dass Lisi sich freiwillig der Diktatur des Piepers unterwerfen würde, hatte er beschlossen, sie mit Hilfe eines Funktelefons und eines japanischen Piepers zur Raison zu bringen, eines Piepers, der in der Welt der Pieper der letzte Schrei war, laut und lärmend, mit Gedächtnis und Gedächtnisfunktion. Wenn man den, Gott behüte, überhörte, konnte man die Nachricht auf einem kleinen Bildschirm ablesen. Von nun an könnte Lisi Badichi nicht mehr behaupten, sie habe den Pieper nicht gehört. Die Nachricht über den Brand in der *Siedlung C* wurde im Radio durchgegeben, was Arielis Zufriedenheit etwas dämpfte, aber er beschloss, vielleicht aus erzieherischen Gründen, den Bericht Badichis trotzdem teilweise in die Landesausgabe zu übernehmen. Es würde nur eine kleine Nachricht werden, was auch nur eine kleine Prämie bedeutete, aber schließlich besiegt man einen Berg auch nicht an einem Tag.

Lisi stieg die Treppe hinauf, wobei sie ihre großen Füße langsam von Stufe zu Stufe zog. Sie sehnte sich nach einem heißen

Bad und war jetzt schon wütend auf die betrügerischen Wasserhähne. Sie war zugleich mit den Feuerwehrleuten in *Siedlung C* angekommen. Zusammen mit ihnen hatte sie die Verrückten verflucht, die die Haltestellen angezündet hatten, und den Himmel, der ausgerechnet an diesem Tag beschlossen hatte, keinen Regen fallen zu lassen. Sie war durch die rußgeschwärzten Wasserpfützen gestampft, hatte sich an die Löschsachverständigen herangemacht, an den Busfahrer, an die Frau aus der Nachbarschaft, die das aufflammende Feuerzeug des Übeltäters oder des Arabers oder des Verrückten gesehen oder fast gesehen hatte. Sie hatte Elieser Chabuinik zum Sprechen gebracht, den zufälligen Passanten, der wie durch ein Wunder gerettet worden war. Immer schien der zufällige Passant, der wie durch ein Wunder gerettet worden war, derselbe Elieser Chabuinik zu sein. Hatte dieser Elieser Chabuinik sie getäuscht, oder war sie auf ihre eigene Fantasie hereingefallen, auf ihre Lebenserfahrung, die wuchs und aufging wie ein Teig, ohne Vernunft und Ordnung? Der Rauchgeruch hing ihr noch in der Nase, ihre Haare rochen danach, und Ruß brannte in ihren Augen. Sie hörte ihr Telefon läuten, noch bevor sie die Tür aufschloss.

***

»Hättest du Lust auf einen Abend am Meer?«

»Wer ist dran?«

Natürlich wusste sie, wer dran war. Und Archimedes wusste, dass sie es wusste.

»Wir essen zu Abend auf der *Neptun*, unter den Sternen.«

»Wo soll das sein?«

»In Aschkalon.«

»Ich habe nicht gewusst, dass es dort einen Jachthafen gibt.«

»Es ist auch nur ein Privathafen.«

»Warum ziehst du nicht nach Aschkalon?«

»Weil ich dann nicht mehr dort hinfahren könnte.«

»Wer hat dir meine Telefonnummer gegeben?«

»Klara. Ich bin in einer Viertelstunde bei dir. Zieh einen Pullover an.«

»Ich muss mich duschen. Ich bin voller Ruß und Rauch. In einer halben Stunde.«

* * *

Natürlich war das Wasser lauwarm. Sie wusch sich die Haare mit einem duftenden Shampoo, cremte sich mit einer Creme, die sie von Georgette zu Neujahr geschenkt bekommen hatte, vor allem die Ellenbogen, die Falten und Beugen, dann breitete sie alle Kleidungsstücke aus ihrem Schrank auf dem Bett aus. Sie hatte vergessen zu fragen, ob »Neptun« ein Restaurant oder eine Jacht oder ein Pub war, und sie beschloss, sich nicht herauszuputzen. Wenn »Nicht zu viel« die Parole von Archimedes Levi war, würde sie sie übernehmen. Schwarze Flanellhosen, ein weißer Angorapullover, ein Mantel aus weißem Leder, letztes Jahr im Ausverkauf erstanden. Lisi betrachtete sich prüfend im Spiegel, und ein überraschtes Lächeln erschien auf ihrem Gesicht.

Was für eine Entdeckung, dachte sie, groß und trotzdem irgendwie schön. Sie befestigte die Plastikohrringe an ihren Ohren, das Markenzeichen von Lisi Badichi, steckte den Pieper in ihre Handtasche und ging hinunter. Die Müdigkeit, die sie noch vor einer halben Stunde gespürt hatte, war völlig verschwunden und hatte Freude Platz gemacht. Was für ein Glück, dass ich keine Jungfrau bin, dachte sie.

***

Der schwarze Citroën stand vor dem Haus. Archimedes stieg aus, als er Lisi aus dem Treppenhaus kommen sah. Er umarmte sie, und sie hob das Gesicht. Ihre Lippen suchten und fanden seinen Mund. Er schmeckte so wie beim letzten Mal. Sie spürte den leichten Schauer, der ihr über den Körper lief, und fragte sich, ob er auch so erregt war wie sie. Seine Hände fuhren unter ihren Pullover, doch dann ließ er sie plötzlich los.

»Komm, wir fahren. Sonst kommen wir nie zur *Neptun*.«

Sie wollte sagen, dass es ihr egal war, ob sie zur *Neptun* kamen, sie wäre auch bereit, auf das Abendessen zu verzichten, aber etwas drückte ihr die Stimmbänder zusammen. Sie setzte sich so hin, dass sie ihn während der Fahrt sehen konnte, atmete tief den Geruch nach Leder und Mahagoni ein, der sich mit seinem Geruch nach Zigarren und Rasierwasser mischte. Nach langem Schweigen warf er ihr einen fröhlichen Blick zu und fragte: »Warum warst du voller Ruß und Rauch?«

»Ich habe über einen Brand in der *Siedlung C* recherchiert.«

»Bist du die einzige Reporterin bei der *Zeit im Süden?*«

»Ja.«

Sie erzählte ihm von ihrer Arbeit und von Arielis diktatorischem Verhalten, von ihrer Angst, dass er seine Drohung wahrmachen und einen Doron Cement als Reporter nach Be'er Schewa schicken könnte.

»Er wird bestimmt keinen Reporter aus Tel Aviv schicken. Das würde Miete kosten, inklusive Strom, Wasser und Versicherung. Wenn er glauben würde, dass du nicht fähig bist, die Arbeit zu machen, würde er einen Ortsansässigen suchen. Er hält dich an der kurzen Leine, das ist alles. Klara sagt, dass du nicht nur gut und lieb, sondern auch begabt bist. Zu was bist du begabt, Lisi?«

»Ich habe keine Ahnung, was Tante Klara meint.«

Lisi versank in ihre Gedanken. Sie war nicht begabt. Aber sie war professionell. Sie erfüllte die Aufgaben, die ihr zugewiesen wurden, auf die bestmögliche Art. Sie vergeudete keine Zeit mit Nebensächlichkeiten. Sie ging zum Ort des Geschehens, schrieb, interviewte. Nie würde sie eine Starreporterin werden, aber sie würde immer Arbeit haben. Noch nie hatte sie erlebt, dass eine Aufgabe, die man ihr gestellt hatte, sie gedemütigt oder bedrückt hatte, doch auch das Gegenteil war nicht der Fall: Nur selten hatte eine Aufgabe ihre Begeisterung entflammt und ihr das Herz erwärmt. Sie zog Befriedigung aus der Arbeit selbst. Aus der Erfüllung ihrer Pflicht. Aus der Arbeit, die ihren Lebensunterhalt sicherte. Ja, Professionalität war ihre Begabung. Sonst nichts.

* * *

Das Auto hielt neben einem kleinen Kai auf einem Asphaltstreifen vor dem Strand. Archimedes holte einen Picknickkorb aus dem Kofferraum des Autos und ging zu dem winzigen Hafen hinüber, an dem etwa ein Dutzend Boote angelegt hatten. Er öffnete das Eisentor mit einem Schlüssel, den er aus der Hosentasche zog. Einige der Schiffe dienten offenbar der Küstenschifffahrt oder Segelwettkämpfen. Auf einem Boot flatterte eine englische Fahne. Es schien bewohnt zu sein, denn ein mattes Licht drang durch die runden Fenster. Ein anderes Boot, größer als alle, sah aus, als würde es schweben.

Archimedes ging ihr auf dem Holzsteg voraus und stellte ihr die Boote vor, als wären sie bei irgendeinem Empfang: Bitte, darf ich bekannt machen, fünfundzwanzig Fuß, dreißig Fuß, zweiunddreißig Fuß, die Höhe der Masten vierzehn Meter, fünfzehn Meter, zwölf Meter …

Die *Neptun* war eine hübsche, elegante Französin, achtunddreißig Fuß lang, ausgerüstet mit zwei Masten und einem Motor, und konnte bei gutem Wind vierzehn Knoten erreichen. Lisi hatte fast das Gefühl, einer schönen, bedeutenden Dame vorgestellt zu werden, dem Ideal aller Meere, obwohl sie, wie Archimedes meinte, weder besonders strahlend noch besonders neu war. Die Ehre der Prinzessin liegt in ihrem Innern verborgen.

Die Kabine im Bug des Schiffes war dreieckig, breit an der Basis und oben stumpf zulaufend, und ausgefüllt mit einem Bett. Im Rumpf gab es noch zwei kleine Kabinen. In der Mitte des Schiffes befand sich die Kapitänskajüte, ausgerüstet mit computergesteuerten Navigationsgeräten und elektronischen Steuerrudern. Unter dem Tisch lag ein Stapel Decken. An der Wand, über den Sitzschemeln, hingen kleine Messingtafeln, Preise, die die Bootsbesitzer bei verschiedenen Segelwettbewerben gewonnen hatten. »Fahren wir aufs Meer?«, fragte Lisi.

Archimedes lachte. Immer wieder schien er erstaunt zu

sein über das, was sie sagte oder tat. Findet er Gefallen an mir, überlegte Lisi, weil er älter und erfahrener ist und ich jung und dumm bin, oder weil ich *ich* bin?

»Übers Meer können wir nur von Tel Aviv aus, man muss vorher durch die Grenzkontrolle und den Zoll«, sagte Archimedes.

»Ich habe nicht ans Ausland gedacht.«

»Setz dich. Ich mache uns einen Martini. Bald haben wir auch Eis.«

Die Bar war voller Flaschen. Archimedes spülte zwei Gläser, trocknete sie ab und mixte für sie beide Martinis mit einer Olive und zwei Perlzwiebeln.

»Soll ich dir ein Stück Zitrone dazutun?«

»Wohin?«

Wieder lachte Archimedes. Er ließ ein Stück Limonenschale in ihren Martini fallen. Dann machte er den Picknickkorb auf und packte aus: Räucherlachs, Schwarzbrot, Butter, vier reife Tomaten und eine Flasche Pinot Chardonnay. Er habe noch drei weitere Flaschen, sagte er. Ein dankbarer Franzose hatte ihm vor zwei Jahren eine ganze Kiste geschickt, nachdem Archimedes ihm zu einer Briefmarke verholfen hatte, die ihm noch in seiner Sammlung fehlte.

Lisi probierte einen Schluck Martini und schaute Archimedes zu, während er den kleinen Tisch deckte. Er hatte schöne, schmale Hände mit langen, kräftigen Fingern und zarten Gelenken. Die Hände eines Briefmarkensammlers, dachte sie.

»Bist du hungrig?«, fragte er.

»Sehr. Segelst du oft?«

»Wenn es nur von mir abhinge, würde ich jede Woche segeln. Mein Partner hat nicht immer Zeit. Bist du schon mal gesegelt?«

»Ich habe zu meiner Bat Mizwa einen Ausflug nach Tel Aviv geschenkt bekommen, einschließlich einer Segelfahrt vom *Hilton* zum Hafen von Jaffa und zurück. Meine Mutter ist mit mir und meinen Schwestern Chawazelet und Georgette gefahren. Wir vier haben uns die ganze Zeit übergeben. Am Abend stellte sich heraus, dass an diesem Tag der heftigste Sturm gewütet hatte, der die Küste Israels seit fünfzig Jahren getroffen hatte. Das Glück der Badichis. Wohin segelt ihr?«

»Nach Zypern, nach Rhodos. Das letzte Mal haben wir noch einen Freund mitgenommen und sind bis Jugoslawien gefahren. Ihre Frauen sind geflogen, wir haben uns in Dubrovnik getroffen. Vier Tage sind wir mit einem Mietwagen durch Jugoslawien gefahren, und am Schluss sind die Frauen wieder ins Flugzeug gestiegen, und wir auf unser Schiff. Ein derartiger Segeltörn bedeutet ständige Arbeit. Man putzt und ölt und schraubt und nimmt auseinander und setzt zusammen und streicht an. Entweder man liebt es, oder man liebt es nicht.«

»Warst du schon mal verheiratet?«

»Ich war verheiratet. Meine frühere Frau lebt in Haifa, als Ehefrau eines Arztes. Sie hat zwei Söhne. Alle paar Jahre sehen wir uns mal, zwei Fremde.«

»Warum habt ihr euch getrennt?«

»Das Leben war damals schwer. Wir waren Neueinwanderer, es hat uns an allem gefehlt. Wir stammten beide aus reichen und angesehenen Familien, und plötzlich landeten wir in diesem gottverlassenen Loch Be'er Schewa. Wir stritten uns oft, ich weiß schon gar nicht mehr, warum. Vermutlich wegen Geld. Wegen was können sich Leute schon streiten?«

»Betrug, Eifersucht, Machtkämpfe. Aber das ist alles nicht wichtig, wenn man sich liebt. Vermutlich habt ihr euch nicht geliebt.«

»Vermutlich.«

»Meine Schwestern haben ihre Ehemänner getauscht.«

»Ich weiß. Wer in Be'er Schewa weiß das nicht? Und sind sie jetzt glücklicher?«

»Ich glaube schon. Ich weiß es nicht. Kann man das wissen?«

»Du kannst nur wissen, was man dir erzählt, und auch das nur in begrenztem Maß. Schlechte Ehen sind ein persönlicher Misserfolg, und niemand gibt gerne zu, versagt zu haben. Es gibt sehr wenig gute Ehen.«

»Hast du deshalb nicht mehr geheiratet?«

»Mir macht das Alleinsein keine Angst. Ich lebe in Frieden mit mir.«

»Ich auch.«

»Das habe ich mir gedacht.«

Archimedes lächelte und verteilte das Essen auf zwei Teller. Lisi hörte ihm zu, während sie den Lachs aß, und überlegte, wie es sein würde, wenn er nach dem Essen anfangen würde, in der dreieckigen Kabine im Bug mit ihr zu schmusen, denn das würde er tun, daran war kein Zweifel. Er wusste, warum sie hier war, und sie wusste, warum sie hier war, nur was er nicht wusste, war, dass sie keine Ahnung hatte, was man im Bett tat.

Man musste doch etwas wissen, und sie war zwar beinahe dreißig und schon keine Jungfrau mehr, aber sie wusste nichts, und selbst wenn sie den Mut aufbringen würde, ihm das zu sagen, so würde er ihr nicht glauben. Sie beschloss, sich mit ihm zu unterhalten, um etwas Zeit zu gewinnen. Ich verhalte mich wie eine Witzfigur, dachte sie.

»Alexandra Hornstick hast du also nach deiner Scheidung kennengelernt?«

»Ja. Ich habe sie kennengelernt, als sie mit der Technischen Hochschule fertig war und als Bauingenieurin nach Be'er Schewa zurückkam. Sie war sehr gescheit und sehr ehrgeizig. Sie wusste genau, dass sie von den Lubitschs geprägt war und dass erst ein gewisser gesellschaftlicher Schliff ihr die Türen zur Geschäftswelt öffnen würde. Ich habe ihr die Selbstsicherheit beigebracht, die ihr auf diesem Gebiet noch gefehlt hatte.«

»Ich nehme an, dass du noch andere Vorteile zu bieten hattest.« Diesmal war Lisi an der Reihe zu lächeln. Sie versuchte sich vorzustellen, wie er vor zwanzig Jahren ausgesehen hatte. War er hinter jedem Rock hergelaufen, oder waren es die Frauen gewesen, die ihm nachgestellt hatten?

»War sie geldgierig?«

»Wer ist das nicht?«

»Ich.«

»Wir sind alle auf Geld aus, Lisi. Der eine, weil er ein Stück Brot oder ein Paar Kinderschuhe will, der andere, weil er sich ein Privatflugzeug oder noch eine Firma oder noch eine Bank zulegen möchte. Geld ist das einzige Motiv, das die Menschen antreibt.«

»Daran glaubst du?«

»Nur daran.«

»Es gibt Dinge, die man mit Geld nicht kaufen kann.«

»Was zum Beispiel?«

»Jugend. Schönheit. Verstand. Liebe.«

»Man kann sich Ersatz kaufen.«

»Jemanden wie Jacki Danzig?«

»Auch. Und um auf die Frage aller Fragen zu antworten – ja, Alexandra Hornstick war geldgierig, aber nicht mehr oder weniger als alle anderen Geschäftsleute. Sie hatte sich an ein gutes Leben gewöhnt, und die Sicherheit, die sie sich erworben hatte, öffnete ihr alle Türen, auch zur Geschäftswelt. Banken, Direktoren großer Fabriken und sogar Leute vom Kibbuz zogen es vor, Geschäfte mit einer Frau zu machen, die als sehr geschäftstüchtig galt. Die Leute prüfen den ›Wert‹ eines Menschen, mit dem sie eine Art Partnerschaft eingehen wollen. Alex wusste das und sorgte dafür, dass ihre Geschäftsbilanz immer positiv war, oder wie sie es formulierte – dass sie immer einen Schekel mehr hatte, als sie brauchte. Bis zur letzten Minute hatte sie einen Schekel mehr, als sie brauchte. Sie vergaß nie, dass ihr Vater sie mit Hornstick verheiratet hatte, weil er in Not geraten war. Ja, ich weiß, was du denkst. Sie hätte sich weigern können. Doch sie hat sich nicht geweigert. Aber sie hat es auch keinem verziehen. Weder ihrem Vater noch ihrem Mann. Sie wurde eine zynische Frau, die nur an Geld glaubte.«

***

Lisi dachte über das nach, was er gesagt hatte. Glaubte auch Archimedes Levi nur an Geld? Und was war mit ihr? Wäre sie auch so fasziniert von ihm, wenn er arm wäre? Wenn er nicht diesen Blazer anhätte, wenn er keinen Citroën hätte, geräucherten Lachs, eine Jacht, Martini-mit-Olive, diesen lockeren, ästhetischen Stil – was wollte er eigentlich von ihr? Sie war nicht schön, nicht reich und nicht berühmt. Was suchte er bei ihr? Sex? Schau den Tatsachen ins Auge, Lisi, sagte sie zu sich selbst, der Sex ist heutzutage keine seltene Briefmarke, die man mit einem Vergrößerungsglas und Pinzette sucht, und du, meine Liebe, hast Vorzüge, die für das Lokalblatt wichtig sind, aber eine Sexbombe bist du nicht, noch nicht mal ein Sexzündblättchen, es sei denn, es geht hier um die berühmte Chemie, deren Geheimnis bisher noch niemand herausgefunden hat, und sie ist es, die dir so weiche Knie macht – und vielleicht auch ihm? Lisi, Lisi, beruhige dich, Lisi, trinke den Rest Pinot Chardonnay, lehne dich an die Kabinenwand, strecke deine großen Füße aus und lass Archimedes, den Mann der großen Welt, in deine Herberge eintreten, mit Stock und Ranzen.

***

Durch das Bugfenster funkelte ein Stern. Das Bett war breit genug, damit Lisi alles lernen konnte, was sie nicht wusste und schon immer hatte wissen wollen, was Männer und Frauen vereint und sie zu einem Fleisch macht, was viel schenkt und wenig Schande macht. Zum ersten Mal in ihrem Leben schämte sie sich nicht wegen ihrer großen Brüste, wegen ihrer Plattfüße, ihrem runden Bauch. Ihr Körper war ein Vergnügen vom Scheitel bis zur Sohle, und sie fühlte sich schön und egoistisch und prächtig wie eine exotische Frucht, die auf einem neuen Kontinent entdeckt wird. Der Sturm war so stark, dass sie sich erst im Nachhinein an den Mann erinnerte, der ihn entfacht hatte.

Archimedes' Augen waren geschlossen, aber sie wusste, dass er nicht schlief. Sie streichelte vorsichtig über seine Lider, über die violetten Mulden unter seinen Augen, über die kleine Höhle über seiner Oberlippe, über die winzigen Grübchen in seinen Mundwinkeln, sie atmete seinen Atem, die Wärme, die zwischen ihren und seinen Lippen entstand. Sie war bereit, alles zu tun, was er von ihr wollte. Sie gehörte ihm, mit Leib und Seele, aber vor allem mit dem Leib. Und die Zunge, dieses elastische Stück Fleisch, war diesmal zu schwach, um direkt oder indirekt und egal nach welchen semantischen oder syntaktischen Regeln die Wurzeln ihres Verlangens zu beschreiben.

Archimedes zog ihren Kopf an seine Schulter, hielt ihre Locken, als wären seine Hände Opferschalen. Ihre Beine waren mit seinen verschlungen, ihre Wange ruhte in der Grube zwischen seiner Schulter und seiner Brust.

»Gehst du manchmal schwimmen?«, fragte sie.

»Guten Morgen! Ich habe schon gedacht, ich müsste dich wecken. Es ist Mitternacht. Ja, ich gehe manchmal schwimmen.«

»Im Schwimmbad der Universität?«

»Nein. Im *Hotel Savoy.* Hast du Hunger?«

»Ja.«

Archimedes lächelte. Lisi entschuldigte sich und erklärte, dass sie wegen ihres ungeordneten Tagesablaufs selten rechtzeitig zum Lebensmittelgeschäft kam, um etwas einzukaufen, und in Restaurants ging sie nicht, weil es ihr unangenehm war, allein zu gehen, und das führte eben dazu, dass sie immer Hunger hatte und dankbar war, wenn ihr jemand Rühreier anbot.

»Und was ist mit Liebhabern?«

Die Eier waren warm und gut, nicht zu trocken und nicht zu flüssig. Lisi aß mit großem Appetit und überlegte ihre Antwort. »Keine«, sagte sie schließlich.

»Keiner wirbt um dich?«

»Du wirbst um mich.«

»Ich meine, außer mir. Du hast schon andere Männer vor mir gehabt, Lisi.«

Das Ei blieb ihr im Hals stecken. Sie trank einen Schluck Wein und starrte auf den Griff des Kühlschranks.

»Oder etwa nicht?«, fragte er leise, fast flüsternd.

Lisi senkte den Kopf, wobei sie seinem Blick auswich. Gut, dachte sie, da ist Adolam, der was für mich empfindet, aber er ist kein Mann, er ist ein Kollege. Der Griff des Kühlschranks verschwamm und wurde zu einem Fleck, der sich im weißen Hintergrund auflöste.

»Bist du fertig mit Essen?«

War da Zorn in seiner Stimme, oder kam es ihr nur so vor? Sie nickte und vermied noch immer, ihn anzuschauen. Er stellte das Geschirr ins Becken, spülte es, trocknete es ab und räumte es in den Schrank. Sie fragte sich, ob er oft Frauen hier herbrachte. War sie eifersüchtig? Sie sprang auf und zog sich schnell an. Er ist erwachsen, er ist frei, sagte sie sich. Und du, Lisi, sag Dankeschön und halt den Mund.

Kapitel 23

Der Schlüssel ließ sich nicht im Schlüsselloch drehen. Er blieb stecken und knirschte, und Lisi musste ihn in einem anderen als dem üblichen Winkel hineinschieben, um endlich die Tür aufzubekommen. So viel Wein habe ich doch nicht getrunken, dachte sie. Archimedes hatte keine neue Verabredung vorgeschlagen, als er sich von ihr verabschiedete, und sie hatte beschlossen, selbst mit ihm Verbindung aufzunehmen, wenn er sie nicht innerhalb von einer Woche anrufen würde. Sie könnte einfach in seine Briefmarkenhandlung gehen und sagen, sie sei bei Klara und Ja'akow gewesen und habe nur mal eben Guten Tag sagen wollen.

Nachdem sie ihre Kleider in den Schrank gehängt hatte, zog sie die große Schublade der Kommode im Schlafzimmer auf, um den Pieper und das Bandgerät hineinzulegen, und hielt mitten in der Bewegung inne. Jemand hatte ihre Kassetten geklaut! Sie starrte in die leere Schublade, als warte sie darauf, dass die ihr erzählte, was geschehen war, wer sie geöffnet hatte, wer in ihr gewühlt hatte, welche Saboteure es gewagt hatten, ihre Hände in ihr Inneres zu stecken. Die Schublade war immer voll mit etwa einem Dutzend ungeordneter Schachteln, von denen Lisi aber genau wusste, welche Kassette wo war und was sie enthielt. Sie ließ die Schublade offen und begann, alle Schränke und Schubladen der Wohnung zu öffnen. Ihre Hände zitterten, und sie hatte Angst, dass plötzlich jemand sie von hinten packen könnte. Alles war an seinem Platz, nichts fehlte, und sie betrachtete misstrauisch die schweigenden Möbelstücke, wartete, dass sie den Mund aufmachten und ihr sagten, was hier in ihrer Abwesenheit passiert war. Die Kassetten! Wer brauchte ihre Kassetten? Was darauf war so brisant, dass jemand das Risiko einging, hier einzubrechen und sie zu stehlen?

Ihr erster Impuls war, Benzi anzurufen. Sie warf einen Blick auf die Uhr. Zwei Uhr nachts. Wenn sie jetzt anrief, weckte sie nicht nur ihn, sondern auch Georgette. Ihre Schwester würde erschrecken, und ihr Schwager würde wissen wollen, wo sie bis jetzt gewesen war. Vielleicht sollte sie überlegen, was sie Benzi über Archimedes Levi zu erzählen bereit war und was nicht. Obwohl – eine Sache war jedenfalls klar: Wer es auch immer gewesen war, der ihre Kassetten gestohlen hatte, Archimedes Levi konnte es nicht sein. Etwas wie Zorn packte sie, Zorn auf den unbekannten Räuber, der es gewagt hatte, in ihre Wohnung einzudringen, in ihre Burg, während sie nicht zu Hause war. Zorn auch auf ihr bitteres Schicksal. Da hatte sie endlich einen Liebhaber, und schon brach jemand bei ihr ein, während sie ihrem Vergnügen nachging. In unserer Welt haben die Lisis kein Glück, dachte Lisi. Für alles müssen sie bezahlen, egal, ob es um etwas Gutes oder etwas Schlechtes geht.

Sie steckte den Schlüssel ins Schlüsselloch und schloss von innen ab, was sie bisher nie getan hatte, obwohl sie wusste, dass es jetzt zu spät war. Wer hereinkommen wollte, hatte es getan.

Und es war vollkommen klar, dass derjenige weder Geld noch Schmuck gesucht hatte. Das war kein berufsmäßiger Einbrecher gewesen – sie war schon in genügend Wohnungen gewesen, in denen man eingebrochen hatte, und wusste, wie Einbrecher Wohnungen nach einem »Besuch« hinterließen. Ihr Dieb hatte sich bemüht, keine Unordnung zu machen. Hatte er etwa angenommen, dass sie das Fehlen der Kassetten nicht bemerken würde? Nein, das war ausgeschlossen.

***

»Hat jemand gewusst, dass du das Haus verlassen wolltest?«, fragte Benzi.

»Niemand. Nach dem Brand in der *Siedlung C* bin ich zur Redaktion gefahren und habe den Bericht losgeschickt. In dem Moment, als ich zu Hause ankam, klingelte das Telefon und Archimedes fragte, ob ich mit ihm ausgehe. Eine halbe Stunde später haben wir uns getroffen. Er hat unten mit dem Auto gewartet. Wir sind nach Aschkalon gefahren. Ich war zwischen neun und ungefähr zwei nicht zu Hause.«

Lisi und Benzi saßen am Tisch in der Küche. Benzis Polizisten suchten nach Fingerabdrücken, und von Zeit zu Zeit schaute ein Nachbar in die Wohnung. Natürlich hatte keiner von ihnen etwas gehört, obwohl einige das Gefühl hatten, sie hätten doch etwas gehört, nur ganz sicher waren sie sich nicht. Sie erzählten von Diebstählen, die hier in der Gegend in der letzten Zeit stattgefunden hatten, und sagten zu Lisi, sie hätte Glück gehabt, dass sie nicht zu Hause war, denn was hätte sie gemacht, wenn sie plötzlich einem Einbrecher von Angesicht zu

Angesicht gegenübergestanden hätte? Auch die Einbrecher von heute waren nicht mehr wie früher.

Ich hätte ihn verprügelt, dachte Lisi.

Benzi war vergleichsweise ruhig. Er ließ seine Polizisten ihre Arbeit tun und unterhielt sich ganz friedlich mit ihr. Lisi traute ihm nicht. Sie sahen zwar aus wie alte Freunde, die sich jeden Morgen zu einer Tasse Kaffee trafen, aber sie kannte ihren Schwager lange genug, um zu wissen, dass das Wasser in seinem Kessel kochte und der Dampf bald herausplatzen würde.

»Das heißt, nur ein Mensch wusste, dass du nicht zu Hause warst, und zwar Archimedes.«

»Ja. Aber welches Interesse sollte er an meinen Kassetten haben?«

»Was war drauf auf diesen Kassetten?«

Lisi versuchte sich zu erinnern und blätterte in ihrem Notizbuch. Sie zählte Benzi die Pressekonferenzen auf, die Treffen, die Interviews, die Nachforschungen, die sie unternommen hatte. Ihr Kassettenrekorder war ihr Arbeitsgerät. Die Kassetten dienten ihr sowohl als Archiv als auch als Sicherheit vor beruflichen Unannehmlichkeiten. Niemand konnte sie beschuldigen, sie habe ihn falsch zitiert oder seine Worte aus dem Zusammenhang gerissen oder seine Erlaubnis zur Veröffentlichung nicht eingeholt. Im Allgemeinen lief das Band mit Wissen der Interviewten, sogar die Einleitung des Gesprächs nahm Lisi zu ihrem eigenen Schutz auf. Auch Benzi ließ ein Tonbandgerät mitlaufen, während sie ihre Aussagen machte. Vielleicht, weil er älter war als sie, verließ er sich jedoch nicht nur auf sein Tonbandgerät, sondern schrieb auch alles mit.

»Inspektor Bachut!«

Benzis Brüllen unterbrach für einen Moment das geschäftige Treiben, dann fuhren alle mit ihrer Arbeit fort. »Notiere die folgenden Namen«, sagte Benzi zu Ilan, während er in sein Notizbuch schaute. »Schajke Achinoam und Ido Gawrielow aus Sade Asanja, Jacki Danzig, zu erreichen entweder zu Hause oder im *Blauen Pelikan,* Schmaja Lubitsch von *Lubitsch Weine,* sein Schwiegersohn Ne'eman Eschbal, der bei ihm arbeitet, Goldner, der Verkäufer im Laden, und der ehrenwerte Richter Pinchas Hornstick. Überprüfe, wo sich jeder einzelne von ihnen gestern Abend zwischen einundzwanzig Uhr und zwei Uhr nachts aufgehalten hat. Sag ihnen, es handle sich um eine Routinebefragung.«

»Auch der Richter? Hast du keine Angst, Benzi?«

»Informationskoordination. Sogar er weiß, was das bedeutet.«

»Trotzdem, ein Richter! Und wenn er mich fragt, was wir überprüfen?«

»Du weißt es nicht. Du bist ein dummer Polizist, den man zum Fragenstellen geschickt hat.«

»Aber nicht ganz so dumm. Ich stelle ihm keine einzige Frage ohne offizielle Anweisung.«

»Dann befrage seine Filipina. Aber frage sie, wenn der Richter zu Hause ist. Und achte darauf, wie er reagiert. Geh schon. Nimm dir jemand von der Dienststelle mit.«

Ilan schenkte Lisi eines seiner bezaubernden Lächeln, als wolle er sagen: Tut mir leid, dass ich dich dieser Bestie überlassen muss, dann ging er zur Tür.

»Bachut!«

»Ja?« Ilan kam zurück. Nichts in seinem Gesicht wies daraufhin, dass er sich unbehaglich oder ungeduldig fühlte. Jahrelange Zusammenarbeit mit Benzi hatte das gegenseitige Vertrauen und die Wertschätzung zwischen den beiden Freunden und Schwägern gefestigt. Benzi kniff leicht die Augen zu, es sah aus, als kämpfe er innerlich mit sich selbst.

»Und Jacki Danzig nimm für achtundvierzig Stunden fest. Untersuchungshaft ohne Haftbefehl.«

»Gut, mach ich.«

Lisi betrachtete Benzi, der jetzt tief einatmete und sich aufrichtete, als wolle er irgendwelche Zweifel verdrängen, die ihn für einen Moment bedrückt hatten. Hemmungen, das hätte ihm gerade noch gefehlt!

»Wer braucht meine Kassetten, Benzi?«

»Jemand, der eines von zwei Dingen will: entweder Beweise vernichten oder Informationen bekommen. Nach allem, was du mir gesagt hast, stehen uns ja mehrere Kandidaten zur Verfügung. Übrigens, wir haben Archimedes Levi für achtundvierzig Stunden festgenommen.«

»Was?«

Lisi sprang von ihrem Stuhl und starrte Benzi mit aufgerissenen Augen an. Ihre Reaktion amüsierte ihn.

»Haben wir uns etwa verliebt, Lisi?«

Sie gab ihm eine Ohrfeige, noch bevor sie Zeit hatte, darüber nachzudenken, was sie tat. Ihre Hand flog wie von selbst und traf ihn mit voller Wucht im Gesicht. Dann begann Lisi zu zittern, ihr großer Körper ließ sie im Stich, und sie sank auf ihren Stuhl zurück. Sie fühlte sich wie ein Sandsack, der vom Haken gefallen ist.

»Brauchst du mich, Chef?«, fragte Mike Silcha mit einer mächtigen Bassstimme, die aus den Tiefen der Erde hervorzubrechen schien. Für einen so dünnen und ein bisschen kahlen Mann, der aussah wie ein Religionslehrer, war seine Stimme jedenfalls eine Überraschung. Lisi überlegte, dass Benzi und Mike zusammen mit ihren Stimmen Mauern zu Fall bringen könnten. Benzi schickte Mike mit einer Handbewegung weg, dann saß er still da und wartete, bis Lisi die Hände wieder vom Gesicht nahm, das sie hinter einem Küchenhandtuch versteckt hatte.

»Hör zu, Lisi, ich möchte, dass du mir alles erzählst, was du auf deinen Kassetten aufgenommen hast.«

Lisi war sehr dankbar, dass er nicht wegen der Ohrfeige mit ihr rechtete. Wer wüsste besser als sie, dass sein Siedepunkt weit unter dem Durchschnitt lag und dass er schon einen Wutanfall bekommen konnte, wenn seine abendliche Zeitung nass geworden war. Ben-Zion Koresch war ein angsteinflößender Mann, daran war nichts zu ändern, und sie hatte genauso viel Angst vor ihm wie alle anderen auch, außer seiner Frau Georgette, die immer über ihn lachen musste. Lisi nahm das Handtuch vom Gesicht und erzählte Benzi, was sie alles aufgenommen hatte. Dabei folgte sie, mit Hilfe ihres Notizbuchs, dem chronologischen Ablauf der Ereignisse und gab sich große Mühe, nichts zu vergessen.

***

Es war ein Uhr, als der Pieper loslegte. Alle Polizisten außer Benzi und Mike Silcha waren schon gegangen. Mike wischte mit einem Tuch den weißen Staub weg, der die Möbel bedeckte, weil Benzi ihm zu seinem Erstaunen den Auftrag dazu erteilt hatte. Lisi rief Arieli an, und Benzi hörte vom anderen Apparat in der Küche zu.

»Badichi!«

»Was?«

»Dieser Briefmarkenhändler, der verhaftet worden ist.«

»Ja.«

»Haben Sie davon gehört?«

»Ja.«

»Warum haben Sie mich nicht angerufen?«

Wenn Arieli sich aufregte, wurde seine Stimme hoch und schrill. Lisi kämpfte mit sich, ob sie ihm von dem Einbruch in ihre Wohnung erzählen sollte, und davon, dass Oberinspektor Ben-Zion Koresch das Gespräch zwischen ihnen mithörte.

»Soll ich einen Bericht schicken?«

»Nur keine Mühe! Ich erfahre ja alles aus dem Radio.«

Arieli, der freundliche und liebenswürdige Mensch, beendete das Gespräch wie üblich. Er hatte gesagt, was er zu sagen hatte.

»Redet er immer so mit dir?«, fragte Benzi. Seine Wange bekam jetzt einen bläulichen Farbton.

»Heute war er sogar höflich.«

»Ein gemeiner Kerl, ein unverschämter!« Benzi betrachtete wütend das Telefon, und sie beschloss, dies sei nun der passende Moment, ihm die Frage zu stellen, die ihr auf der Zunge lag.

»Warum habt ihr Archimedes Levi festgenommen?«

»Aus demselben Grund, aus dem auch du ihn aufgesucht hast. Übrigens, Lisi, wenn du bei der Polizei arbeiten möchtest, sag es mir. Du bist gescheiter, als du aussiehst.«

»Es stinkt mir, das zu hören.«

»Du warst uns bisher immer um einen Schritt voraus. Auch ich bin ziemlich sicher, dass Archimedes Levi der graue Mann war, der mit Alexandra Hornstick und Sade Asanja Geschäfte gemacht hat. Auch ich versuche, das zu beweisen, allerdings ohne auf seiner Jacht zu schlafen.«

»Entschuldige die Ohrfeige.«

»Entschuldigt.«

»Darf man jemanden auf einen bloßen Verdacht hin verhaften?«

»Wenn der Verdacht begründet ist und wenn der Untersuchungsbeamte überzeugt ist, dass der Verdächtige die Ermittlungen behindert, wenn er in Freiheit ist.«

»Wie kann er sie behindern?«

»Indem er Beweise wegschafft, Zeugen beeinflusst, Aussageversionen aufeinander abstimmt, aus dem Land flieht. Der graue Geldmarkt ist wie Sex zwischen zwei erwachsenen Menschen, die in gegenseitigem Einverständnis tun, was sie wollen. Das interessiert niemanden, solange es keine Opfer gibt. Vielleicht machst du uns jetzt was zu essen, Lisi?« Zu Mike Silcha gewandt, fügte er hinzu: »Sie ist meine Schwägerin.«

***

Lisis Kühlschrank war natürlich leer, was sie sofort wieder an Archimedes erinnerte. Ich glaube nicht, dass er ein Verbrecher ist, dachte sie. Und ich werde es beweisen. Ich werde ihn retten. Sie machte eine Packung Minestrone auf und kochte eine Suppe. Das Brot war trocken, hatte aber noch keinen Schimmel angesetzt. Sie toastete die Scheiben. Dazu tranken sie Kaffee.

»Was habt ihr in Sade Asanja herausgefunden?«

»Das Bild ist noch unklar, und die Ergebnisse sind nicht zur Veröffentlichung.«

»Wie immer.«

»Die Beziehung zwischen Alexandra Hornstick und dem Kibbuz Sade Asanja wurde von zwei Leuten geknüpft, Schajke Achinoam, dem Kassenwart, und Ido Gawrielow, dem Sekretär. Im Kibbuz haben sie jahrelang gespart, haben ein bisschen Geld aufgenommen, und nachdem sie die Entenzucht aufgegeben hatten, beschlossen sie, endlich den Traum einer neuen Siedlung für die alten Mitglieder zu verwirklichen. Sie vereinbarten mit Alexandra Hornstick den Bau von zehn Wohneinheiten. Nachdem das erste Drittel fertiggestellt war, schlug Alexandra Hornstick Schajke und Ido vor, wenigstens einen Teil des Geldes auf dem grauen Markt anzulegen. Sie hatte jemanden gefunden, der bereit war, ihnen fünf Prozent mehr zu geben als die Bank. Sie schlug ihnen vor, für sie das Geld anzulegen und den zusätzlichen Gewinn mit ihnen zu teilen: drei Prozent würde der Kibbuz bekommen, und zwei Prozent Frau Hornstick. Als Sicherheit gab sie Schajke und Ido Bürgschaften von der *Bank Israel-Luxemburg*. Soweit ich weiß, hatte außer den dreien niemand eine Ahnung von diesem Geschäft, weder im

Kibbuz noch im *Büro Hornstick und Partner.* Die grauen Gewinne Asanjas wurden auf ein getrenntes Konto auf der *Bank für landwirtschaftliche Entwicklung* eingezahlt, und ein Jahr nach der Vereinbarung war eine beträchtliche Summe zusammengekommen. Übrigens, es handelte sich um eine mündliche Vereinbarung, ohne das kleinste Fetzchen Papier als Beweis. Nach einem Jahr also verkündeten Schajke und Ido ihren Freunden im Kibbuz, dass sie dank einer klugen Geldanlage nun die Siedlung um zwei Häuser vergrößern könnten. Inzwischen hatte Alexandra Hornstick Jacki die Wohnung und das Auto gekauft. Das war kein Geheimnis in Be'er Schewa, und ihr Mann stellte keine Fragen, nach dem Motto: Was ich nicht weiß, macht mich nicht heiß.

Alexandra Hornstick hatte mehrere Bankkonten. Auf eines, das gemeinsame mit ihrem Mann, kamen jeden Monat zehn Prozent des Gewinns von *Lubitsch Weine GmbH.* Sie rührte dieses Geld nicht an und überwies es immer von ihrem gemeinsamen Konto auf das Konto ihres Mannes. Interessant, ob diese Regelung auch im nächsten Monat so sein wird. Das Konto ist vor zwanzig Jahren eröffnet worden, als Alexandra Lubitsch und Pinchas Hornstick heirateten. Der junge Rechtsanwalt wollte offenbar nicht, dass es sofort nach der Sache mit dem vergifteten Wein einen Beweis dafür gab, dass er Geld von Lubitsch bekam. Aber Überweisungen vom Konto seiner Frau waren unauffällig. Alexandra besaß außerdem ein Bürokonto, für das auch Bruno Balfour, ihr Partner, zeichnungsberechtigt war. Und sie hatte noch ein privates Konto, mit dem sie äußerst leichtsinnig manövrierte.«

»Archimedes Levi hat gesagt, sie hätte den Charakter einer Spielerin.«

»Er muss es ja wissen. Wir gehen davon aus, dass er gegen hohe Zinsen Geld verleiht. Alexandra Hornstick stellte ihm das Geld des Kibbuz zur Verfügung, und er vergab davon Kredite. Irgendetwas ist in den letzten beiden Monaten passiert, was ihn dazu veranlasst hat, das Geld bei sich zu behalten und es nicht an Alexandra Hornstick zurückzugeben. Er brauchte dringend Bargeld, und zwar schnell. Vielleicht hat er an der Börse verloren. Vielleicht hat er bei irgendetwas investiert, vielleicht wurde er erpresst. Das nationale Dezernat zur Aufklärung von Wirtschaftskriminalität ist hinzugezogen worden, und ich hoffe, dass wir den Grund bald herausfinden. Wenn ich sage, er hat das Geld behalten, dann meine ich die Einlage plus Zinsen. Bis zu diesem Moment wissen wir nicht genau, um welche Summe es geht. Die ganze Angelegenheit wird vom Betrugsdezernat überprüft. Ich glaube, dass Ido Gawrielow bei Frau Hornsticks Transaktionen ihr Partner war, während Schajke erst später informiert wurde. Ido hat ein Zimmer in der Stadt gemietet, und er kam oft her, um ins Theater oder in Konzerte zu gehen. Man kann das kaum Korruption nennen. Idos und Schajkes Ziel war, zusätzliche Wohneinheiten zu bauen, und da kam ihnen Alexandra gerade recht. Jedenfalls hat Frau Hornstick Gawrielow und Achinoam vor ungefähr drei Monaten mitgeteilt, dass der Makler mit dreihunderttausend Dollar ins Ausland geflohen sei. Sie würde das Geld herbeischaffen, sie sollten sich keine Sorgen machen. Aber sie machten sich natürlich Sorgen. Und wie! Alexandra ihrerseits begann, auf Schajke und Ido einzureden, sie sollten Geld vom Kibbuz-Konto bei der *Bank für landwirtschaftliche Entwicklung* auf das Gemeinschaftskonto bei der *Bank Israel-Luxemburg* überweisen, um die Zinsbelastung zu verringern. Aber das wagten sie nicht, sondern verlangten von ihr nachdrücklich das Geld zurück. Wenn ich es richtig verstanden habe, brannte der Stock an zwei Enden. Die beiden drängten die Hornstick, das verschwundene Geld zurückzugeben, und die Hornstick drängte die beiden, Geld von dem Kibbuz-Konto auf das Konto für die neue Siedlung bei der *Bank Israel-Luxemburg* zu überweisen, um Zeit zu gewinnen. Alexandra Hornstick konnte ihre Schwierigkeiten nicht länger vor ihrem Partner, Bruno Balfour, geheimhalten, denn die Schulden bei der Bank wuchsen von Tag zu Tag, und entsprechend auch der Druck von verschiedenen anderen, die ihr Geld nicht bekommen hatten, wie Bauunternehmer, Lieferanten, Arbeiter – und natürlich auch von Gawrielow und Achinoam, die es nicht wagten, ihren Freunden von Sade Asanja die Wahrheit zu bekennen. Alexandra Hornstick versuchte, Jacki Danzig zum Verkauf der Wohnung und des Autos zu bewegen, die sie ihm geschenkt hatte, aber das gelang ihr nicht.«

»Er hat angefangen, sie zu erpressen.«

»Woher weißt du das?«

Benzi sah überrascht aus, aber sie wusste nicht, ob er es wirklich war oder nur so tat.

»Das geht aus den Zetteln hervor, die er ihr geschickt hat.«

»Was für Zettel?«

»Schrei mich nicht an.«

»Wieso? Ich schreie doch gar nicht.«

»Schrei mich auch nicht an, wenn du gehört hast, was ich sagen werde.«

»Lisi!«

Lisi lächelte. Langsam fing sie an, Georgette zu verstehen. Es war etwas an ihrem Schwager Ben-Zion Koresch, das einen zum Lachen bringen konnte.

»Im Einband ihres Terminkalenders im Büro, der auf ihrem Schreibtisch lag, waren drei Zettel, mit denen jemand versucht hatte, Geld von Alexandra zu erpressen. Der Stil passt zu Jacki Danzig.«

»Erinnerst du dich, was auf den Zetteln stand?«

Lisi zog ihr Notizbuch aus ihrer Umhängetasche, blätterte darin herum und legte es dann auf den Küchentisch, damit Benzi lesen konnte, was sie abgeschrieben hatte.

»Hauptwachtmeister Silcha«, flüsterte Benzi so leise, dass er kaum zu hören war. Sie wusste, dass er vor Wut fast erstickte. Auch Silcha wusste das. Er betrachtete Benzi, wie ein Junge die Lederpeitsche in der Hand seines Vaters betrachtet. »Fahr sofort zum Büro der Hornstick und kontrolliere genau den Einband ihres Terminkalenders, der auf ihrem Schreibtisch liegt.«

»Ich glaube, wir haben ihn mitgenommen«, sagte Hauptwachtmeister Silcha.

»Schau nach. Finde ihn und kontrolliere den Einband. Hast du die Zettel da gelassen, wo du sie gefunden hattest, Lisi?«

»Ja.«

»Wenn die Zettel nicht unter dem Einband sind, dann finde heraus, wer sich mit dem Terminkalender beschäftigt hat. Wer sich für ihn interessiert hat.« Benzi nahm Lisi das Notizbuch aus der Hand. »Hast du was dagegen, wenn wir das fotokopieren?«

»Ich möchte Archimedes treffen.«

»Wir haben ihn nur für achtundvierzig Stunden festgenommen.«

»Du wirst Haftverlängerung beantragen.«

»Wirst du mir hinterher erzählen, über was ihr euch unterhalten habt?«

»Nein. Aber du wirst uns abhören lassen.«

»Ich kann das Notizbuch auch beschlagnahmen lassen.«

»Bitte. Aber ich will deine Vollmacht sehen.«

»Lisi, es reicht! Wie hast du es geschafft, in ihr Büro zu kommen und dir Sachen aus ihrem Terminkalender abzuschreiben?«

»Ich habe einfach gesagt, dass der Richter von meinem Besuch in ihrem Büro weiß.«

»Du hast gelogen.«

»Nein.«

»Wer war im Büro?«

»Alle. Die Sekretärin, der Partner Bruno Balfour, der junge Architekt, die technischen Zeichner. Ich habe abgeschrieben, was in Alexandras Terminkalender stand, und ihn im Büro gelassen. Wann bekomme ich mein Notizbuch zurück?«

»In einer Stunde, falls es dringend ist. Ist es dringend?« Benzi wandte sich an Mike Silcha. »Hier, nimm das und lass es fotokopieren.«

Kapitel 24

Lisi blieb allein mit Benzi, und sie war nicht sicher, ob ihr das recht war. Sie fürchtete, er könne anfangen, sie über ihre Beziehung zu Archimedes auszufragen.

»Muss nicht noch ein weiterer Polizist dabeisein, wenn du jemanden verhörst?«

»Soll ich Malka herbringen lassen?«

»Eigentlich ist es mir egal.«

»Kaufst du nie was zu essen ein?«

»Ich schaffe es nicht.«

»Einmal in der Woche könntest du zum Supermarkt fahren und die Küche auffüllen. Wo isst du?«

»Ach, irgendwo, wo es sich gerade trifft. Mal da, mal dort.«

»Das ist nicht richtig.«

»Ich weiß. Warum glaubst du, dass Archimedes der Geldmakler von Alexandra Hornstick war? Die Beziehung zwischen ihnen wurde vor zwanzig Jahren abgebrochen.«

»Nicht ganz.«

Lisi wartete. Vor ihren Augen tauchte Alexandra Hornstick auf, eine kühne und boshafte Frau, die ihr Haus mit Gold schmückte, um die Gäste ihres Mannes zu beeindrucken.

»Alexandra Hornstick und Archimedes haben ihre Beziehungen vor zwei Jahren wieder aufgenommen. Ich glaube nicht, dass er ihr Liebhaber war. Es war die Beziehung zweier alter Kampfbunde, Kumpel in Freud und Leid, deren Wege sich in der fernen Vergangenheit getrennt hatten und sich dann wieder kreuzten, nachdem das Leben beide kräftig gebeutelt hatte. Kann sein, dass er für sie Geld an der Börse investiert hat. Was die Geschäfte des Herrn Levi angeht, ist die Briefmarkenhandlung nur die Spitze des Eisbergs. Man schätzt ihn auf über zehn Millionen Dollar, und niemand versteht, was er in Be'er Schewa macht und warum er sich ausgerechnet mit Briefmarken beschäftigt. Man nimmt an, dass der größte Teil seines Vermögens aus dem grauen Markt stammt oder, wie man es früher mal genannt hat, aus dem Geldhandel. Das heißt, er kauft und verkauft Geld. Alexandra Hornstick und Herr Levi trafen sich jeden Freitag am Swimmingpool des *Savoy,* tranken etwas und unterhielten sich miteinander.

Ungefähr eine Woche vor dem Mord an Alexandra flog Archimedes nach London und verkaufte zwei seltene Briefmarken, die sich in seinem Besitz befanden. Eine aus Mauritius und eine aus Basel. Das ist nachgeprüft. Sowohl der Flug als auch der Verkauf. Er kam nach Israel zurück, und bei dem üblichen Treffen im *Savoy* überreichte er Alexandra Schecks im Wert von ungefähr hunderttausend Dollar. Für dieses Zusammentreffen gibt es Zeugen. Weil es am Nachmittag stattfand, schaffte Alexandra es nicht mehr, die Schecks zur Bank zu bringen. Am Schabbat rief sie morgens Ido Gawrielow an und teilte ihm mit, sie habe hunderttausend Dollar und zahle das Geld am Sonntagmorgen bei der Bank ein. Das ist seine Aussage, Beweise gibt es nicht. Wie wir alle wissen, wurde sie am Schabbat um Mitternacht ermordet. Am Sonntag, um halb neun Uhr morgens, sofort nach Öffnung der Bank, brachte jemand die Schecks von Levi zur Bank und verlangte dafür einen Bankscheck. Weil es sich um eine große Summe handelte, war die Bankangestellte vorsichtig. Ein Bankscheck ist schließlich genauso gut wie Bargeld. Die Bankangestellte bat den Chef der Bank um seine Zustimmung. Der wiederum prüfte, ob die Schecks durch das Konto von Archimedes Levi gedeckt waren. Auf seine Anweisung hin rief die Angestellte Archimedes Levi an, einen alten, bekannten Kunden der Bank, und er gab seine Zustimmung zur Einlösung der Schecks. Als er hörte, dass nicht Alexandra selbst auf der Bank war, nahm er an, sie habe ihre Sekretärin geschickt, und fragte, ob Frau Hornstick die Schecks unterschrieben habe. Die Angestellte schaute nach, Frau Hornstick hatte unterschrieben.

Es ist nicht bekannt, wer diese Frau war, die das Geld geholt hat. Nach Aussage der Bankangestellten war sie mittelgroß, etwa fünfundvierzig Jahre alt, Haare mausbraun mit grauen Strähnen, braune Augen, der Aussprache nach in Israel geboren, aus einer aschkenasischen Familie. Keine besonderen Kennzeichen. An dem Tag hatte es geregnet, und die Frau trug einen khakifarbenen Regenmantel. Sie hatte einen schwarzen Schirm dabei, ein Nylontuch um den Kopf gebunden und trug ein schwarzes Aktenköfferchen. Sie wirkte weder aufgeregt noch ängstlich. Sie sah aus wie eine Sekretärin, die einen Auftrag ausführt, den man ihr erteilt hat. Sie ärgerte sich ein bisschen, weil man sie warten ließ. Wir haben die Angestellte so gründlich wie möglich verhört, aber mehr als das haben wir nicht herausbekommen. Alles, was wir vorläufig wissen, ist das, was Archimedes ausgesagt hat und was bei der Bank nachgeprüft wurde. Archimedes Levi gab Alexandra Hornstick Schecks im Gesamtwert von über hunderttausend Dollar, und jemand hat sie vorgelegt, bevor Archimedes von dem Mord an Alexandra erfuhr und die Schecks sperren lassen konnte. Wer wusste von diesen Schecks? Archimedes wusste davon, Gawrielow wusste davon, vielleicht Alexandras Mann, vielleicht ihr Partner. Und wenn Jacki Danzig sie erpresst hat, wie du sagst, wusste er vielleicht auch davon.«

»Gibt es keine Unterschrift von der Frau mit dem Regenmantel?«

»Doch. Vermutlich gefälscht. Wir stecken in einer Sackgasse.«

»Archimedes hat dir gesagt, dass er Alexandra Geld gegeben hat?«

»Ja.«

»Belastet ihn das nicht? Übertretung des Devisengesetzes oder so etwas?«

»Es belastet ihn weniger als ein Mord. Er darf ihr Geld geben, wenn er das will.«

Lisi dachte an ihr Zusammensein auf der Jacht, an den Martini, an das, was im Bett passiert war. Und während der ganzen Zeit wusste er, dass die Polizei hinter ihm her war und früher oder später auf ihn stoßen würde.

»Glaubst du, dass er sie geliebt hat?«, fragte sie.

»Sie waren alte Freunde. Mit der Treue von Dieben. Da

wäscht eine Hand die andere. Lisi! Er ist zwanzig Jahre älter als du!«

»Ich weiß.«

Benzi machte den Mund auf, dann klappte er ihn wieder zu. Vermutlich hatte er ihr einen guten Rat geben wollen und es sich anders überlegt. Wenn es um Herzensdinge geht, ist ein guter Rat nichts wert.

»Ich habe keine Lebenserfahrung, Benzi. Das heißt, was Männer betrifft«, sagte Lisi mit gesenkten Augen und heiserer Stimme. Plötzlich herrschte zwischen ihnen eine Intimität, die es vorher noch nie gegeben hatte. Sie waren einen langen Weg gegangen, seit sie ihn morgens um sieben Uhr angerufen hatte. »Aber ich habe genügend Menschen getroffen und genug erlebt, um mich auf meine Gefühle zu verlassen. Archimedes Levi hat Alexandra Hornstick nicht ermordet.«

»Auch wenn er nicht der Mörder ist, hat er genug auf dem Kerbholz: Devisenschmuggel, Betrug.«

»Wer beschuldigt ihn?«

»Wir.«

»Wer ist das, wir?«

»Der Staat.«

»Mir fällt ein Satz ein, den Archimedes über Alexandra gesagt hat: ›Bis zu ihrer letzten Minute hatte sie einen Schekel mehr, als sie brauchte.‹ Wenn ich ihn richtig verstanden habe, meinte er, dass Alexandra immer die betrügende Seite war, nicht die betrogene. Aber es kann sein, dass ich mich irre. Wenn er durch sie hunderttausend Dollar verloren hat, dann hat er es auf eine elegante Art getan. Wann kann ich ihn besuchen?«

»Wir werden es sehen. Ich habe eine Story für dich. Zur Veröffentlichung, Lisi. Die Interpol ist, in Zusammenarbeit mit der israelischen Polizei, Archimedes Levi auf die Spur gekommen, einem Briefmarkenhändler aus Be'er Schewa, der in London zwei seltene Marken verkauft hat, die hunderttausend Dollar wert sind. Archimedes Levi wurde zum Verhör festgenommen.«

Was für eine tolle Falle er ihr gestellt hatte, ihr Gesprächspartner und Schwager Ben-Zion Koresch! Wenn sie diese Nachricht nicht veröffentlichte, würde er sie an eine Nachrichtenagentur oder an die Reporter der überregionalen Zeitungen weitergeben. Und wenn sie den Bericht veröffentlichte, hätte sie zwar eine Exklusivnachricht und einen Achtungserfolg bei Arieli, aber Archimedes Levi wäre wütend auf sie.

Benzi ging zum Telefon und verlangte Mike Silcha. Aus dem Gespräch ging hervor, dass Silcha es nicht gewagt hatte, Benzi anzurufen und ihm zu sagen, dass der Terminkalender von Alexandra Hornstick gründlich untersucht worden war, dass man aber im Einband keinen einzigen Zettel gefunden hatte.

»Ich komme.«

Er packte sein Aufnahmegerät und die Papiere in seine Stofftasche und schaute Lisi an. Sie saß am Küchentisch, den Kopf aufgestützt.

»Vielleicht kommst du zum Schlafen zu uns?«

»Nein. Ich schaffe es schon.«

»Geh hinunter und kauf dir was zum Essen.«

»Ich muss zum Studientag des Negev-Seminars. Eigentlich hätte ich vor einer Stunde schon dort sein sollen. Ich gehe zum Lebensmittelgeschäft, wenn ich zurückkomme.«

»Du gehst jetzt.« Seine Stimme wurde um einige Dezibel lauter.

»Ich muss mich anziehen.«

»Dann warte ich so lange.«

Lisi zog sich an und verließ, zusammen mit Benzi, die Wohnung. Er begleitete sie bis zum Lebensmittelgeschäft und winkte ihr erst dann zum Abschied zu, als sie den Laden betreten hatte.

Kapitel 25

Lisi spürte, dass ihr die Augen zufielen, und sie wehrte sich nicht dagegen. Der Redakteur der Literaturbeilage hatte sie gebeten, am Studientag teilzunehmen, der am Ben-Gurion-Seminar stattfand, zum Thema »Wohin geht die Literatur?«. In seinem Eröffnungsvortrag sprach Professor Snir Charon über das neue Buch von Kolja Chol, *Der Berg der weinenden Papageien.* Charon fuchtelte drohend mit dem Finger und sagte, Chols Buch mit seinen fünfhundertdreiundsechzig Seiten sei nicht nur wegen der Tatsache, dass es kein einziges Komma enthalte, einem Erdrutsch gleichzusetzen, und nach diesem Buch wäre die israelische Literatur nicht mehr das, was sie bisher war. Dies sei ein historischer Bruch. Das Buch setze Maßstäbe, nach denen von nun an alles beurteilt würde, was davor geschrieben worden war und was danach noch entstehen werde. »Man hat uns verspottet, wenn wir den Namen Kolja Chol sagten!«, rief Charon spöttisch. »Aber unsere Erwartungen und unser Glaube waren berechtigt. Zehn Jahre haben wir auf dieses Buch gewartet, und sein Erscheinen ist ein Festtag für die israelische Literatur. Ein Festtag!«

Der Schrei Charons riss Lisi aus ihrem Dämmerschlaf, und sie stellte fest, dass ihr Kopf an der Schulter Adolams ruhte. Das ist mir jetzt völlig egal, sagte sie sich, ich hätte meinen Kopf sogar an die Schulter des Ungeheuers von Loch Ness gelegt.

Etwa eine Viertelstunde lang beschrieb Snir Charon das Kapitel, in dem der Held, Metro Mem (der Bedeutung dieses Namens hatte bereits die erste halbe Stunde seiner Rede gegolten), das Haus seiner Mutter verlässt und sich an den roten Fleck erinnert, den das Stück süßer Pfeffer auf dem Dreieck des gelben Schnittkäses hinterlassen hatte. Ein Ausdruck der Verachtung und des Ekels erschien auf dem Gesicht des Professors, als er mit seinem klangvollen Bariton aus seinem Manuskript vorlas: »Der Vergleich, den mein verehrter Kollege Professor Menasche Jerek mit dem Madeleinegebäck bei Proust gezogen hat, ist eine Beleidigung für jeden, der je einen inneren Monolog Gensins gehört hat – und wir nehmen an, dass sogar Professor Menasche Jerek einmal einen gehört hat. Der Vergleich ist eine Beleidigung für jeden, der schon einmal etwas von Individualismus gehört hat, und wir nehmen an, dass sogar Professor Menasche Jerek davon schon mal gehört hat. Der *Berg der weinenden Papageien* besitzt eine private Geographie! Und – eine private Historie! Und – ein Ich, das nicht kollektiv ist. Ja, ja, meine Damen und Herren, so etwas gibt es. Mein verehrter Kollege Professor Jerek hat davon vielleicht noch nichts gehört, aber es gibt ein Ich, das nicht kollektiv ist.«

Adolam weckte Lisi erst nach dem Vortrag von Professor Jerek, der offenbar mit gelassener und eleganter Ironie seinem Kollegen widersprochen hatte. »Wir kennen«, hatte Jerek gesagt, »Bereiche, in denen der gesunde Menschenverstand Gefühlen und Drohungen weichen musste. Und alles, was ich dazu zu sagen habe, ist, dass der Pflug pflügt und die Erde schweigt.« Lisi schrieb sich das aus Adolams Notizbuch ab, als er hinausgegangen war, um ihr eine Tasse Kaffee zu holen.

Auf der Einladung zu diesem Studientag standen noch zwei weitere Vorträge. Einer wurde von Frau Elisa Schojnzeler-Ger gehalten und handelte von Synekdoche und Metonymie in der heutigen Literatur. Im zweiten, von Dr. Cornelia Misrachi, würde es um Fiktion und Realität in Agnons *Gestern, Vorgestern* gehen. Lisi wollte, den Kaffee in der Hand, gerade den Hörsaal verlassen, als die Organisatorin ihr den Weg versperrte. Durch die offene Tür sah sie an der Straßenecke eine kleine Gruppe stehen, vier Frauen und zwei Männer, einer mit einem Baby vor dem Bauch, der andere mit einem großen Schild in der Hand, auf dem stand: »Die Besatzung ist mörderisch.« Nein, nein, sie wolle nicht gehen, Gott behüte, beruhigte Lisi die Organisatorin. Es sei interessant, wirklich sehr interessant, sie brauche nur ein wenig frische Luft.

Als sie in ihrem Auto saß, schaute sie in den Spiegel über ihrem Kopf. Die Organisatorin verschwand in der Tür des Gebäudes. Lisi hatte sich gerettet, Lisi ließ den Motor an, und Lisi fuhr los. Es lebe der Individualismus!

***

Auf dem Heimweg hielt sie bei Klara und Ja'akow an, um neue Kassetten zu kaufen. Sie fragten sie, woher sie komme und wohin sie gehe, und sie erzählte ihnen von dem literarischen Seminar. »Es gibt so viel Talent hier im Land«, begeisterte sich Klara, »das Land platzt vor Talenten! In allen Künsten!«

»Ich bin bei dem Vortrag eingeschlafen.«

»Zwischen dem Kunstwerk und dem Alltagsleben gibt es keine Verbindung. Nimm nur mal mich und Ja'akow. Würde wohl jemand, der uns hier im Laden sieht, darauf kommen, dass wir Stars der königlichen Oper von Alexandria waren? Sullivan war ein dummer Snob, aber was für eine Musik! Gilbert war ein gemeines Insekt, doch was für ein Librettist! Erinnerst du dich an Nechmad Scha'aschu'a?«, fragte sie Ja'akow.

Ja'akow nickte. Er wusste, dass Klara ihre Frage gleich selbst beantworten würde.

»Nechmad Scha'aschu'a war der Hofdichter von König Faruk. Er schrieb die schönsten Liebesgedichte, die in Ägypten je geschrieben wurden. Seine Geliebte, die Frau also, für die und wegen der diese wunderbaren Gedichte geschrieben wurden, war Berta Goldman, unsere Nachbarin. Die langweiligste Frau der Welt. Wenn sie den Mund aufmachte und zu sprechen begann, schliefen sogar die Frösche am Nil ein.«

Im Laden hing ein unangenehmer Geruch. Der Geruch nach Kamelmist.

»Was riecht hier so?«, fragte Lisi.

»Ja'akow hatte eine Idee. Eine organische Haarpackung. Ja'akow, erzähl es ihr.«

Ja'akow hatte von einem Beduinen ein Kamelfell und Kamelkot gekauft, den er innen auf das Fell strich.

»Der junge Beduine, der uns das Fell und den Kot verkauft hat, hat gesagt, dass alle kahlköpfigen Männer seines Stammes organische Haarpackungen machen, und dann wachsen ihnen wieder Haare. Was hältst du von dieser Geschichte, Lisi?«

Lisi betrachtete Onkel Ja'akow. Auf dem Kopf hatte er nicht seinen Bowler, sondern einen ganz ungewöhnlichen Aufbau. Er sah aus wie ein Zwerg mit Kamelkot auf dem Kopf.

»Der Pflug pflügt, und die Erde schweigt«, sagte Lisi.

Tante Klaras Augen füllten sich mit Tränen. Mit einer Bewegung ihrer Oberschenkel warf sie die Katze von ihrem Schoß, stand auf und küsste Lisi.

»Das ist das Schönste, was man je im Leben zu uns gesagt hat. Stimmt's, Ja'akow?«

»Ja.«

»Hast du gehört, dass Archimedes Levi festgenommen worden ist?«, fragte Klara.

»Ja, von Benzi«, sagte Lisi.

»Er hat uns eine Flasche Wein für dich dagelassen.«

Klara hielt Lisi einen gebrauchten braunen Briefumschlag hin, in dem eine Flasche steckte.

»Er hat sich entschuldigt, dass er sie nicht eingewickelt hat, wie es sich gehört. Wir sind sehr erschrocken, als wir die Polizisten gesehen haben.«

»Hat man ihn in seinem Geschäft verhaftet?«

»Ja.«

»Ben-Zion Koresch?«

»Nein. Ilan Bachut. Und es war noch ein anderer dabei. Ja'akow hat zugesehen und am ganzen Körper gezittert. Stimmt's, Ja'akow?«

»Ja.«

Lisi klappte den braunen Umschlag auf.

Pinot Chardonnay, weiß und trocken, 1979, in der Originalverpackung aus Zellophan. Auf dem Etikett klebte eine Briefmarke, die *Victoria Regina,* die einen halben Penny wert war.

»Die Polizisten haben den Umschlag kontrolliert, dann haben sie ihn zurückgegeben. Es gibt weder einen Brief noch einen Zettel. Darf ich dir einen Rat geben, Lisi?«

»Und der wäre, Tante Klara?«

»Mach die Flasche nicht auf. Warte, bis er freigelassen ist.«

Lisi verabschiedete sich von Klara und Ja'akow und ging zum Parkplatz. Sie lief mechanisch, wie ein Roboter. Sie legte die Flasche Wein in den Kofferraum und fuhr zur Redaktion, um den Bericht über den literarischen Kongress durchzugeben.

Kapitel 26

Wunder über Wunder, diesmal saß Schibolet nicht auf dem Tisch, einen Styroporbecher mit Kaffee in der Hand. Sie tippte mit einer erstaunlichen Geschwindigkeit einen Reklametext über supersaugfähige Windeln in den Computer ein. Sie begrüßte Lisi ohne das übliche strahlende Gesicht.

»Ist was passiert, Schibolet?«, erkundigte sich Lisi.

»Ich habe Dahan versprochen, diesen Artikel heute Morgen zu erfassen, und dann habe ich's vergessen. Er ist wütend auf mich.«

»Das passiert. Hat jemand was ausrichten lassen? Gibt's was Neues?«

»Es liegt alles auf deinem Tisch.«

»Wo ist Dahan?«

»Zu einer Verabredung gefahren, in das Hotel gegenüber der Krankenkasse.«

»Dann wird er wohl so schnell nicht zurückkommen.«

Schibolet brach in Weinen aus. Sie legte ihren Kopf auf die Tischplatte und bedeckte das Gesicht mit den Händen.

»Genug, Schibolet, genug.« Lisi versuchte, das Mädchen zu beruhigen. »Er ist deine Tränen nicht wert.«

»Ich weine nicht wegen Dahan«, stieß Schibolet zwischen

zwei Schluchzern aus. Sie hob den Kopf, blickte Lisi erstaunt an, und so, mit einem tränenüberströmten Gesicht, fing sie an zu lachen. »Lisi! Hast du etwa geglaubt, ich wäre verliebt in Dahan? Echt, du bringst mich um!«

Schibolet zog ein Papiertaschentuch aus einer Packung, putzte sich die Nase und wischte sich die Wangen ab. »Ich habe geweint, als ich ›Hotel‹ gesagt habe, das hat mich daran erinnert, dass man uns den Hahn abgedreht hat und alles jetzt den Bach runter ist.«

Lisi stellte Schibolet ein paar Fragen, von denen sie manche ein paarmal wiederholen musste, bis sie schließlich verstand, dass Schibolet und ihre Freunde gezwungen wurden, ihre geplante Reise ins Ausland noch um ein Jahr zu verschieben.

Bei der Mitgliederversammlung in Sade Asanja hatten Schajke und Ido den anderen mitgeteilt, dass der Kibbuz Geld verloren hatte und zusätzlich Schulden entstanden waren. Niemand bezweifelte die guten Absichten Idos und Schajkes, trotzdem waren die Mitglieder wütend. Alle guten Absichten hatten schließlich ins Verderben geführt. Bei der Versammlung, die so stürmisch verlief wie keine zuvor, sagten die Mitglieder, das Minimum, was man von Freunden erwarten könne, die sich bereit erklärt hatten, Verantwortung zu übernehmen, sei doch wohl, dass sie sich mit den anderen berieten, bevor sie sich auf finanzielle Abenteuer einließen. Schließlich hatte es sich nicht um privates Geld gehandelt. Jeder Pfennig auf dem Konto war getränkt vom Schweiß der Kibbuzmitglieder, und wenn sie in einer Gesellschaft von Spekulanten und Schwarzhändlern hätten leben wollen, hätten sie sich nicht für ein Leben im Kibbuz entschieden. Jetzt zählte auch Sade Asanja zu den in Schulden geratenen Kibbuzim, und der Makel von Börsenhandel und Spekulantentum klebte an ehrlichen, fleißig arbeitenden und bescheidenen Menschen, die aus doppelter und dreifacher Vorsicht, eben weil sie die bitteren Erfahrungen anderer Kibbuzim kannten, sich erst an den Bau der neuen Siedlung für die älteren Mitglieder gemacht hatten, nachdem sie Schekel um Schekel aufeinandergelegt und die erforderliche Summe erspart hatten, und das alles sogar um den Preis, auf die Entenzucht zu verzichten, die mehr als nur gewöhnlicher Erwerbszweig des Kibbuz gewesen war.

Nach der ersten Versammlung, auf der unter anderem vorgeschlagen worden war, Schajke und Ido aus dem Kibbuz zu werfen, hatte man beschlossen, am folgenden Tag eine zweite Versammlung abzuhalten und gemeinsam nach einem Ausweg aus der misslichen Lage zu suchen. In der Nacht hatte ein Unbekannter mit riesigen Buchstaben an die Wand des Speisesaals geschrieben: »Schande über Sade Asanja«. An den Häusern von Ido und Schajke hatte dieselbe Hand das Wort »Betrüger« gesprüht.

Wenn jemand erwartet hatte, die Gemüter würden sich bis zur zweiten Versammlung etwas beruhigen, so hatte er sich getäuscht. Der allgemeine Zorn war womöglich noch gewachsen: der Zorn der Alten darüber, dass sie die Hoffnung auf den Umzug in eine andere Wohnung aufgeben mussten, der Zorn der Jungen darüber, dass sie nun nicht in die freiwerdenden Wohnungen einziehen konnten. Und dieser ganze Zorn ergoss sich über Ido und Schajke, »unsere Jungen«, die nun als Beweis für ein Misslingen der Kibbuz-Erziehung im Allgemeinen und des gemeinsamen Schlafens in Kinderhäusern im Besonderen angesehen wurden. Vorsichtige Freunde schlugen vor, die Sache doch als Ausnahme zu betrachten, nicht als Symbol, was die Diskussion nur wenig entschärfte. Im Detail wurde zwar noch nicht alles entschieden, doch über Schajke und Ido war sozusagen ein Bann ausgesprochen worden. In ihren Häusern herrschte eine Stimmung wie bei einem Trauerfall, auch in den Häusern ihrer Eltern und Verwandten, und wer zu ihnen kam, verhielt sich, als wolle er sein Beileid ausdrücken. Die Angehörigen wussten nicht, wie sie sich verhalten sollten und auf wen sie sich stützen konnten. Willi Achinoam hatte sein Bett im Entenstall aufgeschlagen, dort arbeitete er, dort schlief er, und er machte für niemanden die Tür auf. Jaffa stellte ihm immer neben die verschlossene Tür ein Tablett mit Essen und eine Thermoskanne mit Tee.

Die erste praktische Entscheidung war, keine schmutzige Wäsche in der Öffentlichkeit zu waschen. Es ist *unser* Versagen, unsere Schande, und wir sind verpflichtet, zu retten, was zu retten ist, und den Riss zu kitten. Die zweite Entscheidung war, sich keinesfalls in die Reihe der Kibbuzim zu stellen, die »unter Druck« geraten waren. Man wollte sich auch nicht nach irgendwelchen »Regelungen« umtun und keine öffentlichen Institutionen, vor allem nicht die Kibbuzbewegung, um Hilfe bitten. Es wurde beschlossen, einen Traktor zu verkaufen, die Egge, den großen Lastwagen und vier private Autos, und – hier kam nun Schibolet ins Bild – alle jungen Leute für mindestens ein Jahr nach Hause zu beordern. Man wollte den beiden Söhnen des Kibbuz schreiben, die bei *Mojsche Umzüge* in New York arbeiteten, und den vier anderen bei der Kooperative *Asanja Gardening* in Los Angeles. Es wurde ein vorläufiges Sekretariat gewählt und damit beauftragt, die angestellten Arbeiter zu entlassen und außerdem um eine Verschiebung des Militärdienstes der jungen Leute nachzusuchen und diejenigen zurückzuholen, die sich für ein Jahr beurlaubt hatten, und alle Auslandsreisen um ein oder zwei Jahre zu verschieben. Kurz gesagt, alles lief hinaus auf ein Jahr der Not. Aus der Niedergeschlagenheit und dem Zorn war eine Entschlossenheit entstanden, die man in Asanja nicht mehr gekannt hatte, seit die Alten vor siebenunddreißig Jahren den Kibbuz gegründet hatten. Auf der Speisekarte erschien wieder Brot mit Marmelade!

»Weißt du, was das heißt?«, schloss Schibolet ihren Bericht. »Ade, Amazonas! Ade, Thailand!«

»Gehst du jetzt zurück in den Kibbuz?«, fragte Lisi.

»Es gibt zwei Möglichkeiten«, sagte Schibolet. »Entweder arbeite ich im Kibbuz, oder ich gebe ihm alles, was ich hier in der Stadt sparen kann. Wir überlegen noch, man muss ausrechnen, was mehr Geld bringt, aber wie auch immer, unsere Reise ins Ausland können wir uns an den Hut stecken.«

»Aber doch nur vorläufig.«

»Wir haben beschlossen, dem Kibbuz auch das zu geben, was wir bis jetzt gespart haben.«

»Ich finde das sehr schön von euch, Schibolet.«

»Ich auch.«

Diese edle Tat erfüllte sie aber offenbar nicht mit Stolz und Glück. Im Gegenteil. Schibolet war niedergeschlagen.

***

Lisi ging in ihr Zimmer, um den Bericht über die literarische Konferenz zu schreiben. Als sie eine Stunde später fertig war, war Schibolet schon gegangen, und die Redaktionsräume waren leer. Das Fenster war dunkel, und die Antennen auf dem Dach gegenüber blitzten jedes Mal auf, wenn unten auf der Straße ein Auto vorbeifuhr. Lisi saß an ihrem Schreibtisch und dachte über das nach, was sie von Schibolet gehört hatte. Willi Achinoams Gesicht tauchte vor ihr auf, mit den blauen, naiven Augen. Es ist sehr bequem, sich im Entenstall zu verstecken, dachte sie. Sein Sohn liegt verletzt auf dem Schlachtfeld, und der Vater, statt ihm zu helfen, versteckt sich im Entenstall. Wirklich bedauernswert war Jaffa, die zwischen dem schuldig gewordenen und geschlagenen Sohn und dem Vater, der von der Front geflohen war, hin und her rannte.

Es ist kompliziert, dachte Lisi. Ihr Gefühl sagte ihr, dass Schajke und Ido mit ihrer Gutgläubigkeit versucht hatten, den Besitz von Asanja zu vergrößern, und dass dies das einzige Motiv war, das sie dazu gebracht hatte, sich in Alexandra Hornsticks finanzielle Aktionen hineinziehen zu lassen. Bis vor drei Monaten, als der Geldmakler mit dem Geld abgehauen war, hatten Ido und Schajke keinen Grund gehabt, sich von Alexandras Transaktionen zu distanzieren. Die Zinsen wuchsen zur Befriedigung aller Beteiligten. Wer war der graue Makler? War es Archimedes? Konnte es sein, dass er ihre Gutgläubigkeit ausgenutzt hatte? Diese Möglichkeit war zu übel, sie passte so gar nicht zu dem Menschen, den sie kannte. Doch was wusste sie tatsächlich von ihm? Und was wusste sie von der Finanzwelt? Man hörte doch oft genug von reichen Leuten, die sich aus lauter Geldgier in schmutzige Abenteuer einließen. Wer eine Million besitzt, will zwei, und wer zwei Millionen besitzt, will drei. Wie dem auch sei, dachte Lisi, wenn es zwei Leute gab, die auf keinen Fall ein Interesse an Alexandra Hornsticks Ermordung haben konnten, dann waren es Schajke Achinoam und Ido Gawrielow. Nur eine lebende Alexandra bot ihnen irgendwelche Hoffnung auf eine Rückgabe ihres Geldes. Alexandras Tod begrub diese Möglichkeit endgültig. Nein, Schajke und Ido hatten sie nicht ermordet. Und wenn Archimedes ihr zwei Tage vor ihrer Ermordung hunderttausend Dollar gegeben hatte, dann hatte auch er sie nicht ermordet.

Die Beziehung zwischen Alexandra und ihrem Ehemann war nicht gut. Ihre Schwester war neidisch auf sie. Konnte es sein, dass es eine romantische Beziehung zwischen dem Richter und seiner Schwägerin gab und dass sich die beiden gegen Alexandra verbündet hatten? Dem Augenschein nach waren die beiden nicht gut aufeinander zu sprechen. Vielleicht Jacki? Doch warum sollte Jacki die Gans schlachten, die ihm goldene Eier legte? Wollte Bruno Balfour ihr vielleicht etwas antun, um zu verhindern, dass das Büro weiter in Schulden geriet?

Ich habe mich zu wenig auf den Mordfall selbst konzentriert, dachte Lisi. Wer profitiert von ihrem Tod? Gibt es jemanden, der an ihrem Tod verdient? Und das Geld! Wenn Archimedes Levi ihr am Freitag hunderttausend Dollar gegeben hatte, wo ist dieses Geld jetzt? Wer war die Frau im Regenmantel und mit Aktenköfferchen, die am Sonntag die Schecks bei der Bank vorgelegt hatte?

Lisi faxte den Bericht über die Konferenz nach Tel Aviv und schloss das Büro ab. Als sie mit dem Aufzug hinunterfuhr, überlegte sie, wo sie den Pinot Chardonnay verstecken könnte, den Archimedes ihr geschickt hatte. Schließlich beschloss sie, die Flasche in der Küche auf das Regal zu stellen, neben den Essig und das Öl. Niemand würde irgendwelche Schätze an einer so sichtbaren Stelle suchen.

Kapitel 27

Lisi schloss die Tür und steckte den Schlüssel von innen ins Schlüsselloch. Seit dem Diebstahl ihrer Kassetten hatte sie das Gefühl, von irgendeinem Geist beobachtet zu werden, der in ihrer Abwesenheit in ihre Wohnung eingedrungen war und sie nun ständig mit den Augen verfolgte. Vielleicht war es nicht gut, dass sie die Tür abschloss. Denn was wäre, wenn das Ungeheuer sie plötzlich aus dem Schrank im Schlafzimmer oder aus der Nische in der Küche ansprang? Ich habe keine Angst, sagte Lisi zu sich selbst. Das gäbe ja nur Katastrophen, wenn ich auf einmal anfinge, mich zu fürchten.

Sie ging ins Badezimmer, öffnete den Hahn der Dusche und verbrühte sich. Jemand hatte die Heißwasseranlage repariert! Endlich passierte etwas Gutes an diesem beschissenen Tag. Dank Benzi, dem Verrückten, hatte sie auch etwas zum Essen im Haus, und sie machte sich einen Salat und Rührei, schmierte ein Brötchen mit Butter und Käse und füllte sich einen riesigen Becher, auf dem »Kaffee« stand, mit heißem, süßem Kakao. Sie hatte einen langen, schweren Tag hinter sich, deshalb beschloss sie, früh schlafen zu gehen. Morgen hatte sie einen freien Vormittag. Mittags musste sie dann zu einer Modenschau in den Country Club, bis dahin wollte sie die Zeit für alle möglichen

Dinge nützen, die sie aus Zeitmangel dauernd verschoben hatte. Sie würde die Absätze ihrer Stiefel reparieren lassen, Batterien fürs Radio kaufen, die Rechnungen für Wasser und Strom bezahlen und neue Scheckhefte bestellen. Wenn sie es schaffte, würde sie auch zum Friseur gehen. Die Frauen bei den Modenschauen waren immer sehr gut zurechtgemacht.

Lisi spülte das Geschirr und dachte an die Frau, die Archimedes' Schecks bei Alexandra Hornsticks Bank eingelöst hatte. Eine so nichtssagende Beschreibung! Auf jede zweite Frau von Be'er Schewa passte die Beschreibung der Bankangestellten. Durchschnittsgröße, Durchschnittsalter, Durchschnittshaarfarbe, Regenmantel, Schirm, Aktenköfferchen, ein Nylontuch um den Kopf. Die Banken machten um halb neun auf, und die Frau war pünktlich um diese Zeit gekommen, denn bei den Neun-Uhr-Nachrichten im Radio wurde der Mord an Alexandra Hornstick bereits bekanntgegeben, und Benzi hatte ja erzählt, dass die Bankangestellte Archimedes angerufen und ihn gebeten hatte, die Schecks zu bestätigen. Er hatte noch nichts von dem Mord gewusst, deshalb hatte er es auch getan. Das heißt, dass die Frau im Regenmantel spätestens kurz nach halb neun dort gewesen war. Sie hatte sich ein bisschen darüber geärgert, dass man sie warten ließ, aber ihre Reaktion hatte die Bankangestellte nicht überrascht. Sie hatte lediglich die Tatsache registriert, dass die Frau sich ärgerte. Vielleicht war die Frau nicht daran gewöhnt, dass man sie warten ließ. Oder sie musste dringend um neun oder halb zehn irgendwo sein, vielleicht an ihrem Arbeitsplatz.

Lisi wunderte sich, wieso der Bankdirektor die Auszahlung

eines Bankschecks in dieser Höhe erlaubt hatte, zu einem Zeitpunkt, da Alexandra Hornstick Hunderttausende von Dollars Schulden hatte. Der gesunde Menschenverstand ließ einen in einem solchen Fall doch vermuten, dass die Bank ihre Hand auf das Geld legen würde. Wenn sie, Lisi, ihr Konto überzogen hatte, war ihr das so peinlich, dass sie sogar um das Gebäude, in dem sich ihre Bank befand, einen Umweg machte, aus Angst vor dem Direktor und den Angestellten. Sie konnte sich diese Sache nicht erklären. Es sei denn … Fang noch mal von vorn an, Lisi, meine Liebe! Lisi wusch sich die Hände und hängte das nasse Küchenhandtuch an den Haken.

Die Frau im Regenmantel hatte die Schecks auf das Konto von Pinchas Hornstick eingezahlt, nicht auf das Konto von Alexandra Hornstick! Auf Pinchas' Konto flössen Monat für Monat zehn Prozent vom Gewinn von *Lubitsch Weine,* und dieses Konto rührte Alexandra nicht an. Deshalb war es auch das einzige, auf dem kein Minus war. Die Schecks waren von Alexandra unterschrieben, also hatte sie versucht, Archimedes' Geld zu retten und es vielleicht den Kibbuz-Leuten zukommen zu lassen, indem sie das einzige Konto benutzte, das der Bankdirektor nicht wagen würde zu beschlagnahmen.

Lisi machte sich noch einen Becher Kakao und ging ins Bett. Auch wenn ihre Theorie stimmte, blieb noch immer das Problem der Probleme: Wo war das Geld? Wohin waren die hunderttausend Dollar verschwunden, die Archimedes Alexandra gegeben hatte? Garantiert hatte sich die Polizei bei allen Banken erkundigt, ob der Bankscheck eingelöst worden war, aber er war nirgendwo aufgetaucht. Also hob ihn jemand in seiner

Tasche auf und wagte es noch nicht, ihn jetzt schon einzulösen. Lisi versuchte zu verstehen, auf welche Art die Deponierung der Schecks mit dem Mord an Alexandra Hornstick verbunden sein könnte. Augenscheinlich profitierte niemand von ihrem Tod. Für alle war er ein Verlust. Der Einzige, bei dem in dieser Hinsicht Zweifel bestanden, war Archimedes Levi, weil er vielleicht Alexandra Hornstick Geld schuldete. Er war der Einzige, der wusste, ob er ihr etwas schuldete, und wenn ja, wie viel.

Vermutlich würde man wohl nie erfahren, dachte Lisi, ob der graue Makler Archimedes Levi war – oder ob es ihn wirklich gab, diesen Freund eines Freundes, der das Geld Alexandras und der Kibbuz-Leute angelegt hatte, und dem es eines schönen Tages eingefallen war, mit dem Geld für die neue Siedlung der älteren Mitglieder auf und davon zu gehen. Irgendeine Form von Betrug zwischen Alexandra Hornstick und Archimedes Levi war angesichts ihrer langjährigen Beziehung allerdings ziemlich unwahrscheinlich. Sie waren gute Freunde, und Archimedes machte auf Lisi nicht den Eindruck eines Mannes, der einen Freund bestiehlt. Aber wer konnte das schon genau wissen? Klügere Leute als sie hatten schon darauf hingewiesen, dass einem der Besitz des Nachbarn ebenso teuer sein sollte wie der eigene.

Kapitel 28

Die Modenschau im Country Club wurde von *Jacqueline International* ausgerichtet, und Dahan hatte Lisi gebeten, bei ihrem Bericht die Bewirtung zu betonen, denn der dafür Verantwortliche war Herzl Dahan, sein Cousin, ein Absolvent der Hotelfachschule in Herzliya.

Die Tische waren schön gedeckt, und den Bewegungen der Kinnbacken der Gäste zufolge waren auch die Schnittchen und die Kuchen vollkommen in Ordnung. Discomusik, deren Dezibelzahlen den Vergleich mit einem Open-Air-Festival nicht zu scheuen brauchten, begleitete dialogisch den Auftritt der Models, und Pnina Marlboro, die energische Organisatorin der Modenschau, erklärte den verehrten Damen (es gab auch drei verehrte Herren), was die Mode dieses Jahres von der Mode des letzten Jahres unterschied. Man kehrte zu natürlichen Materialien zurück, Wolle, Seide, Baumwolle, auch zu einer Verbindung von zwei oder sogar allen drei Materialien, was zu einem dramatischen Effekt führte, der es tatkräftigen, dynamischen Karrierefrauen, die auf ihre Weiblichkeit nicht verzichten wollten, erlaubte, von morgens bis abends dasselbe Kleid zu tragen. (Lisi überlegte: Könnte man mich als tatkräftige, dynamische Karrierefrau bezeichnen, die auf ihre Weiblichkeit nicht verzichten will, obwohl ich schon seit sechs Jahren kein Kleid mehr angehabt habe?) Die Hüftlinie war betont, die Länge ein gemäßigtes Mini, auch Knöchellänge war möglich, und sogar noch länger. Die vorherrschenden Farben waren Weiß und Schwarz, ohne dass Rot, Gelb und Blau ausgeschlossen waren. Und Braun! In der kommenden Saison werden wir viele Brauntöne sehen. Erdbraun, schokoladenbraun, kaffeebraun, lehmbraun, ziegelbraun, braun, braun, braun! Der Schnitt ist schmal und weist auf einen neuen konservativen Trend hin. Die Laxheit ist vorbei, eine neue Generation beeinflusst die Mode.

Pnina Marlboro bat alle Gäste, ihre Aufmerksamkeit auch auf das zu richten, was nicht direkt Bekleidung war. Die Schuhe. Die Organzablüten, die Ilanit Buchabot hergestellt hatte, die große Hoffnung der israelischen Accessoire-Hersteller, die das Unmögliche geschafft und Paris erobert hatte, die Hauptstadt der Mode. Wir wollen dich sehen, Ilanit, steh bitte auf! Beifall für Ilanit. Und der Schmuck. Viele große Schmuckstücke, auch aus Plastik, und die Farben im Kontrast zur Kleidung. Und erst die Frisuren! Mucki von *Mucki und Sima* sitzt hier. Mucki ist diese Woche aus Deutschland zurückgekommen. Er hat einen internationalen Preis bekommen, die *Goldene Schere.* Wir sind stolz auf Mucki. Beifall für Mucki.

Lisi legte den Kugelschreiber auf das Notizbuch und klatschte Beifall für Mucki. Sie goss sich eine Tasse Kaffee aus der Kanne ein, die auf dem Tisch stand, und entdeckte Mirjam Eschbal, die drei Tische von ihr entfernt saß. Wenn man überlegt, dass ihre Schwester vor weniger als zwei Wochen ermordet wurde, dann ist sie ganz schön dreist, die Dame, dachte Lisi.

***

Als die Modenschau beendet war, gingen Kellner und Kellnerinnen zwischen den Tischen herum und gossen den Gästen frischen Kaffee ein. Die Lautstärke der Hintergrundmusik hatte Lisi in einen Schockzustand versetzt, und jetzt genoss sie die Stille, die sich ausbreitete. Sie steckte das Notizbuch in ihre große Umhängetasche und ging zu Mirjam Eschbal hinüber.

»Guten Tag, Frau Eschbal. Wie geht es Ihnen? Lisi Badichi, von der *Zeit im Süden.* Erinnern Sie sich an mich?«

Natürlich erinnerte sie sich nicht an Lisi. Sie war in jener Nacht sturzbetrunken gewesen.

»Wir haben uns im Haus Ihrer Schwester getroffen, an jenem Abend. Ich war auch in den Trauertagen dort, aber daran erinnern Sie sich sicher nicht. Es waren so viele Menschen da. Wie geht es Ihren Eltern?«

»Nicht gut. Sollten sie sich wohl fühlen?«

»Sind Sie allein hier? Macht es Ihnen etwas aus, wenn ich meinen Stuhl herbringe?«

»Bitte. Ich hatte eigentlich vor zu gehen, aber bitte.«

Lisi zog ihren Stuhl von dem Tisch der Reporter zu Mirjams Tisch, dort schob sie ihn, zum Unwillen der anderen Gäste, neben Mirjams.

»Ich habe gedacht, wenn ich nicht endlich mal aus dem Haus gehe, werde ich verrückt«, sagte Mirjam. »Ne'eman kommt immer spät nach Hause, er hilft meinem Vater, alles aufzuarbeiten, was in den Trauertagen liegengeblieben ist. Mein Sohn ist zurück zum Militär, und ich gehe die Wände hoch. Hat Ihnen das schwarze Lederkleid gefallen, das dieses marokkanische Model vorgeführt hat, was meinen Sie?«

»Ich verstehe nichts von diesen Dingen.«

»Der Teufel weiß, warum ich zu solchen Modenschauen gehe. Der pure Masochismus. Der Kopf platzt mir von der lauten Musik und dem Gequatsche der Organisatorin. Eine Mode für junge Frauen. Wo gibt es junge Frauen mit Geld? Hat Ihnen irgendetwas gefallen?«

»Ich verspüre das Bedürfnis, eine Diät anzufangen, und das gefällt mir überhaupt nicht.«

Mirjam lachte, und Lisi dachte, dass sie eigentlich nett war. Sie sagte, ihr Redakteur habe sie angewiesen, den Mord an Alexandra weiterzuverfolgen, aber sie schicke ihm kein Material, denn es gebe so viele Ungereimtheiten, dass noch nicht mal ein Gespräch mit Hornstick Klarheit gebracht hätte.

»Kommen Sie mit in die Lobby«, sagte Mirjam. »Vielleicht ergattern wir was zu trinken.«

Zu Herzl Dahans Ehren musste man sagen, dass auch am Tisch in der Lobby ein Teller mit Schnittchen und Keksen vor sie gestellt wurde. Das waren die kleinen Annehmlichkeiten ihres Berufs, überlegte Lisi. Eine erschrockene Kellnerin, die aussah, als wäre sie Studentin, fragte, ob sie Kaffee oder Tee bringen dürfe, und Mirjam antwortete: »Wodka-Orange, ich bin mit Kaffee bis zu den Ohren angefüllt.« Als die Kellnerin gegangen war, bemerkte sie: »Wodka hinterlässt weder Geschmack noch Geruch, da erspare ich mir Ne'emans Vorwürfe.«

Lisi unterhielt sich mit Mirjam über die Modenschau, über den Sohn beim Militär, über die Eltern, das Geschäft, die Party, und wartete darauf, dass der Wodka anfing zu wirken. Nach dem zweiten Glas erschienen rote Flecken auf Mirjams Wangen und Hals.

»Immer war ich eifersüchtig auf sie«, sagte Mirjam. »Alexandra war die gelungene Tochter, die Schöne, die Begabte. Ich war nur eben auch noch da. Man sprach nicht schlecht über mich, Gott behüte, aber das war die geheime Botschaft, die meine Eltern an sie und auch an mich weitergaben. Mein Notendurchschnitt beim Abitur war besser als ihrer, aber sie war die Erfolgreiche, und ich kam nur unter ›ferner liefen‹. Vielleicht, weil sie groß und schön war, und ich komme auf meine Großmutter Dwosche heraus, jedenfalls habe ich meinem Großvater immer das Herz gewärmt, meinen Eltern aber nicht.«

»Alexandra hatte es wohl auch nicht gerade leicht. All die Erwartungen, die sie erfüllen musste.«

»Das war eben die Folge von allem. Schauen Sie doch nur, wie weit sie gekommen ist, und wie weit ich gekommen bin.« Zu spät fiel ihr auf, was sie gesagt hatte, und Tränen traten in ihre Augen. »Schwer zu fassen, dass sie nicht mehr da ist. Dass es niemanden mehr gibt, auf den ich eifersüchtig sein kann. Ich habe Schuldgefühle. Wie heißen Sie?«

»Lisi Badichi.«

»Irgendwie habe ich das Gefühl, dass ich am Schluss den Kampf gewonnen habe. Denn ich bin hier, und sie ist dort. Das stimmt doch, oder?«

»Sie sind nicht schuld daran, dass sie ermordet worden ist.

Auch Pinchas Hornstick macht einen verwirrten Eindruck auf mich.«

»Pinchas Hornstick ist nie verwirrt. Das ist das Letzte, was man über ihn sagen könnte, dass er verwirrt sei. Wenn es einen Menschen gibt, der immer auf die Füße fällt, der immer weiß, was er vom Leben will, woher er kommt und wohin er geht, so ist das der Bezirksrichter Pinchas Hornstick. Diese Party! Was für ein Scheiß!«

»Arbeiten Sie nicht?«

»Bis vor zwei Jahren habe ich bei der Reisegesellschaft *Turbo* gearbeitet. Kennen Sie sie?«

»Nein.«

»Sie ist pleitegegangen. Ich hatte keine Lust, mir eine neue Arbeit zu suchen. Dieses Jahr habe ich angefangen, Kunst zu studieren, an einer Fernuniversität. Wie alle Frauen in meinem Alter.«

»Hat Alexandra ihn nicht geliebt?«

»Wie heißen Sie, haben Sie gesagt?«

»Lisi Badichi.«

»Nein, Lisi Badichi, Alexandra hat ihn nicht geliebt. Ich kann das sagen, weil es kein Geheimnis war. Am Anfang hat er sie beeindruckt. Er ist scharfsinnig, unser Pinchas. Zwei Jahre nach der Hochzeit hatte sie ihren ersten Liebhaber. Und dann kamen andere. Heute, wo sie schon nicht mehr da ist, sage ich: Prima, Alex, gut, dass du das gemacht hast, Alex, es soll dir wohl bekommen, Alex. Das hört sich verrückt an, was?«

»Für den Richter war das nicht angenehm.«

»Genau das war der Grund. Es sollte ihm auch nicht angenehm sein. Sie wollte ihn dazu zwingen, sich von ihr scheiden zu lassen.«

»Jacki Danzig hat versucht, sie zu erpressen.«

»Ein Hurensohn!« Mirjam würdigte Jacki Danzig mit Worten, die einem Zuhälter, der gegen einen Eindringling in sein Gebiet kämpft, alle Ehre gemacht hätten. Dann bestellte sie sich noch einen Wodka-Orange. »Sie hat ihm doch schon eine Wohnung und ein Auto gekauft. Was hat er denn noch gewollt?«

»Geld«, sagte Lisi.

»Als ich ihn abends reinkommen sah, habe ich Alex gefragt, warum sie von allen Klavierspielern Israels ausgerechnet diesen Abschaum zur Party von Pinchas bestellt hat. Wo doch auch Beruchim, ihr Neuer, eingeladen war. Willst du hier eine Versammlung abhalten, habe ich gefragt. Und sie hat gesagt, dass es erstens Pinchas nicht schaden würde und dass sie außerdem vorhätte, diesen Jacki ein für alle Mal loszuwerden, wenn er mit dem Spielen fertig wäre. Also, ich glaube, dass Alex diesen Verrückten, nachdem er aufgehört hatte zu spielen, mitnahm in den Garten, zu einem Gespräch unter vier Augen.

Dort hat sie ihm dann wohl gesagt, dass er abhauen soll. Und da hat er auf sie geschossen.«

»Mit Hornsticks Revolver?«

»Kein Problem. Der Revolver lag immer in der Nachttischschublade neben seinem Bett. Die Schublade war nicht abgeschlossen. Alle haben gewusst, dass er einen Revolver hatte, und alle haben auch gewusst, wo der lag.«

»Sie war die Geliebte von Jaron Beruchim?«

»Damit verrate ich kein Geheimnis, Lisi. Sie war kess, diese Alex. Er war mindestens zehn Jahre jünger als sie. Er war der Freund dieser Sekretärin aus Alex' Büro, dieser Wie-heißt-sie-denn. Eigentlich war sie es, die Beruchim empfohlen hat, so ist er überhaupt ins Büro gekommen, dieses Genie von der Kunsthochschule. Und dann hat ihre Chefin ihn ihr ausgespannt. Lustig, was? Alex hat immer das getan, was alle Leute eigentlich tun wollen, sich aber nicht trauen.«

»Und teuer dafür bezahlt, meine Liebe.«

»Ja, und teuer dafür bezahlt.«

»Hat die Familie von ihren finanziellen Schwierigkeiten gewusst?«

»Nein. Ich jedenfalls habe nichts davon gewusst. Pinchas hat es auch nicht gewusst, denn ihn hat sie nie ins Vertrauen gezogen. Ne'eman hat es auf keinen Fall gewusst, auch meine Eltern nicht. Ich habe es erst am Abend der Party erfahren. Als ich sie wegen Jacki und Beruchim beschimpft habe, hat sie gesagt, sie sei in Beruchim verliebt und habe vor, ein neues Blatt in ihrem Leben aufzuschlagen. Sich scheiden lassen, das Haus verkaufen, die Kinder nehmen und mit Beruchim zusammenziehen. Kurz gesagt, das war eine Abschiedsparty. Sie hat gesagt, sie habe keine Angst, es wäre ihr sogar egal, in einem Mietshaus zu wohnen, außerdem habe sie Schulden, und Pinchas werde es nicht leidtun, sich von ihr zu trennen. Wir hatten keine Zeit, die Sache zu diskutieren. Die Gäste kamen, und ich beschloss, das Vernünftigste, was ich zu diesem feierlichen Anlass tun könnte, wäre, mich zu betrinken. Aber das ist nicht zur Veröffentlichung.«

Mirjam lächelte und zog die Augenbrauen hoch wie ein übermütiges, ausgelassenes Kind.

»Hat man das Feuerwerk eigentlich gezündet?«, fragte Lisi.

»Nein.« Ein Schauer lief über Mirjams Rücken. Sie trank den letzten Tropfen aus dem leeren Glas, und Lisi sah, dass sie mit sich kämpfte, ob sie sich noch einen Wodka bestellen sollte, doch dann siegte die Scham über den Trieb. »Das war schlimm. Pinchas bat Ne'eman, Alex zu suchen. Die Gäste fingen an zu gehen, und er stand an der Tür und verabschiedete sich von ihnen …«

»Das war, nachdem Jacki Danzig aufgehört hatte zu spielen?«

»Ne'eman kam zu mir, ganz blass, und sagte, dass Alex neben dem Swimmingpool sitze. Jemand habe auf sie geschossen, sie sei tot. Auf mich kann man sich in solchen Situationen verlassen. Ich habe angefangen zu schreien.«

»Haben die anderen gehört, dass Sie geschrien haben?«

»Natürlich haben sie das gehört. Ich habe laut geschrien. Man hat mich bis Eilat gehört.«

»Das heißt, dass zu diesem Zeitpunkt schon nicht mehr Klavier gespielt wurde?«

»Ja, als ich schrie, wurde nicht mehr gespielt. Es waren noch ungefähr fünf Paare da, außer der Familie, und die unterhielten sich miteinander. Ich erinnere mich an das übliche Gemurmel vom Ende einer Party. Mein Schrei war der Hit des Abends.«

Trotz ihres witzelnden Tons verzogen sich ihre Lippen, und ihre Augen füllten sich mit Tränen.

»Haben Sie Alexandras Schecks bei der Bank eingelöst?«

»Was für Schecks?«

»Man hat im Büro so was gesagt. Jemand hat ihre Schecks am Sonntagmorgen bei der Bank eingelöst.«

»Ich nicht. Bei was für einer Bank?«

»Keine Ahnung.«

»Am Sonntag war die Beerdigung.«

Allem Anschein nach wusste Mirjam nicht, von was Lisi sprach. Sie stand auf, schaute Lisi an und fragte: »Warum?« Dann rief sie die Kellnerin und verlangte die Rechnung.

»Das ist erledigt«, sagte die Kellnerin. Sie war eine zierliche Frau, aufrecht und gut zurechtgemacht, mit einem gepflegten Gesicht. Lisi überlegte, was sie wohl studierte.

»Schade, dass ich das nicht gewusst habe«, murmelte Mirjam und verabschiedete sich von Lisi.

***

Sie schaute Mirjam nach, die durch die Vorhalle ging, über die Fliesen des Fußbodens schwankte wie durch wogende Wellen. Leicht vorgeneigt und voller Wodka steuerte sie auf die Drehtür zu, die plötzlich zu einem Problem geworden war. Nein, das Lederkleid würde Mirjam Eschbal nicht stehen. Vermutlich war Großmutter Dwosche eine kleine Jüdin mit dicken Schenkeln gewesen, und Mirjam, auch wenn sie den Kurs in Kunst beendet hätte, würde einfach weiter aussehen wie ein jüdischer Kürbis, und kein Frosch würde sie je in eine Prinzessin verwandeln.

Kapitel 29

Lisi legte den Bericht über die Modenschau von *Jacqueline International* auf Dahans Tisch. Sie hatte die leckere Bewirtung gelobt, die von dem begabten Konditor Herzl Dahan geliefert worden war.

Sie nahm die Ausgaben der *Zeit im Süden* von den letzten drei Monaten mit in ihr Zimmer und blätterte die Anzeigenteile durch. Wenn Alexandra Hornstick ihren Mann verlassen und das Haus verkaufen wollte, dann hatte sie vielleicht eine entsprechende Anzeige unter der Rubrik »Immobilien« in der *Zeit im Süden* aufgegeben. Die *Zeit im Süden* war älter als die *Post im Süden,* und ihre Leser rekrutierten sich vorwiegend aus den alteingesessenen und gutsituierten Familien, eben jene Bevölkerungsschicht, für die der Verkauf einer Villa wohl interessant war.

Lisi fand die Annonce schneller, als sie erwartet hatte. Unter der Rubrik »Immobilien«, die jeden Mittwoch erschien, war vier Tage vor dem Mord eine möblierte Villa auf einem Hügel zum Verkauf angeboten worden. ›6 Zim. mit Gart., Zentralheiz. Swim.-pool von priv.‹. Lisi suchte in Dahans Heft, in dem die Annoncen nach Chiffrenummern geordnet waren, wer die Annonce aufgegeben hatte, und war nicht überrascht, als sie den Eintrag las: Alexandra Hornstick, dazu die Telefonnummer vom Büro und die Adresse vom Büro. Die Annonce war im Voraus bezahlt worden, und nach einer neuen Regelung bei der *Zeit* sollte sie so lange wiederholt werden, bis die Villa verkauft war, jedoch nicht länger als zwei Monate. Lisi prüfte die Anzeigen vom Mittwoch nach dem Mord. Die Annonce war nicht erschienen. Auch heute, in der neuesten Ausgabe, nicht.

***

»Warum erscheint diese Anzeige nicht mehr?«, fragte sie Dahan.

»Sie haben das Haus verkauft.«

»Wer hat das gesagt?«

»Der Hausbesitzer hat mich angerufen und gesagt, dass sie das Haus verkauft haben, wir sollen den Auftrag bitte annullieren.«

»Hornstick?«

Dahan riss die Augen auf, und sie sah, wie die Schrauben in seinem Kopf anfingen sich zu drehen.

»Versuche dich zu erinnern, wann er angerufen hat.«

»Ganz bestimmt vor Dienstag, denn am Dienstag gebe ich die Annoncen schon in den Druck. Wenn er mich am Dienstagabend angerufen hätte, hätte ich mich geärgert, denn Änderungen in der letzten Minute bringen mich immer in Wut, daran hätte ich mich erinnert. Also bleiben nur der Sonntag und der Montag. Bei unseren Annoncen gibt es nicht viele Villen mit sechs Zimmern und einem Swimmingpool. Der Besitz ist in weniger als einer Woche nach Erscheinen der Annonce verkauft worden. Das hat mich genug beeindruckt, um die Chiffre herauszusuchen, aber nicht genug, dass ich mich erinnere, an welchem Tag ich den Annullierungsauftrag bekam.«

»Sie wurde am Samstagabend ermordet. Wenn er am Sonntag angerufen hätte, wäre es dir aufgefallen. Ihr Name wurde im Radio genannt. Wir haben in der Redaktion über den Mord gesprochen. Ganz Be'er Schewa hat das getan. Hätte er am Sonntag angerufen, würdest du dich erinnern. Und wie! Bestimmt hat er am Montag oder am Dienstagmorgen angerufen.«

»Nicht unbedingt. Er brauchte seinen Namen nicht zu nennen. Es reichte, dass er die Chiffre angab. Tut mir leid, Lisi.«

»Es braucht dir nicht leidzutun. Wir haben zwar nicht Indien entdeckt, aber Amerika.«

»Was meinst du damit?«

Dahan sah sie verdattert an, und Lisi lachte.

»Weißt du nicht, dass der arme Kolumbus bis zu seinem Tod glaubte, er habe Indien entdeckt?«

»Du machst dich lustig über mich.«

»Im Ernst. Der Einzige, der nicht wusste, dass Kolumbus Amerika entdeckte, war Kolumbus selbst.«

»Hör auf, mir ins Gehirn zu scheißen, Lisi. Was hast du entdeckt?«

»Ich mag keine unanständigen Redensarten, das weißt du genau. Also – wenn Alexandra Hornstick in der Zeitung eine Annonce aufgegeben hat, war das ein Zeichen, dass sie das Haus wirklich verkaufen wollte. Und wenn Pinchas Hornstick die Annonce annulliert hat, ist das ein Zeichen, dass er das Haus nicht verkaufen wollte.«

»Es sei denn, er hat es wirklich verkauft.«

»Am Tag der Beerdigung? Oder am ersten oder zweiten Tag der Schiwa? Klingt das logisch?«

»Nein.«

»Hast du ein Schließfach bei der Bank?«

»Ja.«

»Lege das Heft mit den Chiffrenummern in das Schließfach und versprich mir, nicht über diese Anzeige zu sprechen, mit niemandem, auch nicht mit Arieli.«

»In Ordnung.«

»Schwörst du es?«

»Habe ich dich einmal reingelegt, Lisi?«

»Oft.«

Dahan war beleidigt. Sie ließ sich herab, küsste ihn auf die Wange, tanzte um ihn herum und bettelte, bis er ihr verzieh. Dann brachte sie die Zeitungen zurück zu ihrem Platz im Regal, und das Heft, das mehr wert war als Gold, steckte sie in Dahans Tasche. Sie beschwor ihn, ja nicht zu vergessen, zur Bank zu gehen und es ins Schließfach zu legen. Wenn er sich beeilte, konnte er es heute noch schaffen.

Dahan schloss das Büro ab und ging mit Lisi zum Aufzug. Wenn Lisi Pfeife geraucht hätte, hätte er sich gefühlt wie der Partner von Sherlock Holmes.

Kapitel 30

Lisis Berechnung nach war Archimedes inzwischen freigelassen worden. Lisi fuhr zu seinem Geschäft und fand es verschlossen. An der Tür hing ein kleiner Zettel mit der Privatadresse des Ladenbesitzers und seiner privaten Telefonnummer. Lisi ging zu Klara und Ja'akow, um von dort aus anzurufen.

Ja'akow saß auf seinem Stuhl, ohne Perücke und ohne seinen Bowler, und sah nackt aus. Klara war lädiert – sie hatte ein blaues Auge, eine verbundene Hand, einen Kratzer auf der Wange. Ein sudanesischer Straußenjäger, der ihnen Türkise verkaufte, die er in der Wüste Sinai sammelte, hatte plötzlich beschlossen, dass er die Wiedergeburt eines ägyptischen Gottes sei, der sich in einen Falken verwandelt habe, und hatte Ja'akow angegriffen. Klara wurde verletzt, als sie Ja'akow aus den Fängen des Falken rettete. Ja, die Polizei war dagewesen. Beide, Benzi und Ilan. Sie hatten Klara zur Sanitätsstation gebracht und den Falken in den Zoo.

»In den Zoo?«, fragte Lisi.

»Ja«, antwortete Klara. »Benzi hat gesagt, wir sollen uns keine Sorgen machen, er würde den Falken in den Zoo bringen, dort würde man ihn in einen Käfig sperren, und er könnte uns nichts mehr tun.«

»Er hat mir immer Akazienblüten aus der Wüste Sinai gebracht«, sagte Ja'akow. »Und Klara hat mir Akazientee gekocht, das hat meine Augen beruhigt.«

»Das Trinken oder der Dampf?«

»Nein, ein Augenbad mit lauwarmem Akazientee. Wenn die Augen brennen, wirkt das beruhigend. Ich weiß nicht, was in ihn gefahren ist.«

»Was in ihn gefahren ist, was in ihn gefahren ist«, murrte Klara und drückte die Katze mit ihrer unverletzten Hand fest auf ihren Schoß. »Der Falke ist ihm zu Kopf gestiegen.«

Archimedes hatten sie nicht gesehen, und dabei hätten sie jetzt, wo sie in Schwierigkeiten waren, seinen Schutz gut brauchen können. »Wenn er dagewesen wäre«, sagte Klara, »hätte der sudanesische Falke nicht gewagt, uns anzugreifen.«

»Klara hat zugeschlagen«, sagte Ja'akow mit trauriger Stimme. »Die Leute nutzen es aus, dass sie so zart ist, und werden frech. Und dann schlägt sie zu.«

»Archimedes ist unser Mikado«, setzte Klara ihre Rede fort. »Er ist König und Richter und Henker, der keiner Fliege etwas zuleide tut.«

»Glaubst du das, Tante Klara?«, fragte Lisi.

»Aus ganzem Herzen«, antwortete Klara, das eine Auge eine dunkle Pfütze, das andere ein geschlagenes Ei.

* * *

Der Pieper fing an zu pfeifen, und Lisi rief die Redaktion an.

»Badichi!« Arielis Bellen war zu hören, noch bevor sie sich melden konnte.

»Ja?«

»Ist der Briefmarkenhändler frei?«

»Er sollte heute freigelassen werden.«

»Haben Sie etwas mit ihm ausgemacht?«

»Ich hatte gerade vor, ihn zu interviewen.«

»Schön. Haben Sie die *Post* gesehen?«

»Von heute?«

»Ein zweiseitiger Artikel über diesen Typ, diesen Archimedes Levi. Man verdächtigt ihn, der Mann zu sein, der die Frau des Richters in Schwierigkeiten gebracht hat, aber man findet keine Möglichkeit, ihm den Mord in die Schuhe zu schieben.«

»Das steht in der *Post*?«

»Mehr oder weniger. Ich schicke Cement.«

»Wann?«

»Morgen. Er wird sich mit Ihnen in Verbindung setzen.«

Lisi knallte den Hörer auf. Ihre Hände zitterten, ihre Beine zitterten, sie ließ sich auf einen Stuhl fallen. Sie war so wütend, dass ihr alles vor den Augen verschwamm. Aber wenigstens eines habe ich getan, dachte sie. Ich hatte mir versprochen, ihm einmal im Leben den Hörer ins Gesicht zu knallen, und dieses Versprechen habe ich gehalten.

»Was ist passiert, Lisi?« Für einen Moment vergaß Klara ihre eigenen Sorgen.

»Mein Redakteur.«

»Was will er?«

»Einen Reporter aus Tel Aviv schicken.«

»Dirigenten kommen, Dirigenten gehen, aber das Orchester bleibt«, sagte Onkel Ja'akow.

»Ich habe noch ein bisschen *Chanel Nr. 5*«, sagte Klara.

Sie nahm einen Tropfen auf den Finger, zeigte ihn Lisi und beugte sich vor, tupfte etwas hinter Lisis Ohren und auf die Innenflächen ihrer Handgelenke.

»Jetzt wirst du dich besser fühlen, Lisi.«

Das Parfüm duftete angenehm, und Lisi fühlte sich nicht besser. Sie küsste Ja'akow, dann drückte sie, mit größter Vorsicht, einen Kuss auf Klaras unzerkratzte Wange und wählte schließlich Archimedes' Nummer. Das Telefon klingelte, aber niemand nahm ab. Wenn man ihn des Mordes an Alexandra Hornstick verdächtigte, würde er nicht freigelassen werden. Aber konnte man ihn wirklich des Mordes verdächtigen? Archimedes ein Mörder? Adolam, dieses Schwein! Und ausgerechnet heute hatte sie die *Post* nicht gelesen. Bestimmt hatte Adolam mit Benzi gesprochen. Sie war wütend auf Benzi, weil er sich nicht die Mühe gemacht hatte, ihr davon zu erzählen. Es stimmte, er war nicht verpflichtet, ihr Informationen weiterzugeben, aber wenn er Adolam Material geliefert hatte, hätte er es auch ihr geben müssen. Und Dahan! Dieser Fuchs, dieser Lügner, dieser arrogante, niederträchtige Kerl, diese Hornviper, dieses kriechende Insekt, dieser Hornochse, den sie jedes Mal deckte, wenn es ihn überkam, seinen Pinsel herauszuziehen und in eine Dose zu stecken, dieser Wolf im Schafspelz, der bestimmt schon von der Entscheidung Arielis gewusst hatte, als sie in der Redaktion miteinander sprachen. Und nicht genug, dass er weder ein bisschen Mut noch einen Hauch von Aufrichtigkeit aufgebracht hatte, ihr etwas von Cements Anreise zu sagen, er hatte sie auch noch um sich herumflattern lassen wie eine Wetterfahne, er hatte sie dazu gebracht, sich zu entschuldigen, weil sie seine Gutmütigkeit in Zweifel gezogen hatte! Dafür würde er ihr bezahlen müssen! Kein Konditor Herzl Dahan mehr, kein Koch Nordau Dahan! Die guten Tage waren vorbei!

Lisi hatte Mitleid mit sich selbst. Sie beschloss, zu Archimedes' Wohnung zu fahren, zu der Adresse, die an der Ladentür angegeben war.

***

Lisi ging zum Auto zurück. Archimedes war nicht zu Hause. Hatte die Polizei ihn vielleicht doch nicht freigelassen? Allmählich wurde es Zeit, sich über die Schlussfolgerungen aus ihren Nachforschungen klarzuwerden. Keine grandiosen Ausweichmanöver mehr vor dem, was ihr schon seit Stunden im Kopf herumging. Hornstick ist der Mörder, sagte sie zu sich. Mit ziemlicher Sicherheit befand sich das Geld, das Archimedes freitags Alexandra gegeben hatte, in der Hand Pinchas Hornsticks, entweder war es auf seinem Bankkonto gelandet, oder er besaß den Bankscheck. Alex hatte unbedingt ihre Schulden bei Sade Asanja bezahlen wollen, der Verkauf der Villa hatte ihr die Deckung ihrer Schulden sowohl bei der Bank als auch beim Kibbuz ermöglichen sollen. Die Tatsache, dass ihr Mann die Annonce bei der *Post im Süden* annulliert hatte, bewies ohne jeden Zweifel, dass er von der Annonce wusste und nicht die Absicht hatte, sich von der Villa zu trennen. Die lebende Alex konnte mit der Villa machen, was sie wollte, denn sie war auf ihren Namen eingetragen. Beim Tod der Frau erbt der Ehemann. Für ihre misslungenen Geschäfte war er nicht verantwortlich, mit denen hatte er nichts zu tun. Seine Besitzgier hatte er bereits bewiesen, als er Alexandras Hand bei Lubitsch »gekauft« hatte, mit einem Kaufpreis, der verdächtig nach Erpressung roch. Alex wollte ihren Mann verlassen und hatte kein Geheimnis daraus gemacht. Sie hatte ihn blamiert, indem sie sich junge Männer in ihr Bett holte. Solange diese Ehe eine starke finanzielle Basis hatte, wäre er nicht bereit gewesen, sich scheiden zu lassen. Doch auf einmal hatte Alexandra Schulden, die ihm sowohl den Ruin als auch Schande bringen würden. Der einzige Mensch, der durch den Tod Alexandra Hornsticks etwas gewonnen hatte, war ihr Mann Pinchas Hornstick.

***

Es war halb sechs. Lisi fuhr zu Lubitschs Geschäft, um einen guten Wein zu kaufen, für den Fall, dass Archimedes doch noch aus dem Gefängnis entlassen würde. Bei dieser Gelegenheit konnte sie sich auch ein bisschen über den Verkauf oder den Nichtverkauf der Villa unterhalten. Es wurde Zeit, die Giftschlange aus dem Loch zu locken, in dem sie sich versteckte. Sie, Lisi, arbeitete schon fast zwei Wochen an dieser Story, und sie würde nicht zulassen, dass irgendein Doron Cement die Früchte ihrer Arbeit erntete.

Im Geschäft traf sie Goldner, der so tat, als hätte er sie nie im Leben gesehen, und Ne'eman Eschbal, der seine Abneigung gegen sie nicht verbarg, und außerdem noch Lubitsch, den Vater, dem ein Bart gewachsen war. Er war ein gebrochener Mann, das Gesicht grau vor Trauer. Sie verlangte einen sehr guten Wein, egal was er koste, und die Herren berieten sich miteintander. Ob sie den Wein zu Fisch oder zu Fleisch reichen wolle? Weder noch, der Wein solle nur so gereicht werden, ohne alles. Sie hielten den 1959er für einen guten Jahrgang, sowohl für den Bordeaux als auch für den Burgunder. Es kam zu einer kleinen Diskussion darüber, welcher vorzuziehen sei, der weiße Burgunder oder der rote, obwohl in jenem Jahr auch die Weine von Rhein und Mosel sehr gut waren. 1959 war ein gutes Jahr gewesen, da waren sie sich einig. Auch der 1964er war nicht schlecht. Natürlich gab es noch eine Möglichkeit – Champagner. Ob es etwas zu feiern gebe? Nein, zu feiern gebe es nichts. Schließlich entschieden sie sich für einen weißen Burgunder, ausgerechnet von 1961. Man sah ihnen an, dass diese Entscheidung ihre Stimmung gehoben hatte.

»Hat Hornstick einen Käufer für die Villa gefunden?«, fragte Lisi, nachdem man ihr den Wein eingepackt hatte.

»Was?«

Sie erinnerte sich später nicht, ob Ne'eman Eschbal das gesagt hatte oder Lubitsch, aber die Stimme hatte zweifellos überrascht geklungen.

»Ich habe gehört, dass er die Villa verkauft.«

»Er verkauft keine Villa«, sagte Eschbal.

»Sie haben eine Annonce in der *Zeit im Süden* aufgegeben und ihre Villa zum Verkauf angeboten, das war ein paar Tage vor dem … dem Unglück.«

»Was reden Sie da? Ach, diese Zeitungsleute! Das Herz zerbricht einem, und die? Sie wollen einem das Blut aussaugen! Blutegel seid ihr! Wir machen jetzt zu, nicht wahr, Vater?«

Am liebsten hätte sie ihn gebeten, seiner Frau einen herzlichen Gruß auszurichten, doch dann hatte sie Mitleid mit dem plattgedrückten Kürbis und hielt den Mund. Sie bezahlte den Wein und verließ das Geschäft. Du und dein großes Mundwerk, sagte sie zu sich. War es wirklich klug gewesen, die Annonce zu erwähnen? Du hast deinen Joker verloren, Lisi. Es sei denn, sie beschließen, der Sache nachzugehen. Schade, dass sie das Gesicht Hornsticks nicht sehen konnte, wenn sie ihm sagten, dass Lisi Badichi, diese Kuh von der *Zeit im Süden*, gefragt hatte, ob er seine Villa schon verkauft habe. Er wird so reagieren, wie er auf alles reagiert, dachte sie. Sein Blick wird so matt sein wie die Farbe seiner Augen, und seine Worte so blass wie seine Sommersprossen. Wehe der Generation, deren Richter sich vor dem Gesetz verantworten müssen, und wehe den Dummköpfen wie Lisi, die solchen Richtern in die Hände fallen.

Kapitel 31

Das kleine Tor des Jachthafens war verschlossen. Lisi erinnerte sich, dass Archimedes es beim letzten Mal mit einem Schlüssel geöffnet hatte, den er in der Tasche trug. Vermutlich durften nur Bootsbesitzer den Jachthafen betreten. Sie hob ihre langen Beine und stieg über das Tor. Manchmal war ihre Größe auch zu etwas nutze. Die verrosteten Eisentüren quietschten, und Lisis Schritte auf dem Brettersteg dröhnten so laut, als würde ein Haus zusammenbrechen.

Sie blieb bewegungslos stehen und lauschte auf die nächtlichen Geräusche. Die Boote schaukelten, und die Wellen klatschten an den Steg, zogen sich zurück, leckten an den Pfosten, peitschten heran, zogen sich wieder zurück. Über dem Tor schaukelte eine Glühbirne an einem Kabel und beleuchtete das Wort »Privat«, das auf einem Blechschild stand. Der Widerschein der Glühbirne zitterte auf dem schwarzen Wasser.

Aus den runden Kabinenfenstern der *Neptun* drang schwaches Licht. Lisi stieg hinauf und klopfte an die Tür.

»Weißer Burgunder, 1961«, sagte sie.

Archimedes stand in der Tür. Er trug abgewetzte Jeans, dazu ein schwarzes Picasso-Hemd mit weißen Querstreifen. Die passende Freizeitkleidung für einen Mann, der schon alles hat.

Sie hatte vergessen, wie schön er tatsächlich war. Er drehte den Kopf zur Seite und betrachtete forschend den Strand, und sie hatte Angst, er könnte sie nicht zum Eintreten auffordern. Er könnte ihr im Gegenteil sogar befehlen, ihre großen Füße von seinem Boot zu nehmen, zusammen mit allem, was dazugehörte. Sie wusste, dass sie albern aussah mit der ausgestreckten Hand und der idiotischen Weinflasche.

Archimedes sagte kein Wort. Er drehte ihr den Rücken zu, ging in die Kabine und ließ die Tür auf. Lisi folgte ihm und schloss die Tür.

»Man hat mir gesagt, dass 1961 ein hervorragendes Jahr für weißen Burgunder sei.«

Der Anflug eines Lächelns erschien auf seinen Lippen und verschwand sofort wieder. Kein Wort des Dankes. Er nahm den Wein und stellte ihn in den Kühlschrank. Danke, Lisi, sagte sie innerlich.

»Willst du deinen Mantel ausziehen?«

»Du klingst nicht sehr begeistert.«

»Ich bin nicht begeistert.«

»Bist du böse auf mich?«

»Nein.«

Lisi zog ihren Mantel aus und setzte sich. Sie erinnerte sich nicht, dass die Kabine so klein war. Bei ihrem letzten Besuch war sie ihr größer vorgekommen.

»Willst du den Wein nicht aufmachen?«, fragte sie.

»Er muss erst kalt werden.«

»Wie lange dauert das?«

»Willst du Kaffee?«

»Ja.«

Archimedes stellte Wasser auf und holte zwei Tassen aus dem Schrank. Er stand mit dem Rücken zu ihr und bereitete wortlos den Kaffee. War es ein Wunder, dass er sie nicht strahlend empfing? Würde sie jemanden strahlend empfangen, der sich selbst eingeladen hatte, ohne Vorankündigung und ohne um Erlaubnis zu fragen? Und wenn dieser Jemand Archimedes wäre? Hach, und wie!

Mein Problem ist jetzt, überlegte Lisi, wie ich wieder wegkomme, ohne das Gesicht zu verlieren. Sie würde eine Weile dasitzen, beschloss sie, zehn Minuten, eine Viertelstunde, und dann heimfahren. Solche Dinge passierten nicht zum ersten Mal in der Geschichte der Menschheit. Als Napoleon Bonaparte von einem Briten namens Sidney Smith aus Akko gejagt wurde, suchte er da eine Schulter, an der er sich ausweinen konnte? Nein! Er packte seine Landkarten ein und fuhr nach Hause.

Archimedes reichte ihr die Tasse und setzte sich ihr gegenüber an den Tisch. Einige Zeit tranken sie schweigend.

»Woher hast du gewusst, dass ich hier bin?«

»Ich habe dich gesucht, und du warst nicht zu Hause. Also habe ich angenommen, dass du hier bist.«

»Hast du die *Post* nicht gelesen?«

»Nein, ausgerechnet heute habe ich sie nicht gelesen. Mein Redakteur hat mich angerufen und mir eine Standpauke gehalten.«

»Bist du gekommen, um mich zu interviewen?«

Lisi war verletzt. Wenn er glaubt, dass ich gekommen bin, um unsere Freundschaft zu meinem Vorteil auszunutzen, dachte sie, dann muss ich wirklich hier weg, je schneller, umso besser für uns beide. Sie war nicht so leicht gekränkt. Sie war nicht wie ihre Mutter, für die ein Tag ohne Gekränktsein ein verlorener Tag war.

»Als du festgenommen wurdest, habe ich angefangen, auf eigene Faust Nachforschungen anzustellen«, sagte Lisi. »Keine Sorge, ich gehe bald.«

Archimedes nahm die Kaffeetassen, spülte sie, trocknete sie ab und stellte sie in den Schrank. Dann setzte er sich wieder ihr gegenüber und fragte: »Nicht zur Veröffentlichung, Badichi?«

»Was?«

»Was ich dir sage.«

»Ich kann mich nur wiederholen: Ich veröffentliche nichts, wenn man mich darum bittet, es nicht zu tun.«

»Ich bin noch immer in Haft.«

»Hausarrest? Hier, auf dem Boot?«

»Die Polizei möchte, dass es für die Öffentlichkeit so aussieht, als sei ich noch immer in Haft. Sie verdächtigen mich nicht, dass ich Alexandra Hornstick ermordet habe, aber sie wollen, dass der wirkliche Mörder glaubt, dass sie mich verdächtigen und in Haft behalten. Wenn du den Artikel in der *Post* gelesen hättest, hättest du entsprechende Hinweise bemerkt.«

»Haben sie dir gesagt, wen sie wirklich verdächtigen?«

»Nein.«

»Haben sie ausdrücklich gesagt, dass sie dich nicht verdächtigen?«

»Sie haben keinen Zweifel daran, dass ich mit dem Mord

an Alexandra nichts zu tun habe. Sie wollten mich in irgendein Hotel in Naharia bringen. Da habe ich vorgeschlagen, ich könnte mich auf mein Boot zurückziehen. Außer meinen beiden Freunden, die mit mir segeln, kennen nur wenige Leute die *Neptun,* und weil wir in den nächsten Wochen keinen Törn vorhaben, war dieser Plan ja ganz vernünftig. Eigentlich wollte die Polizei das Boot bewachen, damit niemand herausbekäme, dass ich mich hier verstecke. Nun, es hat sich gezeigt, dass sie es mit dem Bewachen nicht so ernst nehmen. Tatsache ist, dass du ohne Schwierigkeiten hergekommen bist. Wer hat dir das Tor aufgemacht?«

»Ich bin drübergesprungen.«

Endlich lachte er. Schön.

»Also bist du gefangen und nicht gefangen?«

»Ich bin nicht gefangen.«

»Was ist bei dem Verhör herausgekommen?«

»Ich war nicht bei der Party in Hornsticks Haus. In der betreffenden Nacht habe ich für die Stunde von elf Uhr abends bis Mitternacht ein Alibi, das nachgeprüft worden ist. Sie wissen von meinen Beziehungen zu Alexandra, unter anderem von deinen Kassetten, Lisi Nicht-zur-Veröffentlichung Badichi.«

»Man hat sie mir aus der Wohnung gestohlen, während ich das letzte Mal hier war. Nicht nur die Polizei hat sie abgehört, sondern auch jemand, von dem wir nicht wissen, wer er ist. Jemand, der Informationen vernichten oder Informationen erhalten wollte. Was dieser Jemand nicht weiß, ist, dass Ben-Zion Koresch sie kopiert hat. Letzten Endes war es gar keine so schlechte Idee, der Polizei die Bänder zum Kopieren zu geben.«

»Auch darüber haben sie mich befragt. Ob ich deine Kassetten gestohlen habe, ich persönlich oder mit Hilfe eines Komplizen. Ich sage nicht, dass alle meine Geschäfte den Segen des Oberrabbiners bekommen würden, aber ich bin kein Dieb. Hattest du jemandem erzählt, dass du weggehst?«

»Wann denn? Dein Anruf kann ganz überraschend, und innerhalb von einer Viertelstunde war ich schon unten. Vielleicht hatte sich jemand in der Umgebung versteckt und mich beobachtet?«

»Derselbe Jemand weiß auch über unsere Beziehung Bescheid und kann zur *Neptun* kommen.«

»Die Polizei bewacht dich.«

»Ach ja, das habe ich vergessen.«

Sie lächelten, dann küssten sie sich. Lisi schloss die Augen und gab sich ganz dem Vergnügen hin, das seine Lippen den ihren bereiteten, nur einmal dachte sie an das Alibi, das er für jenen Samstagabend hatte. Wer war sein Alibi? Eine feste Freundin? Eine gelegentliche Besucherin? Eine kleine Charmante, die zwischen Burgunder und Riesling unterscheiden konnte? Sie legte die Arme um seinen Körper, und während er sie auf die schmale Bank legte, gelang es ihr, die Stiefel auszuziehen, die Ohrringe abzunehmen und ihn mit ihren langen Beinen zu umschlingen. Danach erinnerte sie sich nicht mehr, wann und wie sie zur Kabine im Bug des Schiffes gekommen waren und wann sie sich ausgezogen hatten, und wer wen. Alles geschah so fieberhaft. Sein Körper war vollgesogen vom süßen Duft der Sonne, und seine Haut schmeckte nach Meer, und sie ruderten im selben Takt, bis sich die Wellen ihrer Gefühle beruhigten und sie zum Strand der Seligen gelangten. Er schmeckte so gut. Sie war bereit, seine Lanze ein zweites Mal herauszufordern, doch zu ihrer Enttäuschung stand er auf und zog sie zur Dusche. Nur ja nicht zu viel des Guten.

***

Als sie wieder in der kleinen Kabine saßen, geduscht und angezogen, holte er die Flasche, die sie mitgebracht hatte, aus dem Kühlschrank und goss den Wein in zwei gekühlte Gläser.

»Ein gutes Jahr für Burgunder, das Jahr 1961«, sagte er.

»Sie haben diskutiert, was besser wäre, 1959 oder 1964, und am Schluss haben sie sich für 1961 entschieden.«

»Wer? Wo?«

»Bei *Lubitsch Weine.* Ich glaube, ich habe eine Dummheit gemacht, Archimedes.«

»Keine Dummheit. Es ist sehr schwer, weißen Burgunder von 1961 zu bekommen.«

»Das meine ich doch gar nicht. Arieli, mein Redakteur, hat beschlossen, seine Drohung wahrzumachen. Der Artikel von Beni Adolam in der *Post im Süden* hat ihn geärgert, und er will sich an mir rächen. Morgen früh wird Doron Cement nach Be'er Schewa kommen. Nach zehn Jahren hingebungsvoller und verantwortungsbewusster Arbeit – keiner kann sagen, dass ich nicht hingebungsvoll und verantwortungsbewusst arbeite – wollen sie mir einen Reporter aus Tel Aviv vor die Nase setzen! Ich arbeite nun schon seit zwei Wochen an dem Mordfall Alexandra Hornstick, füge emsig wie eine Biene Detail an Detail, baue das Kreuzworträtsel zusammen und löse es geduldig und ausdauernd. Und es wird damit enden, dass es Cement sein wird, dem die Lösung des Rätsels wie eine reife Frucht in den Schoß fällt. Nachdem mich Arieli also angerufen und mir die erfreuliche Botschaft mitgeteilt hatte, habe ich beschlossen, vielleicht aus Wut, auf jeden Fall aus Leichtsinn, dass es an der Zeit ist, den Ablauf des Geschehens zu beschleunigen. Ich wollte nicht dasitzen und auf die Ereignisse warten, ich wollte die Schlange aus ihrem Loch locken.«

»Verdächtigst du jemanden?«

»Ja, Schätzchen.«

»Wen?«

Lisi erklärte Archimedes, warum sie zu dem Schluss gekommen war, dass der Einzige, der von Alexandras Tod profitierte, Pinchas Hornstick war, ihr Mann. Alexandra hatte die Absicht, die Villa zu verkaufen, die ungefähr eine halbe Million Dollar wert war. Nun hatte er, außer der Villa, auch die hunderttausend Dollar, die Archimedes Alexandra am Freitag gegeben hatte. Ihre Schulden waren nur auf ihren Namen eingetragen und verpflichteten ihn nach ihrem Tod zu nichts. Er hätte nur hineingezogen werden können, wenn Alexandra am Leben geblieben wäre. Der Witwer Hornstick besaß nun die Villa und hunderttausend Dollar, und außerdem sollte man nicht vergessen, dass Alexandra ihn zum Gespött gemacht hatte, etwas, was kein Richter sich erlauben kann, besonders keiner in einer kleinen Stadt wie Be'er Schewa, wo jeder jeden kennt.

»Warum glaubst du, dass meine Schecks ihm in die Hände geraten sind?«

»Sie hatte bei jeder Bank, mit der sie gearbeitet hat, hohe

Schulden. Das einzige Konto im Plus war das Konto von Pinchas Hornstick, auf das seit Jahren die zehn Prozent Gewinn von Lubitsch fließen. Die Bank hat keinen Zugriff auf das Geld, das auf dieses Konto kommt.«

»Das kann man nachprüfen.«

»Ihre Gläubiger, die Kibbuznikim, hatten ein Interesse daran, dass sie am Leben blieb und das Geld zurückzahlte. Sogar diese Wanze Jacki Danzig hatte ein Interesse daran, dass sie lebte, damit er sie erpressen konnte. Inzwischen habe ich erfahren, dass sie eine neue Liebschaft mit einem jungen Architekten angefangen hatte, der in ihrem Büro arbeitet. Was für ein Interesse könnte der gehabt haben, sie umzubringen? Zwischen ihr und ihrer Schwester herrschte eine Art Hassliebe, aber das gibt es in vielen Familien. Deshalb bringt man niemanden um. Wir wissen, dass irgendeine Dame am Sonntag zur Bank kam, am Morgen nach dem Mord, deine Schecks vorlegte und dafür einen Bankscheck bekam. Wenn man die Identität dieser Dame ermittelt, wird sich herausstellen, dass derjenige, der sie zur Bank geschickt hat, Pinchas Hornstick war.«

»Warum benutzt du das Wort Dame?«

Lisi dachte über die Frage nach, bevor sie eine Antwort gab. Es war ihr gar nicht aufgefallen, dass sie das Wort Dame benutzt hatte.

»Die Beschreibung der Bankangestellten war sehr allgemein. Eine Frau im mittleren Alter ohne besondere Auffälligkeiten. Ein Regenmantel, ein Schirm, ein Aktenköfferchen. Es hat geregnet, sie hatte ein Nylontuch um den Kopf. Die Bankangestellte sagt, die Frau habe wie eine Israelin aus einer aschkenasischen Familie gesprochen. Was kann das heißen? Eltern aus Polen oder Rumänien oder so ähnlich. Die Frau hatte es eilig und ärgerte sich, weil man sie warten ließ bis der Bankdirektor mit dir telefoniert hatte. Wo hört man so was, dass eine Kundin sich über Angestellte ärgert? Wenn schon, dann ärgern sich Angestellte über Kunden. Das muss eine Frau sein, die daran gewöhnt ist, dass man sie bedient oder dass man tut, was sie sagt. Ich glaube, dass ihre Selbstsicherheit nicht auf Reichtum beruht. Die Angestellte erinnert sich nicht an irgendwelche Schmuckstücke. Die Kleidung, die sie beschrieb, war eher bescheiden. Alles in allem habe ich das Gefühl, es handelt sich um eine Dame! Aber ich kann nicht erklären, warum. Hat Pinchas Hornstick eine Schwester?«

»Keine Ahnung, aber das kann man leicht herausfinden. Und was ist die Dummheit, die du gemacht hast?«

»Ich habe leichtsinnig gehandelt. Dabei bin ich sonst immer so vorsichtig, Archimedes! Hast du eigentlich einen Kosenamen?«

»Nein.«

»Man hält mich für langsam. Ich bin nicht langsam, Schätzchen, ich bin vorsichtig. Arieli hat mich durcheinandergebracht, und ich wollte Mata Hari Badichi sein. Als ich bei *Lubitsch Weine* war, habe ich gefragt, ob Hornstick die Villa schon verkauft hat. Natürlich wussten sie nicht, wovon ich spreche, und der Schwager hat angefangen, die Zeitungsleute im Allgemeinen und mich im Besonderen zu beschimpfen. Ich bin sicher, dass sie mit Pinchas Hornstick über die Sache sprechen werden, und er wird etwas unternehmen. Er wird etwas unternehmen müssen! Das war meine Absicht: ihn zu zwingen, etwas zu machen. Und ich habe einen Trumpf im Ärmel.«

Lisi fiel ein, dass sie Dahan fragen musste, ob er das Heft in sein Bankschließfach getan hatte. Sie hoffte, dass er daran gedacht hatte. Alles, was nicht direkt mit der Annoncenbeschaffung für die *Zeit im Süden* zu tun hatte, hielt Dahan für nebensächlich.

»Wenn er der Mörder ist, dann bist du in Gefahr. Es ist besser, dass du deinen Trumpf der Polizei übergibst.«

***

Lisi dachte daran, dass auch Hornstick eine Karte im Ärmel hatte, und es wäre ihr sehr, sehr unangenehm, wenn er sie herausziehen würde. Sie hatte keinen Zweifel, dass Benzi so lange nicht aufgeben würde, bis er den Grund für die Blutflecken auf dem Betttuch wüsste, und dann konnte sie sich Schwimmflossen über ihre natürlichen Flossen ziehen und in Eilat anfangen zu tauchen, je tiefer, um so besser.

»Ben-Zion Koresch ist mein Schwager.«

»Das weiß ich.«

»Hat er dich angeschrien?«

»Nein. Er hat im Zimmer gesessen und geschwiegen. Mich hat Inspektor Salvador Tut verhört.«

»Du machst Witze.«

»Nein.« Archimedes lachte trotzdem. Es brach aus ihm heraus, als wäre es gegen seinen Willen, stark und plötzlich, so wie sie es vom ersten Mal kannte. Sie hatte große Lust, ihn zu umarmen, und deshalb schob sie sich die Hände unter den Po.

»Wer ist Salvador Tut?«

»Der Chef des Betrugsdezernats von Be'er Schewa.«

»Gibt es so etwas?«

»Offenbar ja.«

»War er höflich?«

»Nein, aber das Ganze war ja auch keine Cocktailparty. Er hat gefragt, ich habe geantwortet.«

»Hast du einen guten Rechtsanwalt?«

»Ja.«

»Wessen beschuldigt man dich?«

»Bis jetzt werde ich noch gar nicht beschuldigt. Sie haben mich verhört wegen meiner finanziellen Beziehungen zu Alexandra. Sie wussten, dass ich ihr Freund war. Von den Schecks, die ich ihr gegeben hatte, wussten sie ebenfalls, durch deine Kassetten und den Sekretär des Kibbuz.«

»Ido Gawrielow. Sie hat ihn am Schabbatmorgen angerufen und ihm mitgeteilt, dass sie hunderttausend Dollar bekommen hat, die sie am Sonntagmorgen auf das Konto einzahlen würde.«

»Sie haben, nicht ohne Logik, gefolgert, dass es einen Zusammenhang zwischen ihren finanziellen Schwierigkeiten und dem Mord an ihr gibt.«

»Was hast du ihnen erzählt?«

Archimedes stand auf und goss die Weingläser, die inzwischen leer geworden waren, wieder voll. Er holte aus dem Kühlschrank ein Schälchen mit schwarzen Oliven und noch eines mit in Olivenöl eingelegten Ziegenkäsewürfeln. Er schnitt ein Fladenbrot in acht Dreiecke, spießte eines nach dem anderen auf eine Gabel und röstete sie über der Flamme des Gaskochers.

»Willst du ein Rührei?«, fragte er.

»Nein.«

Er sah, dass sie lächelte. Er konnte ja nicht wissen, dass sie es seit ihrem letzten Zusammentreffen geschafft hatte, ihren Kühlschrank zu füllen, was sie allein ihrem Schwager Benzi zu verdanken hatte.

»Und jetzt kannst du anfangen zu schreiben«, sagte er, als sie an dem kleinen Esstisch saßen.

»Mit Genehmigung zum Veröffentlichen?«

»Wir werden nicht zulassen, dass Cement dein Territorium erobert, Lisi.«

In ihrer Tasche hatte sie immer ein leeres Notizheft und einige Stifte. Sie war jederzeit bereit, zu jeder Minute, sich von einem brennenden Dach zu retten, von einem sinkenden Schiff zu springen, den Engel Gabriel zu treffen – mit offenem Block und schreibbereiter Hand.

Weil sie aufschrieb, was er sagte, achtete sie nicht darauf, was sie in den Mund steckte. Erst später registrierte sie das leere Geschirr auf dem Tisch und überlegte, ob sie aus schlechter Gewohnheit mal wieder mehr gegessen hatte, als es die Höflichkeit eigentlich erlaubte. Als sie ein Kind gewesen war, hatte man ihr beigebracht, alles zu essen, was man ihr auf den Teller tat, bis zum letzten Krümel, und danach richtete sie sich bis zum heutigen Tag. Egal, ob sie Hunger hatte oder nicht, sie wischte zwanghaft noch den Teller aus.

Kapitel 32

»Ich will mich nicht von Schuld reinwaschen«, sagte Archimedes. »Möglicherweise wäre Alexandra, wenn ich mich nicht eingemischt hätte, heute noch am Leben. Sie war meine Freundin. Wir haben uns gestritten, wir haben uns versöhnt, die Jahre haben auf jeden von uns einen anderen Einfluss gehabt. Sie wurde gieriger, ich ruhiger. Aber wir hatten uns sehr gern. Der Gedanke, dass ich an ihrem Tod beteiligt bin, tut mir weh, denn ich glaube, dass deine Theorie stimmt. Es gibt eine Beziehung zwischen Blut und Geld.

Alexandra beschloss also, das Geld vom Konto Sade Asanja auf dem grauen Markt anzulegen. Sie hatte das Gefühl, dass es allen Leuten gelang, Geld zu machen, und dass nur sie, die Dumme, sich mit den üblichen Bankzinsen begnügte. Dauernd traf sie irgendwelche Finanzakrobaten, die Geld aus Geld machten, die an der Börse spekulierten, Wertpapiere hochspielten, unglaubliche Dividenden herausholten und an dubiose Firmen in Vaduz oder in Curaçao überwiesen, um Geld aus dem Land zu schaffen. Das imponierte ihr sehr, und sie wollte bei dieser Party mitmachen. Ihre Idee war einfach. Das Geld von Sade Asanja sollte irgendeinem Finanzakrobaten zur Verfügung gestellt werden, und alle würden daran verdienen, die Kibbuznikim, sie selbst und der Makler. Vor etwa einem Jahr kam sie zu mir und schlug mir diesen Deal vor. Ich halte nichts von einer Verflechtung von Geld und Freundschaft, das geht immer schlecht aus. Ich brachte sie mit einem Mann in Verbindung, den ich kannte, und der fand für sie einen Geldhändler vom grauen Markt. Bis vor drei Monaten lief alles gut – bis der Mann mit dem Geld von Sade Asanja verschwand. Alex beschuldigte mich, denn ich war ein bequemes Ziel. Ich war hier, während der Betrüger nicht greifbar war. Ich erinnerte sie daran, dass es ihre Idee gewesen war und dass ich mich geweigert hatte, mich in ihre finanziellen Transaktionen verwickeln zu lassen. Aber sie hielt mich für verantwortlich und verlangte von mir, sie zu retten. Für sie hieß das, ich sollte ihr Geld leihen, damit sie weiterbauen konnte, bis sie sich wieder hochgerappelt hätte. Sie machte sich größere Sorgen um ihre Kibbuznikim als um sich selbst. Sie war sicher, dass sie eine Lösung finden würde, und wollte mit meiner Hilfe Zeit gewinnen.

Zur selben Zeit kamen zwei rumänische Briefmarkenhändler nach Lausanne und boten einen Fehldruck der *Schwarzen Victoria* zum Verkauf an. Zehn solcher Marken sind bekannt. Als die Briefmarke auf den Markt gekommen war, vor über hundert Jahren, entdeckte man, dass auf einigen Marken der Kopf der Königin verkehrt herum gedruckt war, und man vernichtete die Briefmarken dieser Serie. Aber da waren schon zehn Briefmarken verkauft worden, bei einer normalen Postdienststelle in einem kleinen Dorf in Shropshire, das wegen dieses Vorfalls berühmt geworden ist. Das Königshaus hat zwei dieser Marken gekauft, sie sind im Briefmarkenmuseum in

London zu besichtigen, eine Briefmarke wurde an den Herzog von York verkauft und befindet sich in dessen privater Sammlung. Über die anderen sieben Marken weiß man nichts. Der Traum eines jeden Briefmarkenhändlers ist es, dass ihm durch ein Wunder ein Fehldruck der *Victoria* in die Hände fällt. Ein paar Tage, nachdem Alexandra mich um Hilfe gebeten hatte, rief mich also ein alter Freund an, ein Briefmarkenhändler aus der Schweiz, auf den ich mich, was Fachwissen und Ehrlichkeit betrifft, vollkommen verlasse, und sagte, ich solle das nächste Flugzeug nehmen und in die Schweiz kommen. Hast du bis dahin alles verstanden?«

»Ja. Ich sehe nur noch nicht den Zusammenhang.«

»Das kommt schon noch. Als ich in Lausanne ankam, erzählte mir mein Bekannter von dem Angebot der beiden Rumänen. Es stellte sich heraus, dass die Briefmarke schon zu Lebzeiten ihres Großvaters, eines Hobbysammlers, in den Besitz der Familie gelangt war. In der Familie wusste man, dass es sich um eine sehr seltene Marke handelte. Dann wurde der ältere Bruder krank. Er konnte in Genf operiert werden, aber dazu brauchten sie Geld. Sie hatten gerade mal genug, um in die Schweiz zu kommen, aber vom Verkauf der Briefmarke hing nun das Leben des Bruders ab. Den rumänischen Behörden hatten sie irgendeine Geschichte über einen reichen Schweizer Onkel erzählt, der bereit sei, die Operation zu bezahlen. Ihre Frauen und Kinder waren in Rumänien geblieben, und wenn die Behörden herausbekämen, dass sie die Briefmarke aus dem Land geschmuggelt und verkauft hatten, würden ihre Familien es bitter büßen müssen. Innerhalb eines Tages kamen vier der größten Briefmarkenhändler der Welt nach Lausanne. Zwei von ihnen kannte ich, einen belgischen Sammler und einen Vertreter des Königshauses von Monaco. Ein Amerikaner, Jackson Schwarz, war aus Philadelphia angereist. Es entstand eine Art Ad-hoc-Börse, das ist nichts Ungewöhnliches, Geschäfte dieser Art werden im Geheimen abgewickelt. Auch ich und mein Schweizer Freund, der zu den bedeutendsten Philatelisten der Welt gehört, prüften den Fehldruck und kamen zu dem Schluss, dass es sich nicht um eine Fälschung handelte. Wir entschieden uns dazu, sie zu kaufen. Der Preis war mit zweihunderttausend Dollar angesetzt. Ich rechnete mir aus, dass ich sie in England sicher für das Doppelte verkaufen könnte.

Mein Schweizer Freund und ich boten kurz entschlossen fünftausend Dollar mehr, als der Amerikaner zu zahlen bereit war, und die Briefmarke gehörte uns. Ich habe ein Konto in der Schweiz – seit gestern weiß das auch die Polizei – und bezahlte meinen Anteil. Die Rumänen reisten ab, die Briefmarkenhändler reisten ab, und die Briefmarke blieb da. Sie war eine Fälschung. Ich will jetzt nicht in Einzelheiten gehen. Im Labor stellte sich heraus, dass die Wasserzeichen den originalen Wasserzeichen entsprachen, das Papier entsprach dem Originalpapier, und sogar die Zahnung war authentisch. Die Fälschung kam erst ans Licht, als man feststellte, dass sich in der Farbe irgendein synthetischer Stoff befand. Wer diese Briefmarke gefälscht hatte, war ein Fachmann, und was nicht weniger wichtig war – er hatte keine Spuren hinterlassen. Nach unserer Auffassung kann eine solche Fälschung nur in einem hervorragenden Labor und mit den modernsten Hilfsmitteln hergestellt werden. Es ist schwer zu glauben, dass es jemandem in Rumänien gelungen sein könnte, ein solches Labor einzurichten. Unser Verdacht richtete sich auf den Joker im Spiel, auf diesen Mister Jackson Schwarz aus Philadelphia. Als wir versuchten, ihn zu finden, stellte sich heraus, dass es keinen Mann dieses Namens unter der angegebenen Adresse gab, auch nicht in dem angegebenen Geschäft oder unter der Telefonnummer auf seiner Visitenkarte, die er dagelassen hatte. Die beiden Rumänen waren Schauspieler gewesen, dieser Mister Schwarz aber der Regisseur.

Wir führten unsere Nachforschungen in aller Stille durch. Sowohl ich als auch mein Schweizer Freund sind daran interessiert, das Geschehene zu vertuschen. Ein Briefmarkenhändler, der nicht imstande ist, zwischen einer echten und einer gefälschten Briefmarke zu unterscheiden, kann seinen Laden dichtmachen. Die Voraussetzungen zu diesem Beruf sind nun mal Fachwissen und Vertrauenswürdigkeit. Außerdem: Wenn mir der Verlust des Geldes und die Schande nicht gereicht hätten, hätte ich zusätzlich noch Schwierigkeiten mit der Polizei bekommen, weil ich Devisen ins Ausland geschmuggelt habe. Man lebt, wird älter und lernt nichts dazu.

Um hunderttausend Dollar ärmer fuhr ich also zurück nach Israel. Noch immer konnte ich mir ein Abendessen im *Escopia* leisten, aber als ich mich ein bisschen von dem Ärger erholt hatte, machte ich eine klare Bestandsaufnahme und kam zu dem Schluss, dass ich Alexandra im Moment nicht helfen konnte. Ich erzählte ihr von der gefälschten *Victoria* und sagte, sie müsse sich leider woanders nach Hilfe umschauen.

Alexandra kochte vor Wut. Sie war rothaarig, und wenn Rothaarige toben – der Himmel bewahre uns davor! Sie habe sich darauf verlassen, dass ich ihr helfen würde, sagte sie. Sie habe geglaubt, dass ich deswegen in die Schweiz geflogen sei. Ich hätte ihr Vertrauen verraten, als ich sie mit dem Mann vom grauen Markt zusammenbrachte, dem Mann, der sich als Betrüger herausgestellt hatte, als Abschaum der Menschheit. Ein anständiger Mensch hätte sich bemüht, den Betrüger und das gestohlene Geld zu finden, aber ich sei kein anständiger Mensch. Ich sei kein Freund, ich sei nie einer gewesen.

Erst als sie sich etwas beruhigte, war sie bereit, mir zuzuhören. Ich sagte, ich verstünde, wie sie sich jetzt fühle, denn ich sei selbst betrogen worden. Ich sei selbst in die Grube gefallen, und nicht genug damit, dass man mir das Geld aus der Tasche gezogen und meinen guten Ruf beschädigt hatte, ich konnte noch nicht mal den Mund aufmachen. Und wenn sie nicht so egoistisch wäre, könnte sie verstehen, was ich durchmache. Trotzdem versprach ich ihr, alles in meiner Macht Stehende zu tun, um Geld aufzutreiben und ihr zu helfen, obwohl sie es nicht verdiene, nach allem, was sie mir an den Kopf geworfen hatte.

Sie bat mich um Verzeihung, sagte, sie habe keine Schulter, an der sie sich ausweinen könne, alle Sorgen lasteten allein auf ihr, sie habe ihr Büro in Schwierigkeiten gebracht, den Kibbuz, die Familie, und jetzt habe sie ihren treuen Freund beschimpft, den Einzigen, der versuche, ihr zu helfen. Sie fiel von einem Extrem ins andere. Ihre Wut war verschwunden, auf einmal war sie begeistert und fröhlich und befahl mir, ich solle mir keine Sorgen um sie machen. Wenn es nötig wäre, würde sie ihr Haus verkaufen, das würde ihre Schulden decken. Sie würden in eine Wohnung ziehen, sie würde arbeiten, vorwärtskommen und sich eine noch größere Villa bauen. Dieses Gespräch fand am Swimmingpool des *Savoy* statt, eine Woche und einen Tag bevor Alex ermordet wurde.«

***

»Sie hat eine Annonce in der *Zeit im Süden* aufgegeben und ihr Haus zum Verkauf angeboten.«

»Hornstick kann immer behaupten, sie habe es mit seinem Einverständnis getan.«

»Im Heft der Anzeigenabteilung steht Alexandra Hornstick als Auftraggeberin, und Dahan, der König der Annoncen und der Organisation, der sich sogar noch erinnert, wie groß die Annonce für den Verkauf eines gebrauchten Kinderwagens gewesen war, der an Pessach vor drei Jahren verkauft wurde, erinnert sich nur, dass ein oder zwei Tage nach dem Mord ein Mann in der Redaktion anrief, sich als Besitzer des Anwesens ausgab und bat, den Druck der Anzeige zu stoppen.«

»Weiß die Polizei davon?«

»Noch nicht. Vielleicht. Ich weiß es nicht.«

Archimedes lächelte, und sie konnte sich nicht mehr beherrschen, beugte sich zu ihm und legte ihre Lippen auf seine. Ihre Hände sehnten sich danach, seinen Körper zu streicheln, ihre Seele nach der süßen Frucht der Scham. Er hob ihren Kopf und betrachtete sie schräg von der Seite, wie ein Erwachsener nach einem Tag schwerer und ermüdender Arbeit den Tanz eines begabten Mädchens betrachtet. Lisi kehrte zu ihrem Notizblock zurück.

»Die teuren Briefmarken in meiner Sammlung liegen in einem Safe in London. Unter ihnen war ein *Schmetterlingsauge,* eine Briefmarke, die vor hundertvierzig Jahren in Brasilien herausgegeben wurde und die unter den professionellen Sammlern sehr begehrt ist. Ich beschloss, sie zu verkaufen. Ich flog also nach London und verkaufte die Marke. Ich bekam für sie hundertfünfundzwanzigtausend Dollar. Am Freitag kam ich nach Israel zurück und ging zum *Savoy,* zu meinem wöchentlichen Treffen mit Alex. Ich berichtete ihr vom Verkauf des *Schmetterlingsauges* und sagte, dass ich ihr hunderttausend Dollar leihen könnte. Über die Bedingungen des Darlehens könnten wir am Sonntag reden, dachte ich.

Alex war natürlich glücklich darüber, aber – und da beginnt das große Aber – sie hatte auch Neuigkeiten. Sie hatte beschlossen, so teilte sie mir mit, ihren Mann zu verlassen, ihr Haus zu verkaufen und ein neues Leben mit ihrem jungen Architekten anzufangen. ›Ich stecke bis zu den Ohren in Scheiße‹, sagte sie. Sie hatte ein Mundwerk, da sei Gott vor! ›Und der letzte Mensch, den ich um Hilfe und Rat bitten könnte‹, fuhr sie fort, ›ist dieser Arsch, mit dem ich lebe. Also Schluss damit! Und nicht erst übermorgen, sondern gleich morgen!‹ Ich fragte sie, ob der junge Architekt wisse, dass sie pleite war, und sie antwortete, er habe noch keine Ahnung, was ihn erwarte. Ich stichelte, wir lachten, die Stimmung war ausgelassen. Ich war um hunderttausend Dollar leichter, sie hatte vor, sich von einem Besitz, der eine Viertelmillion Dollar wert war, zu trennen und außerdem noch ihre Familie zu zerstören, und wir tranken *Tom Collins*, schwammen und platzten fast vor Lachen. Kannst du dir das vorstellen?«

»Kann ich veröffentlichen, was du mir erzählt hast?«

»Ja, ich habe nichts dagegen.«

»Warum?«

»Alexandra können wir nicht wieder lebendig machen. Ich möchte die hunderttausend Dollar zurückbekommen, die ich ihr geliehen habe. Ich habe mit einer Anklage zu rechnen und werde jeden Pfennig brauchen. Ich möchte, dass die tote Alexandra mir wiedergibt, was mir die lebende genommen hat. Jemand hat das Geld. Du bekommst dein Exklusivinterview mit Archimedes Levi, der verdächtigt wird, die Bauingenieurin Alexandra Hornstick ermordet zu haben, und ich teile demjenigen, der das Geld hat, mit – wobei es mir egal ist, ob es Hornstick ist oder Sade Asanja oder Jacki Danzig oder dieser Beruchim –, dass es mir nicht einfällt, auf meine hunderttausend Dollar zu verzichten. Sie gehören mir, und ich will sie zurück.«

Er war so entschlossen, dass sie erschrak. Sie verstand plötzlich, warum Klara und Ja'akow Angst vor ihm hatten. Auf einmal entdeckte sie eine Seite an ihm, von der sie nichts gewusst hatte. Aber was wusste sie überhaupt von ihm?

»Klara hat mir eine Flasche Wein gegeben, die du mir geschickt hast.«

»Ich weiß. Und natürlich hat der Erkennungsdienst den Umschlag im Labor überprüft.«

»So wurde es mir erzählt.«

Die dunkle Wolke verschwand, und ein spitzbübisches Lächeln erschien auf seinem Gesicht.

»Heb die Flasche an einem trockenen Platz auf. Wo hast du sie hingestellt?«

»Neben das Öl und den Essig.«

Archimedes lachte, umarmte sie fest und drückte ihr einen schmatzenden Kuss auf die Schläfe.

»Lisi, Lisi, ich werde mich nach dir sehnen.«

»Fährst du weg?«

»Ich hoffe, dass ich heil und gesund aus dieser Geschichte herauskomme. Etwas ärmer, aber heil und gesund. Doch es ist nicht ausgeschlossen, dass man mich zu einer Gefängnisstrafe verurteilt. Wegen eines Devisenvergehens. Es kann aber auch sein, dass ich mit einer Geldstrafe davonkomme. So hat es mir jedenfalls mein Rechtsanwalt erklärt.«

»Ich hoffe, dass ich dir mit meinem Artikel nicht schade.«

»Die Dinge kommen früher oder später ohnehin an die Öffentlichkeit, warum sollst du sie dann nicht veröffentlichen? Wir werden doch nicht zulassen, dass Cement kommt und einfach das erntet, was du gesät hast. Über die gefälschte Briefmarke schreibe lieber nichts. Das würde mir schaden. Bist du mit deinem Auto da?«

»Ja.«

»Also komm.«

***

Sie gingen Arm in Arm zum Tor. Zum ersten Mal in ihrem Leben genoss sie die Größe ihres Körpers. Sie war fast so groß wie er, ihre verschränkten Arme lagen einer auf der Hüfte des anderen, und ihre Schritte waren fast gleich lang. Sie passten zusammen, und sie gingen schweigend nebeneinander her. Plötzlich blieb er stehen, ohne sie loszulassen, und hob lauschend den Kopf. Sie stand dicht neben ihm und versuchte zu hören, was er hörte: das Glucksen der Wellen, das Hupen eines fernen Autos, das Zittern der Sterne am kalten Nachthimmel. Archimedes Levi könnte Besseres haben als eine Kuh mit großen Flossen, dachte Lisi, als sie weitergingen, aber ich habe nicht den geringsten Zweifel, dass er mich mag. Ich bringe ihn zum Lachen, und er mag mich.

Die kleine Holzbrücke knarrte unter ihren Füßen, und das schwarze Wasser kräuselte sich. Vielleicht ein großer Fisch, der wegen der zitternden Brückenpfeiler aus der Tiefe aufgestiegen war, vielleicht eine Meeresschildkröte, die aus ihrer Nische kroch. Kein Polizist war zu sehen, und Lisi fragte sich, ob sie wohl vergessen hatten, dass sie sich bei der Bewachung des Bootes ablösen mussten, oder ob die Bewachung so ausgezeichnet war, dass man sie nicht merkte. Archimedes zog einen Schlüsselbund aus seiner Tasche, um das Tor aufzuschließen, aber sie war schon darübergesprungen, drehte sich um und sah ihn lachen.

»Wenn man mich ins Gefängnis schickt, dann weiß ich wenigstens, dass draußen eine Frau auf mich wartet, eine Flasche Pinot Chardonnay und eine *Victoria*, die einen halben gelochten Penny wert ist.«

Kapitel 33

Lisi kehrte nach Be'er Schewa zurück, fuhr zur Redaktion, tippte ihr Exklusivinterview mit Archimedes, »dem Briefmarkenhändler aus Be'er Schewa, der unter Verdacht steht, den Mord an der Bauingenieurin Alexandra Hornstick, der Gattin des Bezirksrichters Pinchas Hornstick, begangen zu haben«, und gab ihn an die Redaktion in Tel Aviv durch. Die Zeitung war schon redigiert und druckfertig, also würde ihr Artikel in der morgigen Ausgabe nicht mehr erscheinen. Sie konnte nur hoffen und beten, dass Adolam nicht ausgerechnet für morgen irgendeinen Exklusivbericht ergattert hatte. Sie fuhr nach Hause, schloss die Tür hinter sich ab, steckte das Telefon aus und ging schlafen. Die Pressekonferenz des Naturschutzbundes sollte um elf Uhr stattfinden. Sie stellte den Wecker auf neun.

In der Nacht stürmte es. Die Tür zwischen Küche und Balkon schlug so lange auf und zu, dass Lisi aus dem Bett steigen und sie schließen musste. Der Wind wurde stärker, und die Fenster zitterten und klapperten, sodass Lisi wieder aufstand, mit nackten Füßen von Fenster zu Fenster ging und diese sorgfältig verriegelte. Das Heulen und Tosen des Windes drang bis in ihre Träume, und als sie endlich vom Rasseln des Weckers geweckt wurde, blieb sie noch eine Weile ruhig liegen, wie jemand, der das Meer überquert hat und endlich am gelobten Ufer angekommen ist, nun aber keine Kraft mehr hat, auch nur ein Glied zu rühren.

Dann schnitt sie sich eine Scheibe Brot ab, bestrich sie mit Butter, kochte einen starken Kaffee, stellte sich ihr Frühstück auf den Nachttisch und kroch wieder unter die Decke. Das Bett war inzwischen kalt geworden. Sie steckte das Telefon nicht ein und überlegte, ob sie sich heute krank melden sollte. Seit sie bei der *Zeit im Süden* arbeitete, hatte sie noch keine einzige Pressekonferenz versäumt. Sie gehörte zum Erscheinungsbild aller hiesigen Pressekonferenzen, genau wie der Orangensaft und die Waffeln. Trotzdem – sie hatte große Lust, im Bett zu bleiben. Sollte Cement doch zu dieser Pressekonferenz vom Naturschutzbund gehen.

***

Die Werke Willi Achinoams und seiner Freunde waren aus der Vorhalle des Kulturzentrums verschwunden. Stattdessen hingen nun riesige Fotos an den Wänden, die von der Reise einer Delegation von Jugendlichen nach Polen zeugten. Diese Reise war gemeinsam vom Erziehungsministerium und der Stadtverwaltung finanziert worden. Gleich hinter dem Eingang wurde die Ausstellung *Arbeit und Handwerk* gezeigt, in der ortsansässige Hobbykünstler ihre Werke ausstellten. Neben einfachen Holzbriefkästen, die aller Wahrscheinlichkeit nach aus der benachbarten Schule stammten, saßen ein Glasbläser, eine Schmuckherstellerin, eine Strickerin. Lisi dachte, wenn ihre Mutter nicht so sehr mit dem Kochen und Pflegen ihrer Enkel beschäftigt wäre, hätte man auch sie hierhersetzen können, in die Vorhalle des Kulturzentrums. Zu Lisis bescheidenem Besitz gehörten auch drei Wandteppiche, die bei den seltenen Gelegenheiten, wenn ihre Mutter sie besuchte, aus dem Schrank genommen wurden.

»Sie sind Lisi Badichi von der *Zeit im Süden*, nicht wahr?«, fragte die Schmuckherstellerin.

»Ja.«

Auf einem mit blauem Samt ausgelegten Tablett lagen die Werke der jungen Frau, Armbänder, Halsketten, Ohrringe, Gürtelschnallen. Auf ihrem rasierten Kopf prangte ein orangefarbenes Haarbüschel. Lisi versuchte sich zu erinnern, wo sie diese Frau schon einmal getroffen hatte.

»Vielleicht wissen Sie, wann man Jacki freilässt?«

Bruria. Die Kellnerin vom *Blauen Pelikan*.

»Ist er denn noch immer in Haft?«

»Ja.«

»Ich dachte, er wurde nur für achtundvierzig Stunden festgenommen.«

»Ja, aber dann hat man die Frist mit einem richterlichen Befehl verlängert.«

»Das habe ich nicht gewusst.«

»Ich bin sicher, dass er Alex nicht umgebracht hat.«

»Haben Sie sie gekannt?«

»Natürlich habe ich sie gekannt. Jeder, der in den *Blauen Pelikan* kommt, hat sie gekannt. Sie war schamlos. Eine ältere Frau, verheiratet, Mutter von Kindern. Sie hat auf die ganze Welt gepfiffen. Es war klar, dass es ein schlimmes Ende nehmen würde mit ihr. Aber Jacki hat es nicht getan. Er ist ein Stück Mist. Alles, was man so über ihn redet, kann ich nur unterschreiben, aber umgebracht hat er sie nicht.«

»Woher wissen Sie das?«

»Ein paar Stunden vor der Party hat sie im *Pelikan* nach ihm gesucht. Immer wenn sie ihn an einem Ort nicht fand, hat sie an allen anderen Orten angerufen, wo er sich normalerweise rumtreibt. Es war fünf oder sechs Uhr abends. Ich war im *Pelikan*, außerdem noch Judale, der Barkeeper, und Na'ama, die Kibbuznikit, die bei uns putzt. Und an der Bar saßen schon zwei Kunden. Ich nahm das Gespräch an, Alexandra stellte sich vor und verlangte Jacki. Ich gab ihm den Hörer. Sie erteilte ihm Anweisungen, was er bei der Party ihres Mannes spielen sollte, Paso doble und so was, Musik eben, die zu Rechtsanwälten passt. Und dann hat sie gesagt, wenn er fertig wäre mit dem Klavierspielen, würden sie sich im Garten hinter dem Haus treffen. Es war ja noch leer bei uns, deshalb konnten wir alle hören, wie er sich ärgerte und laut sagte – eigentlich hat er fast geschrien: ›In Ordnung! Ich habe dich verstanden! Ich werde um zwölf am Swimmingpool hinter dem Haus sein!‹ Als er den Hörer auflegte, sagte ich noch, dass er nicht so rumschreien soll, wenn Gäste da sind. Und da ist er dann gegen mich losgegangen und hat die Klappe aufgerissen! Ich denke die ganze Zeit darüber nach. Wenn er vorhatte, sie zu ermorden, hätte er nicht so laut geschrien, dass wir es alle hören konnten. Und angenommen, nur angenommen, dass ihm wegen irgendetwas die Galle in den Kopf gestiegen ist, sodass er die Kontrolle über sich verloren hat, wie man sagt, hätte er sich sicher sofort daran erinnert, dass wir im *Pelikan* dieses Telefongespräch gehört haben, und das hätte ihn zurückgehalten. Sehen Sie, Jacki gefällt mir nicht, kein bisschen, aber er ist nicht dumm.«

»Warum erzählen Sie das nicht der Polizei?«

»Ihr Cousin arbeitet bei der Polizei, nicht wahr?«

»Mein Schwager. Eigentlich meine beiden Schwager.«

»Ich will nichts mit der Polizei zu tun haben. Ich hatte da schon mal was. Eine kleine Dummheit. Aber das reicht mir fürs Leben. Sie haben mir beim Verhör die Seele aus dem Leib gefragt. Ich habe eine Heidenangst vor den Typen. Außerdem würden es meine Freunde nicht gerne sehen, wenn ich anfangen würde, der Polizei zu helfen. Sie können der Polizei ja sagen, was ich Ihnen erzählt habe.«

»Schöner Schmuck«, sagte Lisi.

Brurias Gesicht hellte sich auf. Der Schmuck war wirklich schön. Große Ohrringe aus Gold- und Silbergliedern zogen Lisis Blick auf sich.

»Wie viel kosten diese Ohrringe?«

»Kommen Sie zum *Blauen Pelikan*, wenn die Ausstellung zu Ende ist, und ich verkaufe sie Ihnen mit Rabatt. Die Preise hier sind überhöht.«

»Warum arbeiten Sie im *Blauen Pelikan*, wenn Sie einen Beruf haben?«

»Nun, ich habe einen Beruf, aber man muss ja auch von was leben.«

»Das erinnert mich an was. Auch ich muss von etwas leben.«

***

Zwei Motive hatten Majan Wolf-Hase'ew, den Mann vom Naturschutzbund, dazu bewogen, diese Pressekonferenz einzuberufen: Er wollte gegen die offiziellen Pläne, eine neue Straße auf der Trasse Be'er Schewa–Hebron zu bauen, angehen, und er wollte die Unterstützung der Journalisten für das Projekt »Wüsten-Bagel« gewinnen.

Alle Anwesenden kannten Majan Wolf-Hase'ew einschließlich der rotgeäderten Wangen, die aussahen wie die Kronenblätter des netzblättrigen Bilsenkrauts (für dessen Rechte er sich bei der letzten Pressekonferenz eingesetzt hatte), seines Buddha-Bauchs, seines Armeeregenmantels und seines Baumwollhemdes, auf das ein Hirsch gemalt war. Er war Wächter, Hüter und Anwalt des Negev, der treue Liebhaber der Wadis, der Felsen und der Salzwüsten, die das Gewächshaus für die fünfhundertneunundvierzig Pflanzen waren, die in unserem Negev wachsen. Er stellte seine beiden Kollegen vor, Moti Zuf, Direktor der Landwirtschaftsschule *Charme der Wüste*, und den ökologisch orientierten Bildhauer Dr. Vivian Sade, der vor zwei Tagen von der Documenta in Kassel zurückgekehrt war. Auch diese beiden trugen Armeeregenmäntel, hatten jedoch keine Hemden mit Hirschen darauf.

»Warum ausgerechnet auf dieser Trasse?«, fragte Majan. »Die indischen Kuckucksblumen sind Neueinwanderer. Haben sie als solche nicht besondere Rechte? Warum will man sie von uns vertreiben? Gebt ihnen Zeit, sich zu akklimatisieren, lasst die Straße sein, warum so eilig? Und die kleine Mittags-Iris. Jetzt fängt ihre Blütezeit an. Diese kleinen, lilafarbenen Blüten, die ihr alle aus der Umgebung von Be'er Schewa kennt, wachsen ausgerechnet auf dem Weg nach Hebron. Bringt es Segen, wenn man sie vernichtet? Nicht genug, dass die Stachelschweine ihren Knollen nachstellen, auch das Verkehrsministerium hat ihnen den Krieg erklärt. Und was mir persönlich ganz besonders weh tut: das Eingeschnittene Flohkraut! Das Eingeschnittene Flohkraut ist eine bescheidene und kluge Pflanze. Sie hat einen scharfen Geruch entwickelt, der sie vor dem Befall mit Insekten schützt, und sie hat es geschafft, sich mit dem grausamsten und gefährlichsten aller Tiere anzufreunden, mit dem Menschen. In meinem Schrank hängen Beutel mit Blüten des Eingeschnittenen Flohkrautes, und seither gibt es bei uns keine Motten, keine Schnaken und keine Spinnen. Tee aus den Blüten heilt alle möglichen Krankheiten, er hilft, wenn jemand unter Rheumatismus leidet, und er reinigt das Blut. Wir wissen von Leuten, die jahrelang unter Migräne gelitten haben, ohne dass ihnen irgendetwas geholfen hätte – aber Tee aus den Blüten des Eingeschnittenen Flohkrautes hat ihren Zustand merklich verbessert. Eine medizinische Vierteljahresschrift, die in Darmstadt erscheint, hat vor ungefähr einem Jahr unser Eingeschnittenes Flohkraut ausdrücklich gewürdigt, man könnte sich also eine Zusammenarbeit zwischen dem Gesundheitsministerium und dem Verkehrsministerium oder zwischen ihnen und der örtlichen Verwaltung gut vorstellen, aber warum sollten sie das tun? Wirklich, warum sollten sie das tun? Nur der jüdische Verstand kann so verbogen sein. Chelm! Chelm! Endlich haben wir eine Pflanze gefunden, der es nicht nur gelingt, sich den Bedingungen der Wüste anzupassen, sondern die auch dem Menschen nützt. Und was tut man? Nun, meine Herrschaften, was? Man rottet sie aus!«

Majan Hase'ew bedankte sich für die Aufmerksamkeit und bekannte, dass er sehr enttäuscht von der Presse sei. Vor einem halben Jahr hatte er versucht, ihre Hilfe zum Schutz der Negev-Schwertlilie zu erlangen, der einzigen Lilienart, die es schafft, in der Wüste zu leben, eine wunderbare Blume, eine der schönsten Blumen der Welt, die Krönung aller Schwertlilien, und was noch wichtiger war, eine der wenigen Blumen, die man nur in Israel findet. Bei der letzten Pressekonferenz nun hatte er seine Zuhörer angefleht, die Öffentlichkeit zu informieren, dass diese Blumen nicht gepflückt werden sollten. Er hatte angenommen, vielleicht aus Naivität, es sei ihm damals gelungen, den Presseleuten klarzumachen, welche besondere und einzigartige Stellung die Negev-Schwertlilie unter den Wüstenblumen einnimmt, er hatte große Hoffnungen in sie gesetzt, denn die Presse war schließlich mächtig, und es war unmöglich, die Flora des Negev ohne Hilfe der Presse zu schützen. Aber sie hatten nichts darüber geschrieben. Und die Leute hatten die Blumen gepflückt. Doch heute gehe es nicht nur um eine einzige Blume, es gehe um die Ausrottung ganzer Blumenvölker. Er hoffe sehr, dass seine verehrten Zuhörer diesmal wirklich etwas schrieben, »denn wenn es kein Gleichgewicht in der Pflanzenwelt gibt, gibt es auch keines in der Tierwelt, und letztlich auch keines in der Menschenwelt. Die indischen Kuckucksblumen können nicht sprechen. Auch das eingeschnittene Flohkraut nicht. Deshalb fordere ich Sie alle auf: Werden Sie zu ihrem Mund! Vivian!«

Majans Hände zitterten, und Lisi beschloss, einen kleinen Artikel über die neue Straße zu schicken und sich im Rathaus zu erkundigen, warum man sich ausgerechnet für diese Trasse entschieden habe.

Der ökologisch orientierte Bildhauer Dr. Vivian Sade, ein großgewachsener, dünner, finster blickender Mann von ungefähr fünfunddreißig, dem ein kleiner Lincoln-Bart unter dem Kinn spross, hängte eine Skizze des Projekts auf, für das er eintrat. Er wolle nicht in die Einzelheiten gehen, er wolle niemanden ermüden. Das Bauwerk habe Rami Chardon entworfen, ein Künstler, dessen Werke bei Umweltausstellungen in Linz, in Bad Gastein und in Aachen gezeigt wurden und der in zwei Monaten eine riesige Umwelt-Skulptur in Canberra in Australien errichten wird. Er selbst habe die Arbeit aus Prespex und rostfreiem Stahl auf der Documenta-Biennale in Kassel gesehen, und sie habe ihn sehr beeindruckt. Dieses Werk Chardons solle nun, so war es geplant, auf der Wegkreuzung Be'er Schewa–Hebron stehen und in seinen Elementen typische Komponenten der Wüste darstellen: Erosion, zerbröckelnde Felsen, Klüfte. Eine obere Plattform enthält durchsichtige Elemente, das Negativ der Erdoberfläche. Luken ermöglichen dem Wind, Sand in die Plastik hineinzuwehen. Wer über die Straße Be'er Schewa–Hebron fährt, wird nicht wissen, dass er ein Kunstwerk sieht. Das Werk ist so geplant, dass jemand, der es sieht, es für eine Autobushaltestelle hält. Die untere Plattform, die aus Beton besteht, wird mit Neonlampen beleuchtet, und der Wüsten-Bagel wird sich einfügen in die Harmonie aus rostfreiem Stahl, Prespex und Plastik. Der Wüsten-Bagel ist die meistverbreitete Pflanze der Wüste, er ist das Glied, das die Bewohner des Negev mit den Berbern der Sahara oder den

Nomaden der arabischen Halbinsel verbindet. Doch von nun an kann der Wüsten-Bagel, über die Tatsache hinaus, dass er so weit verbreitet ist, auch zum Symbol und zur Losung werden.

Lisi fragte, wie viel das Projekt kosten würde und welches seine Ausmaße seien, was die Reporterin der französischen Zeitung dazu brachte, zu nicken, den Blick zu senken und ein anhaltendes »Ssssss« auszustoßen, wie das Zischen einer Sandrasselotter. Man sah ihr an, wie peinlich es ihr war, dass sie ihren Job in der Gesellschaft von Leuten wie Lisi erledigen musste, von Journalisten, die mit ihren dümmlichen, banalen Fragen eine Schande für den Berufsstand waren.

Dr. Sade war nicht gekränkt, im Gegenteil. Er sagte, dies sei eine relevante Frage. Sie gingen davon aus, dass das Projekt etwa hunderttausend Dollar kosten würde, doch sie hätten mit dem Künstler noch nicht im Detail verhandelt. Was bringe es, von ihm Einzelheiten zu verlangen, solange die öffentlichen Stellen, an die man sich gewandt habe, noch nicht geantwortet hätten? In den Fachgremien der Kulturfonds säßen Kommissare, die sich eine gewisse Treue zum strukturellen Formalismus auf die Fahnen geschrieben hätten, aber in den letzten Jahren habe Rami Chardon da und dort den strukturellen Formalismus zugunsten einer persönlicheren Sprache vernachlässigt, einer Art existentieller Symbolik, für die das Projekt »Wüsten-Bagel« beispielhaft sei. Das Sichverbergen der Wüstenpflanzen sei eigentlich Ausdruck des »großen Erschreckens«. Er selbst halte das Thema für wichtig. Er schätze den Künstler sehr, und er sei sehr froh, für dieses Projekt die Unterstützung von Majan Hase'ew gefunden zu haben. »Es würde mich sehr betrüben, wenn wir es nicht schafften, das erforderliche Geld zusammenzubekommen. Die Stadt Perugia in Italien hat schon ihre Bereitschaft erklärt, den ›Wüsten-Bagel‹ auf dem großen Rasenplatz vor der Hochschule für Architektur aufzustellen, die sich in einem Barockgebäude befindet. Das Werk wird also nicht herrenlos sein, aber der eigentliche Platz dafür ist hier bei uns, nicht in Perugia.«

Die Reporterin der französischen Zeitung fragte Dr. Sade, ob man den »Wüsten-Bagel« als ein politisches Werk bezeichnen könne, und Lisi stand auf und ging hinaus.

Der Wind hatte zugenommen, der Himmel war dunkelgrau, nur ab und zu erhellten ferne Blitze die oberen Wolkenränder. Eine kleine Gruppe von Demonstranten – vier Frauen und ein Mann – standen vor dem Kulturzentrum. Zwei der Frauen trugen Spruchbänder über der Brust, auf denen stand: »Schluss mit der Besatzung.« Unter dem Regenmantel einer Demonstrantin lugte, wie der Schädel eines kleinen Kängurus, der Kopf eines Babys hervor, das eine Wollmütze trug.

Kapitel 34

Schibolet saß, fest in ihren blauen Regenmantel gewickelt, auf den Stufen zum Eingang des Kulturzentrums und wartete auf Lisi. Ihre natürliche Fröhlichkeit hatte in der letzten Zeit wegen der Vorgänge in Sade Asanja immer weiter abgenommen. Sie hatte Lisi ausführlich erzählt, wie die anderen Kibbuzmitglieder Ido und Schajke boykottierten, und dass die Eltern der beiden – Leute, die den Kibbuz mit eigenen Händen aufgebaut hatten! – immer tiefer in Depressionen versanken und den Kontakt mit ihren alten Freunden mieden. Aus geheimen Kanälen, von deren Existenz keiner gewusst hatte, brachen Zorn, Ärger und Neid hervor. Ihre eigenen Eltern würden Sade Asanja mit Freude verlassen, hatte Schibolet gesagt, doch wohin konnten sie gehen? Und was sollten sie tun? Sie fühlten sich wie in einer Falle. Ihr ganzes Leben lang hatten sie hart gearbeitet, und nun hatten sie keinen Pfennig, um etwas Neues anzufangen. Schibolet war sicher, dass auch andere Mitglieder von Asanja diese Gefühle teilten.

Nun sagte sie zu Lisi: »Dieser Richter, dessen Frau ermordet worden ist, wollte mit dir sprechen und hat gesagt, du sollst um zwei zu ihm ins Amt kommen, und du bist nicht ans Telefon gegangen und hast den Pieper abgestellt, und da hat Dahan gedacht, das wäre vielleicht wichtig, und er ist zu dir nach Hause gefahren, aber du bist nicht dagewesen, und da ist ihm eingefallen, dass du diese Pressekonferenz hier hast, und da hat er mich hergeschickt, damit ich es dir sage, vielleicht hast du ja großes Interesse daran, zu ihm zu gehen.«

»Bist du eine gute Schwimmerin?«

»Ja, warum?« Schibolet blickte Lisi überrascht an.

»Du hast einen langen Atem.«

»Das habe ich wirklich. Ich schaffe es, mit einmal Luftholen quer durch das Schwimmbad von Asanja zu tauchen. Alle Achtung, Lisi.«

»Ist Cement angekommen?«

»Als ich von der Redaktion wegging, war er noch nicht da. Dahan hat gesagt, dass dich das ärgert und dass du deshalb nichts mehr von uns wissen willst.«

»Das stimmt ja gar nicht. Ich habe bis nachts um zwei gearbeitet und wollte schlafen, deshalb habe ich das Telefon abgestellt, das ist alles.«

***

»Alle Achtung, Lisi Badichi!«

Das war Beni Adolam, unverkennbar. Sie drehte sich um und sah, wie er Schibolet musterte, von den nassen Turnschuhen bis zu den glänzenden Locken. Lisi hasste Männer, die Frauen »musterten«. Das hatte etwas Gewalttätiges, vor dem man sich nicht schützen konnte. Früher, als sie noch jünger war, hatte sie manchmal ihr großes Mundwerk aufgemacht und den Betreffenden angeblafft. Die Reaktion war fast immer vollkommenes Erstaunen gewesen. »Bist du vom Mond gefallen? Was habe ich denn getan? Sei froh, dass dir überhaupt jemand einen Blick gönnt, du Kuh. Schau dich doch mal an! In unserem Meer gibt es noch viele Fische!« Und der vorher so schmalzige Blick, dazu bestimmt, einen rumzukriegen, bekam dann einen geradezu mörderischen Ausdruck. Oft war Lisi beschimpft worden, und manchmal hatte man ihr sogar Schläge angedroht. Sie hatte gelernt zu schweigen und sich quasi in Luft zu verwandeln. Und nun Beni Adolam? Auch er? Das zeigte doch nur, dass man über niemanden wirklich etwas wissen konnte. Sie hatte gedacht, er habe sie gern, und nun stellte sich heraus, dass er nur ein Spiel spielte. Wie alle.

»Willst du uns nicht bekannt machen, Lisi?«, fragte er.

»Nein.«

Adolam und Schibolet lachten, und Schibolet sprang auf und sagte: »Sehr angenehm, Schibolet, die Sekretärin von der *Zeit im Süden.*«

Er bückte sich, hob ihren Schirm auf und sagte: »Sehr angenehm, Beni Adolam, von der *Post im Süden.* Schibolet, hast du gesagt?« Dann gab er ihr ihren Schirm.

»Dass du es ja nicht wagst, ihm zu sagen, was du mir ausgerichtet hast, Schibolet«, sagte Lisi.

»So blöd bin ich doch nicht, Lisi.«

»Ich möchte nicht, dass du mit ihm sprichst.«

»Übertreibst du jetzt nicht, Lisi Badichi?«, fragte Adolam. »Wir leben in einem freien Land, und ich kann sprechen, mit wem ich will und wann ich will. Ich werde mir von dir nicht vorschreiben lassen, was ich darf und was ich nicht darf.«

»Was ist denn los?« Schibolet war verblüfft wegen der plötzlichen Aufregung. Lisi dachte: Wenn Adolam herausfindet, dass Schibolet aus Sade Asanja ist, kann ich am besten gleich anfangen, mir eine Arbeit in der Strickfabrik zu suchen. Hinter dem Zaun wartete immer die Strickfabrik auf sie, immer und immer. Die Tatsache, dass sie nicht wie ihre Mutter in der Strickfabrik arbeitete, hörte nicht auf, Lisi zu verwundern. Sie fühlte sich wie ein Mensch, der sich über das Schicksal erhoben hat und auf den hinter der nächsten Ecke bereits die Strafe lauert.

»Wann hast du mit Archimedes Levi gesprochen?«, fragte Adolam.

»Warum?« fragte Lisi.

»Als ich um ein Treffen mit ihm bat, hat man mir gesagt, das wäre ausgeschlossen.«

»Wer hat das gesagt?«

»Eine Polizeibeamtin. Sie hat gesagt, ein Interview im Gefängnis wäre nicht gestattet. Aber du hast mit ihm gesprochen, und das verstehe ich nicht.«

»Woher weißt du, dass ich mit ihm gesprochen habe?«

»Lisi!«, sagte Schibolet. »Hast du die Zeitung von heute noch nicht gesehen?«

»Nein.«

»Du hast eine Ankündigung auf der ersten Seite für das Interview mit Archimedes Levi auf der dritten.«

***

Lisi war glücklich. Diese Hurensöhne in Tel Aviv hatten es also geschafft, ihren Artikel doch noch aufzunehmen! Sie mussten in der letzten Minute etwas anderes herausgenommen haben, um Platz für ihr Interview zu schaffen. Hoffentlich konnte die Reporterin der französischen Zeitung Hebräisch lesen! Spielt die Madame Herzogin, die sich zu uns in die Provinz herabgelassen hat!

Adolam nahm die *Zeit im Süden* aus seiner Tasche und hielt sie Lisi hin. »Der Briefmarkenhändler, der unter Verdacht steht, die Bauingenieurin ermordet zu haben. Ein Bericht von Lisi Badichi, unserer Reporterin im Süden.« Die Schlagzeile ging über zwei Spalten und weckte ein unbehagliches Gefühl in ihr. Archimedes! Sie hatte mit eigener Hand sein Blut vergossen! Er hatte die Bauingenieurin nicht ermordet, sie wusste es, er wusste es, und wer es wissen wollte, wusste es auch, aber in der breiten Öffentlichkeit würde er als jemand in Erinnerung bleiben, der einmal des Mordes verdächtigt worden war. Er würde wegen eines Vergehens gegen das Devisengesetz vor Gericht kommen, und die Leute würden sagen, wo Rauch ist, da ist auch Feuer.

»Bestimmt will er deswegen, dass …«

»Schibolet!«

»Oh!«

Schibolet nagte an ihrer Lippe, und Lisi bat sie, zur Redaktion zurückzufahren. Als Adolam Anstalten machte, zu protestieren, sagte Lisi, Schibolet könne gerne hierbleiben und sogar mit ihm im *Kuckuck* essen, nur würde sie das ihren Job kosten. Schibolet setzte ihre Kapuze auf, nahm ihren Schirm und rannte zum Busbahnhof hinüber, wobei sie sich manchmal nach Lisi und Adolam umblickte, die unter dem Vordach des

Kulturzentrums standen. Lisi wollte sich mit eigenen Augen davon überzeugen, dass Schibolet wirklich in den Bus stieg, ohne dass Adolam ihr folgte.

»Bist du eifersüchtig, Lisi?«

»Klar, Schätzchen.«

»Wollen wir im *Café Moskau* eine Kleinigkeit essen?«

»Du kannst ja hingehen. Ich habe zu tun.«

»Darf ich dich was fragen?«

»Was?«

»Stimmt es, dass du nicht an die Gesellschaft von Männern gewöhnt bist?«

»Wo lebe ich denn? Etwa in Me'a Sche'arim?«

»Du nimmst alles viel zu ernst. Was habe ich denn vorgeschlagen? Dass wir ins *Café Moskau* gehen. Was ist da schon dabei?«

»Nichts ist dabei. Auf Wiedersehen.«

Sie hatte fast eine Stunde frei, und sie beschloss, zu Klara und Ja'akow zu fahren und Kassetten zu kaufen.

Klaras Hand war noch immer verbunden, und ihr blaues Auge war zu einer grünlichen Mulde geworden. Ja'akow stand auf einem Stuhl und rieb mit einer Bürste die Mauer des Hauses ab. Ein Unbekannter hatte mit schwarzer Farbe »Nieder mit den Transvestiten« auf die Wand neben dem Schaufenster gesprüht. Lisi füllte einen Plastikeimer mit Spülmittel und heißem Wasser und nahm Onkel Ja'akow die Bürste aus der Hand. Sie stand auf der Straße, kochte vor Zorn und dachte, wenn sie den Kerl zu fassen bekäme, der das getan hatte, dann würde sie ihn mit eigenen Händen erwürgen. In ganz Be'er Schewa gab es kein liebenswürdigeres und empfindsameres Paar als Klara und Ja'akow. Wem taten sie etwas zuleide? Wozu also diese Bosheit? Es gab so viel Bosheit! Wie konnte man in einer Welt leben, in der es so viel Bosheit gab? Was konnte ein einzelner Mensch tun, um die Welt zu verbessern? Das Gefühl der Hilflosigkeit machte Lisi nur noch wütender.

Um ihre aufgebrachte Seele zu beruhigen, beschloss sie, einen herzergreifenden Artikel über das bittere Schicksal des Eingeschnittenen Flohkrauts und seinen liebenden Hüter Majan Hase'ew zu schreiben. Na und? Warum nicht? Auch Rami Chardon würde sie versuchen zu helfen. Ein Künstler verwandelte eine Wüstenpflanze zu einem Symbol der Brüderlichkeit zwischen den Völkern, und außerdem verzichtete er auf Perugia zugunsten der Straße von Be'er Schewa nach Hebron. Wenn sie seine Sprache nicht verstand, hieß das noch lange nicht, dass er kein Künstler war. Es hieß nur, dass sie seine Sprache nicht verstand. Das war alles. Und vielleicht war sie gar nicht dazu bestimmt, diese Sprache zu verstehen. Verstand sie etwa Klara und Ja'akow?

Nachdem die Mauer sauber war, kochte sie einen türkischen Kaffee, dann saßen sie zu dritt zusammen, und Lisi berichtete von der Pressekonferenz im Kulturzentrum.

»Gilbert und Sullivan wollten nie die Natur nachahmen«, sagte Klara. »Die Natur ist Natur, und die Kunst ist Kunst. Wenn Puccini die Realität hätte nachahmen wollen, wo wäre dann *Madame Butterfly*?«

Lisi wusste nicht, wo *Madame Butterfly* dann wäre, doch ihr Schweigen selbst war offenbar schon ein Beweis für etwas.

Ein kleines Lächeln der Befriedigung erschien auf Klaras und Ja'akows Gesichtern.

»Und sogar *Turandot*«, sagte Ja'akow.

»Im Orchester unserer Oper«, erzählte Klara, »war ein schottischer Trommler, der daran glaubte, dass die Welt von zwei Gruppen regiert würde, den Menschen und den Ameisen. Die Menschen regierten über der Erde, die Ameisen unter der Erde. Die Ameisen, behauptete er, hätten genau wie die Menschen Länder und Königreiche und Heere und Regierungen, und während wir in Ruhe auf dieser Erde lebten, würden sie unter der Erde die Eroberung der Welt planen. Wir wollten uns diesen Unsinn nie anhören, bis er eines Abends, bei der Premiere von *Turandot,* den ganzen Saal mit Ameisen füllte und die Aufführung abgesagt werden musste. ›Glaubt ihr mir jetzt?‹, hat er gefragt. Er ging von einem zum anderen und fragte: ›Glaubt ihr mir jetzt?‹«

»Er stammte aus einer Familie von Soldaten und Seeleuten«, sagte Ja'akow. »Die Oper hat ihn durcheinandergebracht.«

»Und umgekehrt. Es hat sie Monate gekostet, einen neuen Trommler zu finden.« Klara lachte, und aus ihrer Kehle kam ein Geräusch, das sich anhörte wie das Fauchen einer Fahrradpumpe.

»Warst du beim Arzt?«, fragte Lisi.

»Warum?«

»Wegen der Hand. Dem Auge.«

»Klara mag Ärzte nicht«, sagte Ja'akow.

»Sie muss sich untersuchen lassen.«

Erst als sie sich von ihnen verabschiedet hatte und wieder

auf der Straße war, fiel ihr ein, dass es bestimmt eine Beziehung zwischen dem auf die Wand gesprühten Satz und Tante Klaras Angst vor Ärzten gab. Lisi selbst hatte an die beiden nie als »anders herum« oder so gedacht. Seit sie sich erinnern konnte, waren sie für sie Tante Klara und Onkel Ja'akow, und zum Lob ihrer Mutter musste man sagen, dass sie ihre Kinder dazu erzogen hatte, Tante Klara und Onkel Ja'akow zu achten. Sie hatte ihren Bruder geliebt, als er noch Menasche gewesen war, und sie hatte keinen Grund gesehen, ihm ihre Liebe zu entziehen, als er zu Klara wurde und Ja'akow heiratete.

Kapitel 35

Lisi betrat mit sicheren Schritten das Gerichtsgebäude. »Zu Richter Hornstick«, sagte sie zu dem Wachmann, der ihr die Tür aufmachte. »Ich bin bestellt.« Sie stieg in den zweiten Stock und ging den Korridor entlang. Da sah sie plötzlich eine Frau aus dem Zimmer des Richters kommen, in einem schwarzen Talar, einen Stapel Akten in der Hand. Sie war vollkommen ungeschminkt, und ihre Haare wurden bereits grau. Lisi drückte ihre großen Flossen fest auf den Fußboden, blieb stehen und wartete. Sie hatte nicht den geringsten Zweifel daran, wer die Frau war, die ihr da entgegenkam: die Dame.

»Sie sind die Richterin Te'ena Berger?«, sagte Lisi.

»Ich bin jetzt nicht zu sprechen.«

»Lisi Badichi, von der *Zeit im Süden*. Nur eine Frage, bitte.«

»Wenden Sie sich an das Sekretariat.«

»Haben Sie am Sonntag vor einer Woche die Schecks von Richter Hornstick bei der Bank vorgelegt?«

Te'ena Berger ging an ihr vorbei, als wäre sie Luft. Kein Muskel ihres Gesichts verzog sich, und ihre Augen waren unbeweglich auf die Treppe gerichtet. Lisi zögerte, ob sie ihr folgen sollte, dann entschied sie, dass sie sich dadurch vielleicht in Schwierigkeiten bringen würde. Te'ena Berger machte durchaus den

Eindruck, eine energische Dame zu sein, mit der nicht gut Kirschen essen war. Hornstick hatte gewusst, dass seine Zimmerkollegin um diese Uhrzeit auf dem Richterstuhl sitzen würde, und vermutlich war dies der Grund, dass er sie, Lisi, für genau zwei Uhr bestellt hatte.

Sie klopfte an die Tür und wartete. Es vergingen ein paar Sekunden, bis sie ein gedämpftes »Herein« hörte und die Tür aufmachte. Hornstick war in eine Akte vertieft, die auf seinem Tisch lag, und bedeutete ihr mit einer Handbewegung, sich zu setzen. Sie wartete und betrachtete inzwischen die Umgebung. Auf dem Kleiderständer hingen ein khakifarbener Regenmantel und ein schwarzer Schirm. Ein schwarzes Aktenköfferchen stand auf dem Boden neben Te'ena Bergers Schreibtisch. Solche Regenmäntel gibt es zuhauf, auch solche Aktenkoffer, dachte Lisi, und trotzdem! Ihr Gefühl sagte ihr, dass Te'ena Berger die Dame war, die Archimedes' Schecks auf das Konto von Pinchas Hornstick eingezahlt hatte. Warum? War sie seine Komplizin? War sie vielleicht in ihn verliebt? Oder hatte er irgendein Druckmittel gegen sie in der Hand? In solchen Dingen hatte er Erfahrung, dieser Herr Bezirksrichter, noch aus seiner Zeit bei *Edler-Abraham-Bril*, als er einen Weinhändler namens Lubitsch unter Druck gesetzt hatte.

»Waren Sie arm?«, fragte Lisi.

»Entschuldigung?«

Hornstick sah verblüfft aus, und Lisi war selbst überrascht, als sie ihre Frage hörte.

»Als Sie angefangen haben mit Jura.«

»Ja?«

»Waren Sie da ein junger, begabter und armer Anwalt?«

Hornstick betrachtete sie, wie wohl ein Lehrer seine Schüler ein Jahr vor seiner Pensionierung betrachtete. Er hatte schon alles gesehen und gehört, und er war sehr müde und leidend.

Wenn er die Kraft aufbrachte, noch dieses eine Jahr durchzuhalten, könnte er sich endlich hinsetzen und das Werk seines Lebens schreiben, über die Reiseberichte des Petachja aus Regensburg, und dann! Dann würde er all dem ganzen Abschaum, der in seinen Klassen herumwimmelte, zeigen, mit wem sie es die ganzen Jahre zu tun gehabt hatten, diese Schüler mit ihrem Kaugummifestkleben und ihrem Papierkügelchenschießen und ihrem törichten und frevelhaften Abschreiben. Du lässt dich mitreißen, sagte Lisi zu sich selbst. Sein Blick verrät nichts Gutes, aber so schlimm ist es nun auch wieder nicht.

»Entschuldigen Sie einen Moment«, sagte Hornstick und blickte wieder auf die Papiere auf seinem Schreibtisch. Er unterschrieb irgendein Dokument, legte ein paar Papiere aufeinander, lochte sie, ordnete sie in eine Mappe und klappte die Mappe zu. Dann stand er auf, ging zur Tür und drehte den Schlüssel um. Er hat die Tür abgeschlossen, dachte Lisi, was kann er mir tun? Sie beschloss, nichts zu sagen. Der ehrenwerte Herr Richter hatte sie bestellt, also war es an ihm, den Mund aufzumachen.

***

»Ich habe vor, mich an den Presseverband zu wenden und Ihre Zeitung wegen des Berichts zu verklagen, den Sie heute veröffentlicht haben.« Seine Stimme klang – trotzdem – wie die Stimme eines Lehrers ein Jahr vor seiner Pensionierung.

»Warum?«

»Sie haben den guten Ruf meiner verstorbenen Gemahlin geschädigt. Sie kann ihre Ehre nicht mehr selbst schützen. Aber ich kann es. Sie haben angedeutet, dass meine tote Frau Geld vom Konto von Sade Asanja gestohlen und es auf dem grauen Markt angelegt hat. Sie beschreiben sie als eine liederliche Person, die bei der Wahl ihrer Mittel keine Bedenken kannte, wenn sie nur Geld verdiente. Durch Ihre Andeutung, sie habe meine Kinder und mich wegen ihres jungen Liebhabers verlassen wollen, haben sie uns tief gekränkt. Sie haben mich und meine Kinder beleidigt, indem Sie schrieben, dass meine Frau bis über den Kopf in Schulden steckte und dass sie Archimedes Levi hunderttausend Dollar schuldete. Mir ist klar, dass all diese Informationen von ihm stammen. Ein Gefühl für journalistische Ethik hätte eigentlich von Ihnen verlangt, sich an mich zu wenden und mich um meine Reaktion auf diesen Klatsch zu bitten. Das haben Sie nicht getan, weil Sie fürchteten, dass ich Levis Geschichte auffliegen lassen würde, und dann hätten Sie und Ihre Zeitung dieses Machwerk nicht mehr veröffentlichen können, was Sie als Exklusivinterview bezeichnen. Die Sensation war Ihnen wichtiger als die Wahrheit, und die Tatsache, dass Sie den Ruf einer Familie zerstören, die ohnehin schon viel Leid ertragen muss, hat Sie vermutlich nicht gestört.«

»Werden Sie mich anzeigen?«

»Ich hätte Sie gerne angezeigt, aber zu meinem Bedauern gibt es keinen Schutz für den guten Namen von Menschen, die nicht mehr unter den Lebenden weilen.«

Er hatte die Augen auf die Wand hinter ihrem Kopf gerichtet, seine Stimme klang erregt, aber sein Gesicht zeigte einen undurchdringlichen Ausdruck. Als zitiere er jemand anderen. Lisi hatte das unbehagliche Gefühl, ihr würde etwas entgehen. Irgendein bedeutender Umstand, den sie nicht bemerkte und der eigentlich zu sehen oder zu hören wäre, wenn sie sich nur entsprechend darum bemühte.

Hornstick knöpfte seine Strickweste zu und begann, im Zimmer herumzugehen. Er schien vor Wut zu kochen. Er öffnete das Fenster, blieb stehen, mit dem Rücken zum Zimmer, und atmete tief die kalte Luft ein. Der Wind wehte den Papierkorb um, und Lisi bückte sich, raffte den herausgefallenen Inhalt zusammen und schob ihn unter den Tisch, an eine Stelle, wo der Wind nicht hinkam. Gut, dass ich meinen Mantel nicht ausgezogen habe, dachte sie.

Hornstick drehte sich um und betrachtete sie von seinem Platz am Fenster aus mit diesem düsteren, trüben Blick, den sie nun schon gut kannte. Wie habe ich nur mit ihm schlafen können, dachte Lisi. Er ist ekelhaft! Er sieht aus wie ein verlauster Wüstenfuchs. Sie hatte großes Mitleid mit Lisi der Bekloppten, die in das Bett dieses alten Mistkerls gefallen war. Du arme Lisi, sagte sie zu sich, warst du so verzweifelt? Nun gut, sie sollte dennoch nicht allzu nachtragend sein, schließlich hatte sie es unter anderem ihm zu danken, dass sie mit Archimedes ins Bett gegangen war. Und das war schon etwas ganz anderes!

»Waren Sie dabei, als Archimedes Levi Alexandra hunderttausend Dollar geliehen hat? Waren Sie dabei, als Alexandra zu Beruchim gesagt hat, sie habe beschlossen, mich und die Kinder zu verlassen? Haben Sie Beweise dafür, dass Alexandra vorgehabt hatte, unser Haus zu verkaufen und ein neues Leben zu beginnen?«

Lisi entschied sich zu schweigen. Er ist schlauer als ich, dachte sie, und zudem erfahrener. Der Name Beruchim wurde in ihrem Artikel nicht erwähnt. Sie erinnerte sich, wie sie beim Schreiben überlegt hatte, ob sie seinen Namen nennen solle, und schließlich zu der Entscheidung gekommen war, sich nicht durch »nicht beweisbare Fakten« in Gefahr zu bringen, deshalb hatte sie auf die Rosine verzichtet und den Namen Jaron Beruchim nicht genannt. Ihr Aufnahmegerät arbeitete, jetzt hatte sie einen Beweis dafür, dass Hornstick über Alexandras Verhältnis mit Beruchim Bescheid gewusst hatte. Und was die Absicht der »verstorbenen Gattin« betraf, das Haus zu verkaufen, so musste Hornstick klar sein, dass Beweise dafür existierten. Wollte er aus ihr herausbekommen, was sie wusste?

Wollte er, dass sie ihm offenlegte, über welche »beweisbaren Fakten« sie oder die Zeitung verfügten?

Er will etwas erreichen, überlegte Lisi. Er will etwas, aber ich weiß nicht, was es ist. Ich werde die ganze Zeit den Mund halten, dann bin ich geschützt. Geschützt vor was? Sie hatte das Gefühl einer Bedrohung, die noch im Dunkeln lag.

Hornstick verließ seinen Platz am Fenster und kam auf sie zu. Er blieb stehen und betrachtete sie, und sein trübes Gesicht verlor ein paar Jahre. Eine neue Schlange kam unter der Häutung zum Vorschein. Lisi erinnerte sich, was sie über ihn gedacht hatte, als sie ihn zum ersten Mal gesehen hatte: Er besitzt eine Kraft zum Bösen.

»Sie tragen es mir nach und rächen sich«, sagte er.

»Was?«

»Sie haben es mir nicht verziehen.«

»Blödsinn.«

»Wie hätte ich wissen sollen, dass Sie noch Jungfrau waren?«

»Ich werfe Ihnen nichts vor. Ich habe Ihnen damals nichts vorgeworfen, und ich werfe Ihnen heute nichts vor.«

»Sie haben Alexandra ermordet, und jetzt versuchen Sie auch noch, mich zu zerstören.«

***

Lisi machte den Mund auf und schloss ihn wieder. Plötzlich verstand sie, was es war, das ihr bisher entgangen war. Das Gespräch wurde auf Tonband aufgenommen. Pinchas Hornstick, der Bezirksrichter, sprach auf ein Band. Aber nicht auf ihres. Alles, was er sagte, war dazu bestimmt, etwas zu beweisen. Aber was? Lisi war eine große und kräftige Frau, doch die Tür war abgeschlossen, und das Fenster stand offen. Auf einmal hielt Hornstick den Schirm der Richterin Te'ena Berger in der Hand. Lisi überlegte, ob sie anfangen sollte zu schreien.

»Sie leugnen es nicht.«

»Natürlich leugne ich es. Sie sind verrückt! Sie selbst haben Ihre Frau umgebracht. Sie hatten ein Motiv, und Sie hatten die Gelegenheit. Sie wussten, dass Ihre Frau beabsichtigte, das Haus zu verkaufen und Sie zu verlassen. Sie wussten auch, dass sie bis über den Kopf in Schulden steckte. Wenn Ihre Frau am Leben geblieben wäre, hätten Sie diese Schulden zurückzahlen müssen. Und Sie sind daran gewöhnt zu bekommen, nicht zu geben, noch aus den guten, alten Tagen, als Sie ein junger Rechtsanwalt waren und den Weinhändler Lubitsch in eine Situation hineinmanövrierten, in der er keine Wahl hatte und Ihnen sowohl seine schöne Tochter als auch lebenslang zehn Prozent seines Gewinns geben musste. Ich war für Sie ein Geschenk des Himmels. Ein Alibi, im passenden Moment aus dem Nichts entstanden, wie ein Hase, der aus dem Hut des Zauberers hüpft. Jetzt weiß ich endlich, was ich für Sie bin, Herr Hornstick. Ich bin die Karte, die Sie in letzter Minute aus dem Ärmel ziehen, falls sich doch noch eine Situation ergibt, in der Sie beweisen müssen, was Sie an dem fraglichen Samstagabend zwischen elf und zwölf Uhr nachts gemacht haben. Das Blut auf dem Laken war die Kirsche auf dem Kuchen Ihres Alibis, Herr Hornstick. Ihre Frau wollte sich um Mitternacht mit Jacki Danzig am Swimmingpool treffen. Die beiden hatten die Verabredung telefonisch getroffen, und das Gespräch wurde vom Haus aus geführt. Sie haben es mitgehört und kannten den verabredeten Zeitpunkt. Jacki sollte bis Mitternacht Klavier spielen. Niemand hat verstanden, warum Sie neben der Haustür standen und wie ein Idiot diese Feuerwerkskörper verteilten. Sie standen dort, damit sich alle, die im Lauf des Abends an Ihnen vorbeigingen, später an die Tatsache erinnern, dass Sie sich den ganzen Abend lang dort neben der Tür aufgehalten haben. Aber ich bin bereits vor Mitternacht weggegangen, denn ich musste am nächsten Morgen früh aufstehen. Sie hatten genügend Zeit, hinter das Haus zu gehen, Ihre Frau zu ermorden und zur Vordertür zurückzukehren.«

»Sie sind durch die Hintertür gegangen. Sie haben Alexandra auf der Bank sitzen gesehen, und in einem Anfall von unbeherrschbarer Wut haben Sie sie erschossen.«

»Wie denn? Woher sollte ich wissen, dass Sie einen Revolver haben und wo Sie ihn aufheben?«

»Ich habe Ihnen das Haus gezeigt. Wir haben ein Zimmer nach dem anderen angeschaut, auch unser Schlafzimmer. Die Schublade stand offen, und da haben Sie den Revolver bemerkt.«

»Und dann habe ich meinen Verstand verloren?«

»Das wird Ihnen vor Gericht nichts helfen, Frau Badichi. Ich werde beweisen, dass Sie nicht den Verstand verloren haben. Sie haben das, was Sie getan haben, bei klarem Verstand gemacht. Das ist vielleicht das Schlimmste. Sie zeigen nicht die Spur von Reue. Sie bauen ein logisch erscheinendes Lügengebäude auf, fast herzergreifend, aber es wird bei der ersten Prüfung zusammenfallen wie ein Kartenhaus. Sind Sie bereit, sich der Prüfung durch einen Lügendetektor zu unterziehen?«

»Beschuldigen Sie mich des Mordes an Ihrer Frau?«

»Ja. Und ich kann es beweisen. Sie war eine wunderbare Frau, begabt und sehr schön! All das, was Sie nie sein werden. Auf mich hatten Sie Wut, und an ihr haben Sie sich gerächt. Sie hat die Rechnung für Ihr eigenes armseliges Leben bezahlen müssen. Und ich habe das alles verursacht, indem ich einer momentanen Schwäche nachgegeben habe, die ich jetzt nicht mehr begreifen kann. Überhaupt kann ich nicht begreifen, warum Sie ausgerechnet mich verführt haben, und was mich dazu gebracht hat, mich so zu verhalten, wie ich mich verhalten habe. Die Vorstellung ist zu Ende, Frau Badichi. Ich habe beschlossen, mich an die Polizei zu wenden und alles zu erzählen, was ich weiß.«

»Ich habe Ihre Frau nicht ermordet, Herr Hornstick.«

Er stieß einen knirschenden Ton aus, der sich wie Schluchzen anhörte, aber man sah keine Tränen. Was will er, überlegte Lisi, dass ich mich des Mordes an seiner Frau schuldig bekenne und durch einen Sprung aus dem Fenster Selbstmord begehe? Oder dass ich mich auf ihn stürze und er mich aus dem Fenster werfen und später behaupten kann, er habe in Notwehr gehandelt? Ich muss hier raus. Mit zwei Schritten kann ich an der Tür sein und sie aufmachen. Wenn er nicht vorhat, mir etwas zu tun, wird er mich gehen lassen, und wenn er versucht, mich zurückzuhalten, werde ich stärker sein als er. Ich bin größer als er, stärker als er, schneller als er, und ich werde schreien.

***

Alles geschah sehr schnell. Hornstick hob den Arm, holte aus und versetzte ihr mit Te'ena Bergers Schirm einen heftigen Schlag auf den Rücken, wahrlich ein Björn Borg des Gerichts. Die Stange des Schirmes war mit etwas Schwerem gefüllt, vielleicht mit Blei. Dann versuchte er, Lisi zum Fenster zu zerren, während er laut schrie: »Nein, tun Sie das nicht! Nein!« Sie stieß ihn von sich, kämpfte gegen ihn, und dann umklammerte sie ihn mit aller Kraft und begann zu schreien. Er trat nach ihr und warf sie zu Boden, trat wieder nach ihr, und sie wusste, dass sie unbedingt schnell aufstehen musste … Doch dann traf sie ein Schlag an die Schläfe, und der Lärm in ihrem Kopf mischte sich mit dem Lärm der berstenden Tür und den lauten, schreienden Stimmen anderer Leute, und dann kam endlich die segensreiche Ohnmacht, und Stille umfing sie wie eine weiche und warme Decke, die erbarmungsvoll sowohl ihren Körper als auch ihre Seele einhüllte.

Kapitel 36

»Wer dich gerettet hat, war Te'ena Berger.«

Lisi lag in ihrem Bett und versuchte, den Kopf nicht zu bewegen. Dreißig Stunden waren schon vergangen seit dem »Vorfall«, und Benzi hatte entschieden, dass sie nun in der Lage sei, ihm zuzuhören.

Ihre Mutter saß neben dem Bett, und Lisi wusste, dass sie sich Sorgen machte, weil sie Arbeitstage verlor. Lisi fragte sich, was die Mutter ihrem Chef in der Strickfabrik wohl gesagt hatte. Man hat versucht, meine Tochter umzubringen, deshalb kann ich ein paar Tage nicht zur Arbeit kommen? Die Schmerzen in Lisis Brust und an ihrer Hüfte waren nicht so schlimm, doch wenn sie versuchte aufzustehen, wurde ihr schwarz vor Augen, und sie wurde von Brechreiz gepackt. Der Arzt im Krankenhaus hatte eine leichte Gehirnerschütterung festgestellt und ihr Bettruhe verordnet.

Ein Tag ihres Lebens war ihr wegen der Medikamente, die sie bekommen hatte, verlorengegangen, und sie war verwirrt und hilflos, wenn jemand sie auf etwas ansprach, an das sie sich nicht erinnerte. Vermutlich ist es genau dasselbe Gefühl, das alte Leute haben, dachte Lisi, wenn sie sich plötzlich an einem fremden Ort wiederfinden und sich nicht mehr an ihren eigenen Namen und ihre Adresse erinnern können. Der Arzt, der sie untersucht hatte, hatte zu ihrer Mutter gesagt sie sei nett, aber Lisi erinnerte sich an keinen Arzt, und Arieli, der Schuft, war nach Be'er Schewa gekommen, um dafür zu sorgen, dass sie eine gute Behandlung bekam, und auch daran erinnerte sie sich nicht. Wären nicht die beiden Pflaster auf ihrer Brust gewesen, hätte sie nicht gewusst, dass sie überhaupt im Krankenhaus gewesen war.

»Hörst du zu?«, fragte Benzi.

»Ja«, antwortete Lisi.

***

In den letzten beiden Jahren saßen die Richterin Te'ena Berger und der Richter Pinchas Hornstick in einem Zimmer. Das Verhältnis zwischen ihnen war höflich, kameradschaftlich und sachlich, wie es unter Berufskollegen, die ein Zimmer miteinander teilen, üblich ist. Sie erwiesen sich gegenseitig kleine Dienste: einen Brief zur Post mitnehmen, eine Mappe vom Sekretariat holen, telefonische Nachrichten weitergeben – und zuweilen halfen sie sich auch mit beruflichen Ratschlägen. Etwa einmal im Jahr besuchten sie einander auch zu Hause. Am Abend der Party sagte Hornstick zu Te'ena Berger, dass er am nächsten Tag erst später kommen könne und eigentlich dringend Schecks zur Bank bringen müsse. Er fragte, ob sie ihm einen Gefallen tun und die Schecks für ihn zur Bank bringen und sie gegen einen Bankscheck einlösen könne. Te'ena Berger maß zu diesem Zeitpunkt der Bitte keine besondere Bedeutung bei. Natürlich, warum nicht. Sie tat, um was Hornstick sie gebeten hatte, und als sie ihn später aufsuchte, um ihm ihr Beileid auszusprechen, gab sie ihm den Bankscheck.

Doch dann begann sie der Gedanke an diesen Botengang zu beunruhigen. Warum hatte Hornstick überhaupt sie, Te'ena Berger, gebeten, für ihn zur Bank zu gehen? Warum nicht seine Frau oder ein anderes Familienmitglied? Und außerdem hätte die Sache doch auch ein paar Stunden warten können, bis Hornstick selbst Zeit gehabt hätte, zur Bank zu gehen? Als er ihr die Schecks gegeben hatte, konnte er noch nicht wissen, dass seine Frau ermordet werden würde. Es gab einfach keinen vernünftigen Grund dafür, warum ausgerechnet sie, Te'ena Berger, am Sonntagmorgen für Hornstick hatte zur Bank gehen müssen. Es sei denn, er hatte sich überlegt, dass sein Bote sich bei der Bank vielleicht ausweisen müsste, und dann konnte es natürlich von Vorteil sein, wenn die Angestellten dort merkten, dass sie es mit einer Richterin zu tun hatten. Te'ena Bergers Gedanken kehrten jedenfalls immer wieder zu Hornsticks Schecks zurück. Sie hatte das deutliche Gefühl, an seiner Bitte sei etwas Unlogisches gewesen. Dieses unangenehme Gefühl verstärkte sich, als sie in der Zeitung las, dass Archimedes Levi festgenommen worden sei und dass er Alexandra Hornstick Geld geliehen habe.

Während Te'ena Berger noch wegen der Schecks mit sich kämpfte, saß Polizeiinspektorin Schoschi im technischen Labor und versuchte, die Unterschrift der »Dame« zu entziffern, die die Schecks bei der Bank vorgelegt hatte. Inspektorin Schoschi besaß ein ausgezeichnetes visuelles Gedächtnis, sie wusste genau, dass sie diese Unterschrift schon einmal gesehen hatte, aber sie schaffte es nicht, sie zu identifizieren. Der

Zufall wollte es, dass Dokumente vom Gericht kamen, die von der Richterin Te'ena Berger unterschrieben worden waren. Der Ermittlungskoordinator gab die Mappe an Schoschi weiter. Diese sprang zwar von ihrem Platz auf, aber statt »Heureka!« zu schreien, wie sie es sonst zu tun pflegte, wenn sie die Lösung eines Rätsels gefunden hatte, hielt sie diesmal den Mund und sank lautlos auf ihren Platz zurück. Später ging sie zu Benzi, schloss die Tür hinter sich und erzählte ihm unter vier Augen, was sie entdeckt hatte.

Benzi beschloss, dass dieser Job zu groß für ihn war. Dass er die besten Detektive sowohl vom Erkennungsdienst als auch vom Betrugsdezernat brauchte. Auf den ersten Blick schien Hornstick das Opfer zu sein, aber Benzi hatte ein seltsames Gefühl bei der Sache. Er berichtete seinem Dienststellenleiter, dem stellvertretenden Polizeikommandanten Elischa Karnapol, von seinen inneren Kämpfen, und dieser warnte ihn, sich zu weit vorzuwagen, schließlich gehe es um zwei Bezirksrichter, der Himmel möge uns helfen!

Als Lisi Benzi dann von Jackis Erpresserbriefen erzählt hatte, ließ er ihn wieder zum Verhör kommen und teilte ihm mit, er habe einen Haftbefehl für fünfzehn Tage in der Hand, und wenn diese Zeit um sei, würde er den Haftbefehl wieder und wieder verlängern lassen, dazu sei er fest entschlossen. Sein Herz würde nicht vor Kummer brechen, wenn es drei Jahre dauern würde, bis Jackis Fall endlich vor Gericht verhandelt würde.

***

»Du bist ein Teufel, Ben-Zion«, sagte Lisis Mutter. Sie saß im Sessel vor dem Spiegel und flickte Unterhosen und Hemdchen ihrer Enkelkinder.

»Ben-Zion, der Teufel, hat das Leben deiner Tochter gerettet.« Benzi war gekränkt, und seine laute Stimme ließ Lisis angeschlagenen Kopf in tausend Stücke zerplatzen.

Lisi wartete, bis das Gewitter vorbei war, dann legte sie ihre Hand auf Benzis Arm und sagte zu ihrer Mutter, sie solle sich bei ihm entschuldigen.

»Warum soll ich mich bei ihm entschuldigen? Hat er diesen Jacki angelogen oder nicht?«

Lisis Mutter war nicht bereit, Benzi um Verzeihung zu bitten, und Benzi sagte, er sei nicht bereit, weiterzusprechen, solange jemand im Zimmer wäre, der ihn einen Teufel genannt hatte. Lisi bat ihre Mutter, nach Hause zu gehen, und ihre Mutter sagte, sie habe nicht vor, Lisi allein mit irgendwelchen Männern zu lassen, sie würde bleiben. Ein Familienkrach, dachte Lisi, das ist genau das, was mir der Arzt verordnet hat.

»Kommen Sie, Mutter, kochen wir einen Kaffee!«

Aus einer Ecke des Zimmers kam plötzlich der tiefe Bass Mike Silchas. Lisi versuchte, den Kopf zu bewegen. Aus irgendwelchen Gründen hatte sie Mike Silcha bisher nicht bemerkt. Vielleicht hatte sie ihn auch gesehen und wieder vergessen? Sie fragte sich, ob sie ein hübsches Nachthemd anhatte und ob die Möbel staubig waren und ob sie Dinge gesagt hatte, die sie besser nicht gesagt hätte. Ihre Mutter zögerte einen Moment, schließlich nahm sie den Stapel Unterwäsche von ihrem Schoß und legte sie auf den Toilettentisch. Dann stand sie mit beleidigtem Gesicht auf und ging zusammen mit Mike Silcha in die Küche.

»Gib zu, Lisi, dass ich mich beherrsche.«

Lisi streichelte über Benzis Hand und zwinkerte ihm zu.

»Bitte, sag Ilan, dass sie angefangen hat. Ilan gibt nur immer mir die Schuld, aber die Wahrheit ist, dass eure Mutter jedes Mal den Streit anfängt. Wo waren wir gleich stehengeblieben?«

***

»Benzi!«, flüsterte Lisi.

»Ja?«

»Die Kassette in meinem Rekorder!«

»Ich habe sie mir angehört. Ich habe sie in deinem Schrank versteckt, und wenn ich es irgendwie hinkriege, werde ich sie dem Gericht nicht als Beweismittel vorlegen. Ach, Lisi, Lisi.«

»Erzähl's niemandem.«

»Ilan hat die Kassette mit mir zusammen abgehört.«

»Sag ihm, er soll den Mund halten.«

»Ilan wird nicht quatschen. Aber vielleicht Hornstick, dieser Schuft. Schon allein dafür hat er lebenslänglich verdient.«

»Er hat mich nicht vergewaltigt.«

»Aber warum? Warum nur? Du bist so ein tolles Mädchen, Lisi. Was hast du diesen Vampir gebraucht?«

»Das ist kompliziert.«

»Ich hatte den Verdacht, dass so etwas Ähnliches passiert ist, weil er dich nicht weggeschickt hat, als du zum Beileidsbesuch gekommen bist. Warum hat er erlaubt, dass du dableibst, habe ich mich gefragt. Und dann die Art, wie du zu ihm gegangen bist und mit ihm gesprochen hast. Man hat dir angesehen, dass du sicher warst, er würde dich nicht wegschicken, und wer wüsste besser als ich, dass Menschen in solchen Situationen grundsätzlich alle Reporter aus dem Haus jagen. Um euch war eine intime Atmosphäre. Aber ich habe mir gesagt, das ist Blödsinn, Benzi, bist du verrückt geworden? Was nur beweist, dass sich ein Mensch in meinem Beruf immer auf seine Gefühle verlassen sollte.«

»Er wollte mich als Alibi benutzen. Ich sollte bezeugen können, dass er seine Frau zwischen elf und zwölf Uhr nachts nicht hatte ermorden können.«

»Ich habe gestoppt, wie lang man braucht, um vom Zimmer der Filipina ins Schlafzimmer zu gehen und den Revolver zu holen, und dann auch den Weg vom Schlafzimmer bis zu der Bank am Swimmingpool. Man braucht genau zwei Minuten.«

»Warum wollte er mich umbringen? Ich sollte doch sein Alibi sein!«

»Hornstick ist ein sehr erfahrener Richter. Vermutlich hat er gespürt, dass gegen ihn ermittelt wurde. Nach seinem neuen Plan solltest du dich aus dem Fenster stürzen, wenn euer Gespräch sich so anhörte, als wärst du die Mörderin gewesen. Er hat mit dir geschlafen, und du hast dich an ihm gerächt, indem du seine Frau getötet hast. Dann hat es dir leidgetan, das schlechte Gewissen hat dich gepackt, du bist zu ihm ins Amt gekommen und hast durch einen Sprung aus dem Fenster Selbstmord begangen, nachdem er noch versucht hat, dich davon abzuhalten.«

»Wer hätte so einen Blödsinn geglaubt?«

»Alle. Bei Herzensdingen sucht kein Mensch nach Logik.«

»Wer hat die Tür aufgebrochen?«

»Ich und Silcha und ein Polizist, den Te'ena Berger hinaufgeschickt hat.« Benzi schaute sie besorgt an. »Es ist das dritte Mal, dass du das fragst, Lisi.«

»Tut mir leid, Schätzchen. Sag mal, gibt es das manchmal, dass jemand seine Aussage sozusagen vertraulich macht?«

»Ja.«

»Ich möchte nicht, dass das bekannt wird. Mama würde sterben vor Scham. Ich auch.«

»Genug. Hör auf zu sprechen.«

Lisi schloss die Augen, Benzi legte seine Hand auf ihre und sagte: »Genug, genug, genug.«

»Schwörst du es mir?«

»Ich schwöre. Und jetzt lass mich weitererzählen.«

Kapitel 37

Nun, da weder Lisis Mutter noch Mike im Zimmer waren, fühlte sich Benzi freier. Er gab zu, dass er Jacki unter Druck gesetzt hatte. Sehr sogar. Und mit einem ganz überraschenden Ergebnis.

Nach den sieben strengen Trauertagen war Hornstick zu Alexandras Büro gegangen und hatte ihre Papiere durchgesehen. Er nahm alles mit nach Hause, was nicht unmittelbar mit der Arbeit des Büros in Zusammenhang stand, vor allem Jackis Briefe. Zum Glück wusste er nicht, dass Lisi die Zettel entdeckt und abgeschrieben hatte. Hornstick ließ Jacki zu sich kommen, teilte ihm mit, dass seine Erpresserbriefe nun in seinen, Hornsticks, Händen seien, und schlug ihm vor, in Lisi Badichis Wohnung einzubrechen und ihre Kassetten zu stehlen. Sie würden einen Handel machen: die Kassetten gegen Jackis Briefe.

»Warum wollte er die Kassetten?«

»Willst du meine persönliche Meinung wissen? Weil du Fragen wegen des Geldes gestellt hast, das er von Lubitsch bekam. Die Sache stinkt nach Erpressung. Wir waren nicht faul, wir haben die medizinischen Untersuchungsbefunde des jungen Hornstick überprüft. Der Arzt lebt schon nicht mehr, der Hornstick damals ein durch den vergifteten Wein verursachtes chronisches Nierenleiden bescheinigt hat. Und ich nehme mal an, dass er nicht bei den Engeln Gottes sitzt, dieser Arzt. Inzwischen macht Hornstick jedenfalls einen ziemlich gesunden Eindruck.«

»Warum bezahlt Lubitsch dann weiter?«

»Es gibt einen unterschriebenen Vertrag. In dem steht allerdings kein Wort über eine Nierenerkrankung. Vermutlich hat Hornstick Lubitsch eingeredet, dass es zu seinen Gunsten wäre, wenn man den Grund der Abmachung wegließ. Der Vertrag ist ganz allgemein gehalten, ich habe ihn gesehen. Hornstick berät Lubitsch in juristischen Fragen und bekommt dafür zehn Prozent des Geschäftsgewinns. Lubitsch hat die ganze Sache immer als Geschäftsausgabe betrachtet, die er von der Steuer absetzen kann, deshalb hat es ihn nicht allzu sehr gedrückt. Nachdem Hornstick zum Richter ernannt worden war, hörte er nach außen hin auf, für Lubitsch zu arbeiten, denn einem Richter sind Anwaltstätigkeiten verboten. Sie haben mündlich vereinbart, dass Hornstick Lubitsch weiterhin ›juristische Ratschläge‹ geben und dafür auch in Zukunft die zehn Prozent bekommen solle. Lubitsch ist ein einfacher, ziemlich grober Mensch. Er wusste von den amourösen Abenteuern seiner Tochter und hatte Angst, dass sie eines Tages zu weit gehen könnte und dass der Richter sie dann verlassen würde. Er glaubte – und es ist gut möglich, dass er damit recht hat –, dass Hornstick so lange seine Tochter nicht verlassen würde, wie er, Lubitsch, Geld auf das Familienkonto einzahlte.

Hornstick drohte Jacki, die Zettel der Polizei zu übergeben, wenn er ihm die Kassetten nicht brachte. Was konnte der arme

Jacki tun? Den Richter anklagen? Wer würde ihm glauben? Jacki ist eine Stadtratte, fungiert auch mal als Hehler, ist ein drittklassiger Klavierspieler und ein beschissener Gigolo, aber er ist kein Dieb. Ein Dieb im Auftrag eines Richters? Das war um ein paar Nummern zu groß für ihn. Er entschied, dass es das Beste für seine Gesundheit wäre, eine zusätzliche Kopie der Kassetten zu machen, und das hat er auch getan.«

Beim Verhör ging alles ganz glatt. Viel zu glatt. Jacki hatte auf jede Frage eine Antwort parat, wirklich auf jede. An einem bestimmten Punkt rief der liebe, gute Ilan, der im Nebenzimmer saß und das Verhör aufnahm, Benzi zu sich und sagte, seiner Meinung nach seien Jackis Schrauben viel zu gut geschmiert. Benzi solle doch in folgender Richtung bohren: Er solle zu Jacki sagen, die Polizei wisse genau, dass er in Lisis Wohnung eingebrochen sei und die Kassetten gestohlen habe. Ilan hatte recht. Ein bisschen Angst machen, ein bisschen drohen, und schon gab Jacki den Einbruch und den Diebstahl der Kassetten zu.

***

Sie ließen Jacki im Gefängnis, vor allem, damit er sich nicht mit Hornstick in Verbindung setzen konnte. Karnapol, der Chef, bat um einen dringenden Termin mit dem Staatssekretär des Justizministeriums. Am nächsten Tag fuhren Benzi und Karnapol nach Jerusalem und berieten mit dem Staatssekretär die Verdachtsmomente gegen den Bezirksrichter Pinchas Hornstick und eine mögliche Beteiligung der Richterin Te'ena Berger. Zu ihrem Erstaunen erfuhren sie, dass Te'ena Berger ihnen zuvorgekommen war. Sie hatte sich mit dem Staatssekretär bereits getroffen und ihm von Hornsticks Schecks berichtet und sogar ein Protokoll unterschrieben.

»Ich weiß nicht, was in Zukunft geschehen wird«, hatte Te'ena Berger zu dem Staatssekretär gesagt. »Es geht hier um einen Bezirksrichter, einen Kollegen, um einen angesehenen Bürger, auf den nicht der Schatten eines Verdachts fällt. Deshalb ziehe ich es vor, meine Aussage in Ihren Händen zu lassen. Wenn es irgendwann einmal nötig sein wird, können Sie sich meiner Zeugenaussage bedienen. Wenn ich aber einen Unschuldigen verdächtigt habe, bitte ich, meine Aussage zu vernichten, und ich werde an Jom Kippur meine Schuld bekennen und um Verzeihung und Erbarmen bitten.«

Der Staatssekretär des Justizministeriums zeigte dem stellvertretenden Polizeikommandant Elischa Karnapol und Inspektor Ben-Zion Koresch die schriftliche Aussage von Te'ena Berger. Als sie sie gelesen hatten, gab er zu, sich in Schwierigkeiten zu befinden. Seit seinem Treffen mit Te'ena Berger könne er nachts nicht mehr schlafen, und ganz zweifellos würde er auch in der folgenden Nacht kein Auge zutun. Auch sein Magengeschwür hatte sich wieder gemeldet. Verstanden sie, von was er sprach? Litt einer von ihnen unter Magengeschwüren? Warum sollten sie auch. Dafür gab es ja Leute wie ihn.

Er kicherte, damit sie verstanden, dass er einen Witz machte, und sie lachten, um ihm zu zeigen, dass sie seinen Humor verstanden. Dann wurde er ernst und sagte, er verstehe, warum sie zu ihm gekommen waren. Sie seien gekommen, weil sie um Erlaubnis bitten wollten, die Ermittlungen auf Pinchas Hornstick auszudehnen, den Bezirksrichter. Und es sei auch nur natürlich, dass er sich eher mit dem Richter identifiziere als mit der Polizei. Die Richter sind die Hefe im Teig. Alle sind sie kluge Menschen, die darauf verzichten, in der privaten Wirtschaft Geld zu machen, und stattdessen ihr Leben dem Gemeinwohl widmen. Schon der Gedanke, dass ein Richter beschuldigt würde, in ein Verbrechen verwickelt zu sein, hört sich an wie eine Gotteslästerung. Die Kraft des rechtsstaatlichen Systems beruht nicht zuletzt auf der Untadeligkeit der Richter, auf der Reinheit ihrer Herzen, auf der Kraft ihres Geistes, auf ihrem Verständnis und ihrer Sensibilität, und nun, in Gottes Namen, war alle Hoffnung verloren, und wohin waren wir gekommen!

Diese ergreifende Rede hörten sich Koresch und Karnapol in Anwesenheit der Oberstaatsanwältin Edna Schulz an, die unter ihrem Spitznamen »Schulz die Schreckliche« bekannt war. Sie war es, der die Akte Hornstick übergeben wurde, und Koresch und sein Chef schworen dem Staatssekretär, keinen Schritt zu unternehmen, egal ob groß oder klein, ohne ausdrückliche Erlaubnis der Oberstaatsanwältin Schulz.

Schon am nächsten Tag fuhr Inspektor Salvador Tut mit dem bisher gesammelten Material nach Jerusalem. Er legte den Bericht über die Umstände des Mordes vor, eine Aufgliederung der geschäftlichen Aktivitäten Alexandra Hornsticks, die Auszüge ihrer Konten bei verschiedenen Banken, eine Darstellung ihrer Verwicklungen mit Sade Asanja, die Aussage Ido Gawrielows über das Telefongespräch am Schabbatmorgen und ihre Beteiligung am grauen Markt, Aussagen über das Darlehen von Archimedes Levi, über ihr Verhältnis mit Jacki Danzig und Jaron Beruchim, über den Diebstahl von Lisis Kassetten, über die Beziehung Alexandras zu ihrem Mann einschließlich eines Berichts über den vergifteten Wein und die Entschädigung, die Hornstick von Lubitsch bekam, über die Vorlage der Schecks durch Te'ena Berger, und so weiter.

Schulz die Schreckliche las das gesamte Material gründlich durch, und am Abend fuhr Salvador Tut mit der Erlaubnis nach Be'er Schewa zurück, die Ermittlungen auf den Bezirksrichter Pinchas Hornstick auszudehnen und auch den Nachrichtendienst einzubeziehen. Was Benzi und seine Leute jedoch nicht wussten, war, dass Schulz die Schreckliche sich mit Te'ena Berger in Verbindung gesetzt hatte, während Tut noch auf dem Weg in den Süden war, und ihr von dem Verdacht gegen Hornstick berichtet hatte.

Schulz war noch aus ihrer gemeinsamen Studentenzeit mit Te'ena Berger befreundet. Sie wusste, dass Te'ena Berger bis zur Lächerlichkeit korrekt und zuverlässig war und dass ihre moralische Irritation einen hohen Grad erreicht haben musste. Schulz verließ sich zwar auf die Polizei, aber Polizisten sind schließlich doch nur Polizisten, und der Staatssekretär des Justizministeriums, bei aller Ehre und Wertschätzung, ist auch nichts anderes als Staatssekretär des Justizministeriums, und bei dieser Sache waren Klugheit und Sensibilität erforderlich, also genau die Eigenschaften, über die Te'ena Berger verfügte. Kurz gesagt, Te'ena Berger war der Mensch, den die Oberstaatsanwältin Schulz in der für die Richterschaft Israels schweren Stunde benötigte, weil sie ihr vollstes Vertrauen entgegenbrachte.

Te'ena Berger wusste also, dass die Polizei von Be'er Schewa heimlich die Möglichkeit prüfte, dass Pinchas Hornstick seine

Frau Alexandra ermordet haben könnte. Mehr als das wollte sie auch gar nicht wissen. Sie versuchte, sich in die Akten auf ihrem Tisch zu vertiefen und die Anwesenheit ihres Zimmerkollegen so weit wie möglich zu ignorieren.

Als Lisi sie auf dem Korridor traf und sie fragte, ob sie die Schecks bei der Bank vorgelegt habe, stellte Te'ena blitzschnell eine Überlegung an. Hornstick wusste nichts von ihrem, Te'ena Bergers, Verdacht. Er wusste auch nichts von den geheimen Ermittlungen gegen ihn. Die Reporterin der *Zeit im Süden* befand sich also in Gefahr. Wenn er seine Frau ermordet hatte, würde er auch vor einem Mord an der Reporterin nicht zurückschrecken. Selbst wenn diese Möglichkeit nur eins zu hundert bestand, musste sie etwas unternehmen, um die Sicherheit dieser jungen Frau zu gewährleisten.

Sie beschloss, ins Zimmer zurückzukehren, damit Hornstick wusste, dass sie, Te'ena Berger, ihn in Gesellschaft der Reporterin gesehen hatte. Als sie jedoch an die Tür kam, hörte sie, wie der Schlüssel im Schloss umgedreht wurde. Te'ena Berger ging also zum Gerichtssaal und befahl ihrer Assistentin, Karnapol und seine Leute so schnell wie möglich zum Amtszimmer Hornsticks zu holen.

Die Überlegungen der Oberstaatsanwältin Schulz waren berechtigt gewesen, die berühmte Sensibilität Te'ena Bergers hatte sich bewährt. Das bewiesen Lisis Gehirnerschütterung und die Beulen an allen Stellen ihres Körpers.

»Auf mich wirkte sie irgendwie unheimlich«, sagte Lisi.

»Leute ohne Schwächen sind unheimlich«, sagte Benzi. Dann schrie er zur Küche hinüber: »Und was ist mit dem Kaffee?«

Benzis Geschrei zerstörte das Bild, das sich in Lisis Kopf gerade zusammengesetzt hatte. Sie schloss die Augen und wurde von einem Wasserfall mitgerissen, der die Felsen zerbrach, die ihm im Weg standen, und Lisi wartete darauf, dass etwas den Sturz aufhielt, ein Strauch, eine Landzunge, ein Floß.

Kapitel 38

Als Lisi aufwachte, war es dämmrig im Zimmer. In der Küche brannte Licht, ein Stuhl wurde gerückt, und gedämpfte Stimmen waren zu hören.

Benzi und Ilan kamen über den kleinen Flur von der Küche zum Schlafzimmer und spähten herein. Lisis Mutter tauchte auf, einen Lappen in der Hand. Lisi hatte sie noch nie ohne etwas in der Hand gesehen. Sicher nutzte sie die Gelegenheit, dass sie hier war, um die Schränke in der Küche auszuwaschen.

»Wie viel Uhr ist es?«, fragte Lisi und beeilte sich hinzuzufügen: »Sprecht leise!«

»Fünf.«

»Morgens oder abends?«

»Nachmittags. Du hast sechs Stunden geschlafen. Soll ich das Licht anmachen?«

»Ja.«

»Fühlst du dich besser?«

»Ich glaube, ja.«

»Hast du Hunger, Lisi?«, fragte ihre Mutter.

»Ja.«

»Wir müssen gehen«, sagte Ilan. »Zu einer Sitzung des Familienrats.«

Ilan lächelte, und wie so oft fragte sich Lisi, wie Georgette es übers Herz gebracht hatte, Benzis wegen auf ihn zu verzichten. Wenn Ilan lächelte, ging ein herzerwärmendes Strahlen von seinem Gesicht aus.

»Geht nur ruhig«, sagte Lisis Mutter.

»Um was geht es bei der Sitzung des Familienrats?«

»Die staatliche Wohnungsbaugesellschaft hat uns angeboten, wir könnten unsere Wohnung kaufen. Ich finde, dass wir die Belastung schaffen können. Die Bedingungen sind gut, die Raten bequem, es lohnt sich.«

»Oh!«, rief Lisi.

»Was ist passiert?«

»Ich hätte es fast vergessen. Benzi, bring mich nicht um. Dahan und Schibolet, unsere Sekretärin bei der *Zeit im Süden*, halten in einem Heft alle Angaben zu den Annoncen schriftlich fest. Unter anderem auch die Anzeige, in der Alexandra Hornstick ihre Villa zum Verkauf anbot, sechs Zimmer plus Swimmingpool. Die Annonce erschien nur ein einziges Mal, aber Dahan erinnert sich an die Stimme eines Mannes, der sagte, er wolle den Auftrag stornieren. Dahan hat selbst mit ihm gesprochen.«

»Wo ist das Heft?«

»Dahan hat mir versprochen, es in sein Bankschließfach zu bringen.«

»Du bist schlauer, als du aussiehst, Lisi.«

»Auch du bist schlauer, als du aussiehst, Benzi.«

»Wenn dich die Zeitung rausschmeißt, dann kannst du gerne kommen und bei der Polizei arbeiten.«

»Und wenn dich die Polizei rausschmeißt, dann kannst du gerne kommen und bei der Zeitung arbeiten.«

»Es geht ihr schon wieder besser.«

Nachdem Benzi und Ilan verschwunden waren, brachte Lisis Mutter ihr ein Tablett mit Essen und stellte es auf das Bett.

»Warum sollte man dich bei der Zeitung rauswerfen?«, fragte die Mutter gekränkt. »Sie haben geschrieben, dass du eine Heldin bist.«

»Wer hat das geschrieben?«

Ihre Mutter ging zum Toilettentisch und brachte Lisi die *Zeit* vom Vortag. Ein Foto von Lisi schmückte die Titelseite. Über dem Foto prangte die Hauptschlagzeile: »Eine lokale Heldin«. Die zweite Schlagzeile lautete: »Richter griff Reporterin an«. Von Doron Cement. Sie las nicht weiter. Sie setzte sich im Bett auf, trotz des Protestes ihrer Mutter, nahm das Telefon und wählte die Nummer der Redaktion in Tel Aviv. Arieli war nicht da, und als sie bei ihm zu Hause anrief, sagte ein Junge im Stimmbruch, sein Vater sei zum Abendessen beim schwedischen Gesandten, und ob er etwas ausrichten könne. Lisi hatte große Lust, den Jungen ausrichten zu lassen, Lisi Badichi habe gesagt, er sei ein Mistkerl, aber sie verkniff es sich, denn schließlich traf den Jungen ja keine Schuld. Sie knallte den Hörer auf und rief Dahan an. Dahan war glücklich, ihre Stimme zu hören, und er sagte, er sei froh, dass man ihr nicht den Schädel geknackt habe.

»Bleibt Cement da?«, fragte sie.

Dahan beachtete ihre Frage überhaupt nicht, so sehr war er damit beschäftigt, seine Begeisterung über Lisi auszudrücken und sie zu loben und stolz auf sie zu sein. Wieso dachte sie in dieser großen Stunde der Presse im Allgemeinen und der *Zeit im Süden* im Besonderen an Doron Cement? »Wir sind ganz groß rausgekommen, Lisi!«, schrie er ihr ins Ohr. »Sogar die *Post im Süden* hat in den sauren Apfel beißen und von deiner Heldentat berichten müssen. Eine ganze Seite hat er geschrieben, dieser Beni Adolam.«

»Bleibt Cement da?«, fragte sie wieder.

»Er bleibt so lange da, bis du wieder gesund bist.«

»Wer hat das gesagt?«

»Arieli. Und du hast eine Prämie gekriegt, Lisi. Ein halbes Monatsgehalt.«

»Bist du sicher, dass Cement nach Tel Aviv zurückfährt, wenn ich gesund bin?«

»Ja. Ich habe ihn gefragt, wie er alles regelt, zum Beispiel Wohnung und Telefon, und er hat gesagt, dass er nicht dableibt.«

»Dahan?«

»Was?«

»Du bist ein Hurensohn.«

»Danke. Wann kommst du wieder zur Arbeit?«

»Morgen.«

»Lisi!«

»Richte Cement aus, dass ich morgen wieder arbeite. Er soll bloß verschwinden, bevor ich mein Gesicht in der Redaktion zeige.«

»Bist du allein zu Hause?«

»Meine Mutter ist hier.«

»Gib sie mir, Lisi.«

Lisi warf den Hörer auf. Das Telefon klingelte wieder, sie nahm den Hörer auf und legte ihn sofort wieder hin.

»Das Essen wird kalt«, sagte ihre Mutter.

Lisi lächelte ihr zu, und ihre Mutter blickte sie verlegen an. Tränen traten ihr in die Augen. Lisi war ihre kleine Tochter. Sie wollte sie verwöhnen, ihr helfen, sie leiten, aber sie wusste nicht, wie sie mit ihr sprechen sollte. Lisi war eine große, starke junge Frau, die sich ihren Weg im Leben gesucht hatte, wie der erfahrene und unermüdliche Kapitän eines alten Handelsschiffes, der verloren ist, wenn er das Festland betritt. Wie sollte man diesem Kapitän erklären, dass die meisten Menschen auf dem Festland lebten, nicht auf dem Wasser?

»Du kannst morgen nicht zur Arbeit gehen, Lisi«, sagte ihre Mutter, als sie das Tablett zur Küche zurückgebracht hatte.

»Ich kann.«

»Der Arzt hat gesagt, dass du eine Woche Ruhe brauchst.«

»Soll er sich doch selbst eine Woche ins Bett legen.«

»Warum hast du es so eilig?«

***

Es klingelte an der Tür, bevor Lisi ihrer Mutter die Gefahr erklären konnte, die Cement hieß.

»Mach nicht auf«, sagte sie.

Wieder und wieder wurde geklingelt. Von draußen war Klaras tiefe Altstimme zu hören, die flötete: »Wir sind es, Lisi.«

»Mach auf«, sagte Lisi.

Drei Leute traten ins Schlafzimmer. Klara, Ja'akow und Archimedes Levi. Sein Gesicht war undurchdringlich, aber Lisi bemerkte sehr wohl das Lächeln in seinen Augen. Klara hielt eine kleine Schachtel in der Hand, prächtig eingewickelt und mit bunten Papierbändern geschmückt. Ohne Zweifel – *Chanel Nr. 5*, das Parfüm, ohne das keine Frau, die etwas auf sich hielt, auskommen konnte. Ja'akow trug einen Blumenstrauß, der fast so groß war wie er selbst. Archimedes hatte sie mit dem Auto hergefahren, und Lisi wusste, dass diese Fahrt in dem prachtvollen Citroën und der Besuch bei der Nichte, die den mörderischen Richter zur Strecke gebracht hatte, in Klaras und Ja'akows private Mythologie eingehen würde, zusammen mit Gilbert und Sullivan und der königlichen Oper von Alexandria.

Kapitel 39

Armand Silberman war der erste Mensch, der nicht zu ihr sagte: »Sind Sie nicht die Frau, die diesen Richter gefasst hat?« Und sie war so dankbar, dass sie ihm fast einen Kuss gegeben hätte.

Jeden Morgen tauchten neue Versionen auf: Der Richter war mit einem Messer über sie hergefallen, hatte ihr einen Stuhl über den Kopf geschlagen, hatte sie mit einer Kalaschnikow bedroht, sie mit Schwefelsäure begossen – je nach der Fantasie des Fragers oder der Phantasie seines Nachbarn. Am Schluss einer jeden Geschichte aber besiegte Rotkäppchen den bösen Wolf und legte ihm Fesseln an. Lisi bestätigte alles, was man sagte. Sie hatte keine Lust, die Leute zu korrigieren. Sie wollten eine lokale Heldin haben, also bitte!

»Ein *Tom Collins*, Herr Levi?«, fragte Armand.

»Du auch?«, fragte Archimedes Lisi.

»Ja, bitte.«

Tom Coffins, Dick Coffins, Harry Collins, dachte sie, dabei weiß er genau, dass ich von dem ganzen Zeug nichts verstehe.

Das *Escopia* war leer, genau wie beim letzten Mal, und sie wunderte sich, wie die Inhaber das Lokal halten konnten. Archimedes und Lisi saßen an einem Ecktisch, einem Platz, den man von der Küche und der Eingangstür aus nicht einsehen konnte.

Anscheinend war es Archimedes' Stammtisch. Lisi überlegte, ob er alle seine Freundinnen hierherbrachte. Irgendwo aus dem Lokal, vermutlich aus der Küche, waren seltsame Geräusche zu hören. Vielleicht hatte man die Köchin geweckt.

»Was amüsiert dich?«, fragte Archimedes.

»Ich habe überlegt, ob man in der Küche die Köchin geweckt hat.«

»Armand ist die Köchin.«

»Ich habe gedacht, er ist der Kellner.«

»Er ist sowohl Köchin als auch Kellner.«

Langsam lernte sie die Schattierungen kennen, die sich auf seinem ernsten Gesicht abwechselten. Das Lächeln, das sich zwischen den Falten der schwarzen Augen versteckte, seine gespannte Erwartung, während er dasaß und auf ihre Dummheiten wartete. Manchmal sah er aus wie ein schlafender Löwe in der Wüste, und sie musste sich selbst daran erinnern, dass er jedes Geräusch hörte und jederzeit bereit war, seine Beute anzuspringen. Sie wusste, dass er seinen Spaß an ihr hatte, an ihrer Naivität, an ihrer Größe, ausgerechnet an den Dingen, die es ihr bisher so schwer gemacht hatten, Beziehungen mit Männern anzuknüpfen. Er fühlte sich von ihrem großen Körper angezogen, und seinetwegen hatte auch sie angefangen, Gefallen an ihm zu finden. Es stimmte, sie hatte große Füße, aber ihre Knöchel waren hübsch, sie hatte schmale Hüften, und ihre kurzen Locken betonten die schöne, runde Form ihres Kopfes. Sie trug einen grauen Wollrock, den sie bei *Jacqueline International* von der Prämie gekauft hatte, die sie von dem Schuft Arieli bekommen hatte. Seit Chawazelets Hochzeit hatte sie keinen Rock mehr angehabt. Die Verkäuferin hatte gesagt, sie habe eine gute Figur, ihr würde alles stehen, und zum ersten Mal in ihrem Leben hatte Lisi einer Verkäuferin geglaubt und nicht insgeheim gedacht: Das sagt sie doch zu jeder Kundin. Sie hatte sich prüfend im Spiegel betrachtet, und was sie sah, gefiel ihr. Da stand eine hochgewachsene junge Frau, nicht dick und nicht dünn, mit leicht schräg geschnittenen nussbraunen Augen, die schon einiges im Leben gesehen und dennoch nichts von ihrer Neugier verloren hatten, mit breiten Lippen und kleinen Grübchen in den Mundwinkeln.

Armand brachte zwei Gläser. In jedem war ein Strohhalm, und auf den Eiswürfeln lag eine rote Kirsche.

»Soll ich für uns beide bestellen?«, fragte Archimedes, und Lisi nickte. Sie nahm einen Schluck *Tom Collins* und überließ es Archimedes und Armand, das Menü zusammenzustellen.

***

»Was hast du zu erwarten? Wird man Anklage gegen dich erheben?«, fragte sie Archimedes, nachdem Armand in die Küche gegangen war.

»Ich habe in meinem Leben schon so viel überstanden, ich werde auch das überstehen.«

»Du sprichst, als wärst du zweihundert Jahre alt.«

»Ich bin fünfzig.«

»Ist das viel oder wenig?«

»Was meinst du?«

Lisi konnte sich nicht beherrschen, sie beugte sich zu ihm und küsste ihn. Er wich nicht zurück, und Lisi entschied, wenn es ihm nichts ausmachte, sich im *Escopia* küssen zu lassen – sie hatte bestimmt nichts gegen diese Art Vorspeise. Doch dann rückte sie ihren Stuhl etwas weiter zur Tischecke, weil sie nicht sicher war, ob sie es schaffen würde, anständig dazusitzen, wenn er ihr so nah war. Er lächelte. Seine Augen wurden schmal, seine Mundwinkel zogen sich leicht nach oben. Sie sagte: »Wir hätten uns belegte Brote kaufen und gleich zur *Neptun* fahren sollen.«

Archimedes brach in jenes kurze, heftige Lachen aus, das er immer ausstieß, wenn sie etwas sagte, das ihn amüsierte.

»Du hast mich etwas gefragt. Willst du eine Antwort?«

»Ja, Schätzchen.«

»Nicht zur Veröffentlichung?«

»Nicht zur Veröffentlichung.«

»Das Dezernat für Wirtschaftskriminalität möchte mich am liebsten als internationalen Finanzjongleur und König des grauen Markts von Be'er Schewa darstellen. Ich habe Bankkonten in der Schweiz und in England. Ich habe ohne Erlaubnis Briefmarken und Devisen aus Israel geschmuggelt. Was sie mich gefragt haben, habe ich beantwortet. Ich habe mich kooperativ verhalten, wie man so sagt, und bisher haben sie noch keinen Haftbefehl gegen mich erlassen. Mein Rechtsanwalt sagt, es gebe so gut wie keine Möglichkeit, das Geld zurückzubekommen, das ich Alexandra Hornstick gegeben habe. Es gibt keinen schriftlichen Vertrag, es gibt keine Zeugen. Der einzige Beweis ist der Scheck selbst, den ich auf ihren Namen ausgestellt habe. Aber! Und hier kommt das große Aber: Wenn ich darauf bestehe, dass ich der Mann bin, der Alexandra hunderttausend Dollar geliehen hat, werden sich die Leute von Asanja auf mich stürzen. Sie werden versuchen zu beweisen, dass ich der graue Geldmakler bin, und von mir das verschwundene Geld zurückfordern. Mein Interesse sollte es daher sein, so sagt jedenfalls mein Rechtsanwalt, die Sache nicht hochkochen zu lassen, die Beschuldigung des Devisenschmuggels zu akzeptieren, die Strafe zu bezahlen, die man mir dafür aufbrummt, und danke zu sagen.«

»Was ist die Alternative? Kann man dich einsperren?«

»Theoretisch ja. Aber es sieht nicht so aus, als würde man es tun. Willst du, dass man mich einsperrt? Findest du es romantisch, die Geliebte eines Häftlings zu sein?«

»Nein. Aber ich finde auch Schmuggel nicht romantisch. Ich habe mein ganzes Leben lang für jeden Schekel, den ich verdient habe, schwer gearbeitet. Ich verstehe nicht, warum ich Steuern zahlen soll und andere nicht. Außerdem bin ich nicht deine Geliebte.«

Sie wollte, dass er sagte, ich möchte aber, dass du meine Geliebte bist, zugleich war ihr klar, dass das nach ihrer großkotzigen Rede nicht gut möglich war. Du und dein Mundwerk, Lisi, sagte sie sich, wer bist du schon, dass du Noten für Moral verteilen kannst? Du hast einen Rock gekauft, du hast dir *Chanel Nr. 5* hinter die Ohren getupft, und jetzt sagst du ihm, dass er ein Dieb ist. Bravo, Lisi!

Sie aßen den Lammbraten, die gedünsteten Brokkoli, die kleinen Kartoffeln und den nur zwei Minuten blanchierten Spinat. Im Lokal herrschte eine bedrückende Stille, und Lisi dachte, dass man ihr Kauen bestimmt in ganz Aschkalon hörte, und als sie einen Schluck Golan-Wein trank, überlegte sie, dass die Bewohner der Stadt nun bestimmt annahmen, man hätte einen neuen Brunnen gegraben.

»Musst du über irgendetwas lachen?«

»Nein.«

»Verzichten wir auf den Nachtisch?«

»Ja.«

***

Wie üblich begannen sie sofort sich auszuziehen, als sie die Tür der *Neptun* hinter sich geschlossen hatten, und bis sie das Bett im Bug des Schiffes erreicht hatten, waren sie schon nackt. Seine Haut verströmte den Duft nach Sonne und Meer, den sie nun schon kannte, und als sie wieder zu sich kam, waren ihre Lippen geschwollen, und alle Beulen an ihrem Körper, die blauen, grünen und gelben, endlos geküsst.

Archimedes, der nackte, fünfzigjährige Mann, dessen Brust nun eine Bissspur zierte, holte aus dem Kühlschrank eine Flasche kalten Weißwein und zwei Gläser. Sie tranken, während sie sich gegenseitig betrachteten. Offen und versteckt.

»Was wird sein, wenn man dich einsperrt?«

»Wirst du auf mich warten?«

»Ja.«

»Bis ich rauskomme, bist du verheiratet und hast vier Kinder.«

»Ich habe nicht vor zu heiraten.«

»Grundsätzlich?«

»Es reizt mich nicht besonders. Ich sehe ja an meinen Schwestern, wie das ist.«

»Willst du keine Kinder?«

»Nicht so unbedingt.«

»Was wird sein, wenn du dich verliebst?«

»Ich bin verliebt.«

»Willst du mich heiraten?«

»Nein.«

»Was willst du, Lisi?«

Ja, was willst du, Lisi?

Sie lehnte ihre langen Beine an den Nachttisch, trank einen Schluck kalten Wein und betrachtete den nackten Mann an ihrer Seite. Eigentlich war es das, was sie wollte. Sonst nichts? Natürlich auch weiterarbeiten. Hand aufs Herz – was wollte sie am liebsten? Ja. Lieber als alles andere wollte sie weiterarbeiten.

Zur Autorin und zu ihrer Übersetzerin

Shulamit Lapid, geboren 1934 in Tel Aviv, studierte Orientalistik und war Vorsitzende des israelischen Schriftstellerverbandes. Sie ist eine der erfolgreichsten Schriftstellerinnen Israels und schreibt neben Kriminalromanen auch historische und sozialkritische Romane sowie Kurzgeschichten, Theaterstücke und Kinderbücher. Der erste Band ihrer Krimireihe um die Journalistin Lisi Badichi, *Lokalausgabe*, wurde 1996 mit dem Deutschen Krimipreis ausgezeichnet.

Mirjam Pressler, geboren 1940 in Darmstadt, besuchte die Hochschule für Bildende Künste in Frankfurt. Sie verfasste zahlreiche Kinder- und Jugendbücher und übersetzte aus dem Niederländischen, Englischen und Hebräischen, darunter Werke von Amos Oz. Sie wurde vielfach ausgezeichnet, u.a. 2001 mit der Carl-Zuckmayer-Medaille für ihre Verdienste um die deutsche Sprache. Mirjam Pressler verstarb am 16. Januar 2019 in Landshut.

Zum Buch

Nach einer wilden Partynacht wird die Gattin eines angesehenen Richters erschossen am Pool aufgefunden. Lisi Badichi, Reporterin bei einer kleinen israelischen Zeitung, soll über den Fall berichten. Die junge Journalistin ist bekannt für ihren ausgezeichneten Spürsinn. Schnell findet sie heraus, dass die Tote eine geheime Affäre hatte. Wurde sie erpresst? Oder sind die zwielichtigen Geschäfte, in die sie zusammen mit ihrem Mann verwickelt war, das Tatmotiv? Entschlossen, der Sache auf den Grund zu gehen, schaltet Lisi sich in die Ermittlungen ein. Dabei begeht sie einen fatalen Fehler, der sie direkt in die Arme des Mörders treibt …

Dieses Buch wurde klimaneutral gedruckt.

Der Dörlemann Verlag wird vom Bundesamt für Kultur für die Jahre 2021–2024 unterstützt.